I S H U R A

AUTHOR: KEISO
ILLUSTRATION: KURETA

第三節

暴風眼

一◇地平咆・梅雷

天空一片晴朗，草木的色澤顯得格外鮮豔。

位於賽因水鄉的外側，一座能眺望低地的寬廣河流與豐饒田野的矮丘上有座名為「針林」的森林。這個名稱的由來不用別人說，年幼的米羅亞也能清楚理解。

遠遠望去，那裡看起來彷彿一棵樹木也沒有的荒涼山丘上插滿了無數的鐵針。

若是登上山丘靠近觀察，就能明白那些針的真面目。那無數的針，每一根都與米羅亞每年在奉獻祭典上看到的粗壯鐵柱一模一樣。

他踢了踢從鋼鐵樹海伸出的一隻腳後跟。

「喂，快起床！已經過中午了耶！」

——那是一隻腳後跟沒錯。就算只看橫在地上的腳底板，長度也是米羅亞身高的三倍。

「吵死啦……又是你啊——臭小鬼……」

「你是米蟲吧！成天吃飽沒事幹！」

這座插滿鋼鐵的荒涼山丘上，自遙遠的古代以來只存在著一個生物。那就是巨人(gigant)。

村裡的人都知道此人之名，他叫地平咆梅雷。

「呼啊～嘿……咻。」

那個存在抓住插在周圍的一根柱子，使勁撐起上半身。每年都需要十二名大人才能搬運的鐵柱有如曬衣竿似的彎曲，發出嘰嘎的聲響。

那是一名體型巨大的男子，非常巨大。

此人只穿著以工術編製的樸素草衣，即使他盤腿坐著，若米羅亞沒有抬頭朝正上方仰望就無法看到他的頭頂。

米羅亞曾聽村長說過，在自古活到現在的巨人中，梅雷也是相當特殊的人物。

就像人類(minia)一樣，某些巨人在同族之中身材顯得特別高大，梅雷屬於中等身高，米羅亞的印象中應該有二十至三十公尺左右。

「怎麼啦～你又跟爸爸吵架啦？」

「才不是！弓！梅雷你應該有弓吧！」

「哦～那個啊？我不曉得放哪去了。」

「那麼大的東西怎麼可能搞丟嘛！你看，不就躺在那邊的地上嗎！」

米羅亞很快找到那把弓。雖說任何賽因水鄉以外的人都不會把那個物體當成弓。

那是一個材質不明的巨大長條狀黑色物體。橫躺在林立的鐵柱之間，彷彿地貌的一部分。

「普庫說只要能稍微拉動這傢伙的弦，就是村裡力氣最大的人。是真的嗎？」

「什麼嘛，太蠢啦！就算你這種傢伙變成全村力氣最大的人也沒意義吧。我的力氣可是比你大一千倍喔。」

「我才不管梅雷怎麼樣呢！普庫嘲笑我絕對辦不到，所以我要試試看！」

「真麻煩啊。」

巨人慵懶地躺下，伸出指尖將丟在地上的巨弓拖回身邊。巨弓鏗鏘鏗鏘地刨挖地面，翻起草地與泥土。

米羅亞傻眼地嘆了口氣。這傢伙比米羅亞的姊姊還不像樣，他真的是村莊的守護神嗎？

「拿去，小心別被壓死嘍。你們實在弱爆了。」

「囉嗦。」

米羅亞凶了對方一頓，然後試著推動堅硬的金屬弦。

不管米羅亞再怎麼使勁地對準正中央猛推足有一個巨人長的弓弦，甚至將全身的重量壓上去，它仍然如同立在四周的柱子般一動也不動，就像一根鐵棒。

或許跑進「針林」的山豬一頭撞上擺在地上的黑弓，把自己撞死的傳說並非編造的故事。據說當時被撞上的弓一樣是文風不動。

「啊～嗚～可惡啊啊啊～！……呼。」

「哇哈哈哈哈！算了吧、算了吧。小心小小年紀就弄壞腰喔。」

「我……我可是曾經獨力抬起大水桶耶！哪裡有能扳動這把弓的傢伙啊！」

「不是有我嗎？」

「我不是那個意思啦。」
梅雷厭煩地躺回泥土地上。
米羅亞從沒看過這個巨人做出任何靈活的動作。
「對了對了，幾十年前，村裡有群蠢蠢的年輕人想試著把我的那個抬起來喔。」
「那個是哪個？」
「還用問，當然是雞雞啊。」
「啥～？」
米羅亞無意識地望向巨人的兩腿之間。那個草裙底下是沒包住沒錯。
「用……用幾個人才抬起來？」
「用了五個人都不行。然後他們知道必須認真了，就派出六個人。每個都是精挑細選，對自己的力氣很有自信的傢伙。」
「為什麼會做這種蠢事的大人有六個那麼多啊！」
「你去問問你的爸爸或爺爺吧。男人無論到什麼年紀都是笨蛋呢。不過有沒有抬起來就不清楚了……」
「等……等一下，你的話讓人很在意耶！」
況且當事人怎麼會不知道結果如何。梅雷有點不好意思地抓了抓肚子。
「哎呀，真的不知道啦～被六個人摸了之後，我反而開始覺得癢癢的……結果是立起來了沒錯，不過……」

「噗，真的假的？」

「哇哈哈哈哈哈哈哈哈！那些傢伙很驚訝呢！還說『原來你有那方面的興趣喔？』」

——梅雷總是講述著與村人們發生的那些令人無語的回憶。

例如流行在小孩們之間，比賽誰被梅雷的噴嚏吹得最遠的危險遊戲。

或是讓小時候的村長父親踩在肩膀上偷窺女生浴場，卻因為太過顯眼被懲罰的事。

或是在某位女孩的婚禮上獻唱，卻因為歌聲太糟糕被永遠禁止唱歌的事。這條禁令至今仍保留在村莊的規定之中。

從老人到小孩……所有居住於賽因水鄉的人都有著與長命的大巨人之間的回憶。米羅亞到老應該會一直記得那把宛如扎根於地的巨弓沉重的重量吧。

「不過啊，梅雷。你的身材雖然高大，卻不戰鬥呢。你為什麼不用弓呢？」

「別在意那種事。你知道嗎？箭矢這種東西不射出去最好喔。」

「啥～？如果箭不射出去最好，那弓箭一開始就不會存在於世上啦！看來你沒射過箭吧。」

「你這小鬼真愛頂嘴。」

事實上，米羅亞說的沒錯。

每一位村民都能侃侃而談關於他超乎尋常的龐大身軀與蠻力的故事。

但在那之中並不包含任何他以那股力量奮勇退敵的事蹟。
梅雷毫無疑問是這個村莊的英雄，卻不是憑戰功出名的英雄。
「別看我這樣，我可是很擔心你喔。畢竟黃都有那個羅斯庫雷伊在……還有駭人的托洛亞那種簡直是恐怖故事裡跑出來的傢伙！梅雷絕對打不贏的！」
「別說那種蠢話～！我是最強的。拿出真本事的我可是很厲害喔。肯定會讓你嚇一跳。」
「啥～？你平時只會躺在地上懶散過日子吧！羅斯庫雷伊絕對比較強啦！」
他們的守護神即將前往黃都參加王城比武大會，這讓米羅亞內心感到有些雀躍。
和他們一直住在一起的這位全賽因水鄉最有分量的存在，真的是這片大地最強的人嗎？
然而那些與他同為勇者候補的人——例如黃都第二將，絕對的羅斯庫雷伊的名聲就不只在一個村莊中流傳。凡是人類小孩都對那位大英雄懷抱憧憬，米羅亞也是其中一人。
「好歹奉承一下說我會贏吧。你一點也不懂得感謝耶。黃都的獎金很驚人喔。可以修好被雷劈壞的庫托依家，還能把西邊的水車換成新的。」
「啊～那邊的水車的確已經很老舊了。」
「它從你爺爺那代就一直邊修邊用到現在呢。還有什麼？對了對了，還有波亞妮生小孩的費用，她已經是第三胎了呢。也能買黃都的機器幫米瑟穆拉耕田。」
「米瑟穆拉那種怪老頭就算啦。」
「哇哈哈哈哈哈！反正我獲勝後就能拿到一大筆錢啦！別對村裡的人那麼小氣嘛！」

「……會說出這種話的人絕對贏不了啦～！」

梅雷總是開朗地笑著。

或許是因為無論是學業或農務的煩惱，又或是世上的悲劇，與那個巨大的軀體相比都太過渺小了。

這就是為什麼村人們即使沒事也會造訪「針林」吧。

米羅亞再次推了推弓弦，它仍然一動也不動。

「果然還是很不甘心啊……！喂，至少別把這把弓弄斷喔。等你輸掉回來時，我一定能把整把弓抬起來。」

「話說得很囂張嘛，不過呢，你今天就先回去吧。」

梅雷突然站起身，遙遙望向遠處的藍天。

在米羅亞的眼中，那只是一片沒什麼特殊之處的晴朗天空。

「快要下雨嘍。」

「啊～是嗎？看起來還是晴天耶。」

「不對，八成會下雨。看雲的樣子就知道了。」

「唔～那就明天見啦。」

米羅亞小跑步下山回家。

擁有超乎尋常巨大身軀的梅雷沒有遮風避雨的房子，他也沒那個必要。

能眺望賽因水鄉的「針林」從很久以前開始就是他的家。
「好了～今晚是這邊嗎……」
除了梅雷，其他人應該都無法看見浮現於地平線盡頭的雲朵形狀吧。
梅雷拿起了黑弓。
賽因水鄉今年的毀滅之日即將到來。

◆

那個聲音應該用「轟隆轟隆」而非「沙沙」來形容。
轟然的雨聲宛如地震，昏暗狂暴的天空彷彿將整片大地沖刷殆盡。暴風將鄰近山區的樹木颳了過來。其中幾根還以相當猛烈的速度撞上梅雷的皮膚，他卻不痛也不癢。
在這場暗夜暴風雨中，超出一般人規格的大巨人站直了雙腿。
他的身軀形成一道直衝天際的巨大影子，雙眼綻放駭人的精光。
那副模樣加上狂風暴雨的天氣，在不認識梅雷之人的眼中，看起來就像一幅末日的景象。
「……再等一下就來了吧。」
梅雷的這句低語不是對別人說的。

他將這股強風猛吹不倒——深深插入地面的一根「針林」的柱子拔起。

村人們一年獻上這種柱子兩次。

他們每年融化這附近採掘的優質鐵礦，由村裡工術最優秀的人將柱子打造成造型優美的直柱。再施予鍛造處理，使柱子不會生鏽。每一根柱子都是賽因水鄉的村人們精心打造，是這座村莊最傑出的工藝品。

也是他們的寶物。

梅雷俯視著他唯一的心靈故鄉。

人們生活的房子所透出的燈光紛紛因這場帶來末日的豪雨而顫抖。

具有豐沛的水源與礦石資源，土壤肥沃可養育動植物的和平村莊。

那是兩百五十年前，他記憶中此地仍然寂寥的時代裡還不存在的村莊。

「……」

——閉上眼睛，集中精神。

靜待宛如龍（dragon）一般瘋狂流竄的河川流向改變的瞬間。

在這種天候之中，他動用所有的感官去感覺，絕對不能漏掉那個瞬間。

河川那持續不斷的低沉轟鳴聲……稍微提高了音調。

梅雷睜開雙眼。就在心中出現預感的同時，通往大海的河川主流開始朝連接主流的小河倒灌。那條河直通村莊的中心。

賽因水鄉是一座充滿豐沛水源、土壤肥沃的村莊。然而那也意味著，這塊土地在漫長的歷史中反覆遭受這種河川的氾濫侵襲。

每年都會有一場規模驚人的暴雨過境這片土地，每次都會造成洪水氾濫，為村莊帶來沒頂的命運。

那就是賽因水鄉的毀滅之日。

地平咆梅雷沒有像平時那樣說什麼廢話。

他只是拉開除了自己以外無人可拉動、連抬都抬不起來的黑弓。

他下一步搭上的箭矢，是村人們奉獻的「針林」鐵柱。

溯流而上的洪水混合了三股水流。

繞過河中央沙洲上的巨石，沖刷左岸的水流。擋也擋不住的湍急水流。從後方大海方向湧過來，緩慢卻強勁的水流。

即使從這個距離，他也能看得很清楚。縱使身處這個烏雲和風雨掩蓋了賽因水鄉村景的夜晚，就算對手是不具形體的洪流，梅雷的眼睛依然看得一清二楚。

受到雨水沖刷而鬆垮的地基會不會崩落？挖出的深度是否正確？激流的疏洪道上是否有明年用的耕地？那裡有沒有米羅亞那些小孩子的遊戲場所？

在發動狙擊的前一刻，所有的評估都瞬間閃過了腦海。

龐大經驗造就的那股直覺告訴了他解決一切問題的方案。

「是那裡。」

他射出了箭。

「哐」地一聲，空氣被扯裂。遠勝雷鳴的巨大聲響撕裂了音障。

那條軌道看起來簡直就像一束光。

箭矢插入地面。

——賽因水鄉的大地連同地底深處的岩盤一起發出震動。

精確命中目標的箭矢仍繼續在大地中前進，破壞地形，掘出直線的軌道。

箭矢擊中地面的瞬間，地表噴出土石，甚至在那之後還沿著軌道一路噴發下去。

已經不能用「宛如地震」來形容，地平咆梅雷的弓箭射擊就是地震。

即使那是對著遙遠地平線射出的一箭，威力仍十分驚人。

「……很好。」

梅雷此時才露出滿意的笑容。

河水逐漸湧入被新挖出一道直線的大地傷口。
洪水偏離了人們居住的土地，流向郊外無人的低地。
那是無須搭上第二箭的完美射擊。
「很好……！睡覺吧！」
塞因水鄉今年又迎接了一次毀滅之日。
但是賽因水鄉今年仍沒有被摧毀。
去年如此，前年也是如此。這是一座兩百五十年前並不存在的村莊。
洪水災難每年襲擊這片土地一次。
村人們每年獻上那種鐵柱兩次。
——那些柱子如今被稱為「針林」，矗立在這座寸草不生的丘陵上。

地平咆梅雷不是憑戰功出名的英雄。
村人們講述的傳說之中，沒有任何他以那股力量奮勇退敵的事蹟。

◆

閃爍的星星高掛於清澈的天空，布滿了整個天幕。

對孩子們而言，這片夜空太過美麗、太過悲悽了。

有臺板車登上了丘陵，在夜晚的亮光中映照出了影子。

一大群孩子們拚命拉著板車，對車裡呼喊。

「看到了吧，那邊就是那些鐵柱。我們把妳帶來『針林』了！依莉葉！」

「依莉葉，妳這個沒用的傢伙！不要又睡著了！」

「反正有我們陪著，沒關係啦。妳會不會不舒服……！依莉葉！」

「……嗯……嗯……」

板車上躺著一位裹在黃色毯子裡的嬌小少女。

即使在月光下，仍能清楚看出少女的臉色十分蒼白。她因發燒而意識模糊。

在那個時代，這是無藥可救的病。

一位少年從人群中衝入「針林」。他高聲大喊，呼喚那個他所熟悉的存在之名。

「梅雷！依莉葉來了！依莉葉說想見你！」

唯獨在這個晚上，平時老是懶散地躺在地上的大巨人沒有入睡，而是一臉無趣地背對少年坐著。

「好吵喔……那傢伙是誰啊？我分不出你們那些臭小鬼啦～」

巨人頭也不回，不悅地抱怨著。

他幾乎沒有呼喚過那些比渺小的人類更小的孩子姓名。

或許他是害怕對那些太過脆弱的生命產生感情吧。

「梅雷你這個大笨蛋！她就是已經撐不下去了才來見你啊！你從那傢伙出生後不是一直跟她感情很好嘛！」

「……」

巨人舉起足以坐進三個大人的巨手，撓了撓臉。

他的聲音聽起來軟弱又喪氣，與平時的開朗笑容形成強烈對比。

「……她真的不行了嗎？」

道別的時刻遲早會來臨。越是讓人發自內心感到滿足的旅程，別離時便越像這般突然、充滿悲傷。

「臭人類，你們真是弱得難以置信。」

此時，板車終於追了上來。看起來是少女雙親的大人緊握著她纖細欲折的小手。梅雷平時就看著的孩子們紛紛呼喚少女的名字。

依莉葉。沒有別名，就是賽因水鄉的依莉葉。降生於這個世上，什麼也沒達成就即將死去。

「……梅雷……太好了……你還醒著……」

「……碰巧罷了。我還嫌太閒數起鬍鬚呢。」

「嗯……嗯。你聽我說喔，梅雷……謝謝你……我一直都……過得很開心……」

「這樣啊，那就好。妳活得很開心呢……依莉葉。」
在這個時候，周圍的小孩們一個接一個流下了眼淚。
連平時逞強好勝的壞孩子們也哭了。
依莉葉是他們重要的朋友。
梅雷沒有跟著那群弱小的傢伙一起哭。因為他是最強的巨人，是村莊的守護神。
他覺得應該展現自己的氣度。
梅雷雙手捧著板車，露出白天時的那種笑容。
「好。反正妳今天就要死了。有什麼願望我幫妳實現，什麼願望都可以。」
「……那、那麼……梅雷。我想像平時那樣……看星星……」
「好啊好啊。到我的肩膀上，看到了吧。」
「……我……最喜歡……這個村子了……星星……好漂亮……」
「哇哈哈哈哈！這種星星不算什麼，到時候要我拿多少供在妳的墓前都行。」
巨人用那足以坐進三個大人的巨手捧著裹在毯子裡的小小生命。
她還活著，她還有呼吸，她還很溫暖，她仍有心跳。
梅雷還記得她出生那天的事。那是一個與今天同樣空氣清新，星光熠熠的夜晚。
多麼脆弱又短暫的生命啊。
地平咆梅雷天生就很強大。

然而，人類，他們卻只有無可救藥的短暫生命。

「——有沒有人想和依莉葉一起看星星啊！」

「我！」

「人家也要……！」

「依莉葉！我也要！」

「我也是！」

「所有人都坐上來吧！就算太靠近星星，也不要伸手抓喔！」

梅雷將捧滿雙手的生命高高舉向天空。

抬頭仰望的梅雷也清楚地望見閃爍的星辰。

這片夜空太過美麗、太過悲悽了。

為了讓少女更靠近地欣賞她最喜歡的星星——巨人將手舉高，再舉高。

那是非常遙遠的過去記憶。

◆

「……喂，老爸。」

暴風雨隔天的晚上。

以現在的氣溫，離暖爐太遠會有點冷。這種低溫就是暴風雨過去後留下的殘渣。

吃完晚餐的米羅亞一邊刷著牙，一邊詢問身旁同樣在刷牙的父親。

「有賽因水鄉的人去了黃都吧？」

「喔，你是說米絲娜嗎？米羅亞也想去黃都嗎？」

「不，我不是這個意思……只是在想梅雷為什麼會參加王城比武大會。」

「嗯，你怎麼突然有這個問題？」

「……哎呀，再怎麼說去黃都是一段很遙遠的旅途嘛……」

「你的意思是如果只是幫村裡賺錢，沒必要做到那種程度嗎？」

米羅亞的父親個性穩重、身材瘦長，在體格或性格等方面皆與長得比較接近母親的米羅亞正好相反。他卻一如往常地瞬間看穿了米羅亞的想法。

「老實說，參加王城比武大會的事是大家為了梅雷而決定的。」

「……為了梅雷？」

「嗯。」

父親拿毛巾擦了擦臉，戴上他愛用的俗氣眼鏡。由於眼鏡剛才被油燈加熱，稍微起了點霧。

「梅雷他……從來沒離開過賽因水鄉。」

「咦，不會吧！是這樣嗎？」

「嗯？是啊。他無論何時都躺在那個丘陵上……不是吃村人送去的食物，就是獵鳥龍(wyvern)吃……似乎從爸爸的爺爺那代一～直就是那樣。」

「他沒有想去的地方嗎？」

「不知道。巨人原本就是旅行到哪就住在哪的種族。因為若是一直待在同一個地方，就會把那邊能吃的東西吃光……雖然這跟梅雷沒關係。」

米羅亞這時才開始思考，如果自己是梅雷會有什麼感覺。

兩百五十年來一直在那個荒涼的山丘上遭受風吹雨打。看不到新鮮的景色，也遇不到巨人同伴。他是賽因水鄉的守護神，卻無法和人類一起住在村子裡。因為雙方都知道，人類與巨人之間的身材實在差太多了。

明明具有看得比任何人都遠的眼睛，他卻無法前往眼中所見的那片景色。

「今年的暴風雨也結束了，所以我們希望他能去一趟小旅行。希望他在這個和平的世界……到村外留下一些回憶。」

「但是，那可是在王城比武大會裡戰鬥耶。還有羅斯庫雷伊參加。他不害怕嗎？」

「唔……這件事對米羅亞或許還太難懂了。」

父親雙手抱胸，誇張地裝出一副眉頭深鎖的表情。

從窗外的寂靜夜色傳來啁啾的鳥鳴。

「梅雷很強喔。」

「或許是吧。」

「……他很強，比米羅亞認為的強太多了。」

地平咆梅雷不是一位以戰功聞名的英雄。

就算如此，村人們卻不可思議地毫不懷疑他是最強這件事。

「應該是在八年前吧。你還記得魔王軍蔓延到這附近的事嗎？」

「咦……你在騙人吧……」

「——沒有騙人喔。爸爸當時真的很害怕。小時候的你每天都在哭。到處都是魔王軍……但如果不逃走，我們遲早也會變成魔王軍。甚至還有些家庭認真地商量……是不是該在事情演變成那樣之前先自殺比較好。」

「……」

就連喜歡大鬼（orge）、龍或駭人的托洛亞相關故事的那些孩子們也完全不敢亂開「真正的魔王」的玩笑。

因為所有人都知道，那不是能隨便當成笑話就了事的東西。

「但狀況最後並沒有變成那樣。我還記得……其他地方都淪陷了，卻只有這個賽因水鄉平安無事。梅雷每天都站在那個山丘上眺望魔王軍，手上拿著那把黑弓。他沒有射出箭……卻露出我從來沒看過的凶惡表情。」

「因為有梅雷，魔王軍……才沒有靠過來……？」

「……很厲害吧？梅雷戰勝『真正的魔王』嘍。這是真的。」

那或許是梅雷唯一與戰功有關的故事。

米羅亞也隱約察覺到大人們之所以不提那件事的原因。步步進逼的毀滅，四處蔓延的無形絕望。笑容從那個梅雷臉上消失的日子。

當時的一切與現在的村子完全不同……讓人希望那只是一場惡夢。

賽因水鄉十分和平。

這個小村子的人們既沒有被迫移居黃都，豐饒的資源也沒有被「真正的魔王」踐踏摧毀，至今仍居住在祖先代代傳承的土地上。

就像世界各地的幾個人跡未至的祕境，這裡是少數的其中一個還保有魔王時代之前風貌的地方。

「梅雷是戰士。他很強，恐怕在他來到村子之前……就已經很強了。」

「……可是他沒有對手耶。」

「長久以來梅雷都是孑然一身的強者，他應該很孤獨吧。明明只要打起來，他會比任何人都強大……卻只能一直守護這個村子，無緣讓人見識他的力量……」

儘管知道他報名參加王城比武大會，但米羅亞不知道村裡的大人與梅雷之間做過什麼商量。

……但是，如果……梅雷真的是一位強大的戰士。

他應該很寂寞吧，應該很孤獨吧。

即使村人們送食物給他，向他獻上箭矢，與他交心留下回憶，卻一定無法在這方面滿足他。

唯有「真正的魔王」肆虐的時代，才能誕生出諸多英雄——那麼在那種時代仍長保和平的這個村子，就不可能出現任何像地平咆梅雷那樣的強者了。

「……老爸，梅雷打得贏羅斯庫雷伊嗎？」

「打得贏。」

「可是我從來沒看過梅雷射箭耶。」

「咦，真的嗎？米羅亞應該看過喔。」

父親驚奇地偏了頭，推開一扇能望見山丘的窗戶。

這裡所有的房子都能從窗戶清楚地看見俯視村莊的「針林」。

「你在七歲時不是曾說過看到流星嗎？」

「啊……不是，我不記得了。那又怎麼了嗎？」

「你看，今天也能清楚地看見喔。」

「……！」

米羅亞不禁探出身體。

是流星。的確有流星劃過漆黑的夜空。

然而那顆流星卻是飛向天空。

燃燒的細線從丘陵衝向天際，一次又一次。
如果在平時的夜晚可能會讓人忽略。
那是只有在這種暴雨過後，空氣清澈乾淨時才能窺見的微弱黯淡的光芒。
「……那是以工術製造的土箭燃燒發出的光。它們用足以讓泥土化為火焰的速度飛向遙遠的天空。只有梅雷能辦到這種事，每天晚上都是如此。」
「梅雷……！」
米羅亞只是沒注意到而已，其實每天晚上的天空應該都閃耀著這樣的流星群吧。
終日懶散過活，只會笑的大巨人……一直、一直在這個村莊裡做這種事。
「吶，老爸……老爸！」
他著迷地看著那些光芒，幾乎快要跌出窗外。
大騙子。梅雷果然射過箭嘛。
而且竟然還這麼厲害。
如今他能相信了。
相信隨時都與賽因水鄉同在的最巨大存在，真的是這片大地最強的人物。
「……梅雷可以打贏羅斯庫雷伊吧！」

◆

閃爍的星星高掛於清澈的天空，布滿了整個天幕。

……那是暴風雨過後的美麗天空。

「啊……可惡，只差一點了。」

梅雷仰望著天空中如針頭般大的明亮小星星，稍微咂了咂舌。

在能看見的星星的日子裡，他總是在做這種事。

搭上土箭，拉弓，高高舉起……瞄準那一小點放出箭矢。直到累倒入睡之前，他一直在做這種事。

一定只差一點了，只是缺了些準頭。

一定只差一點了，只是距離不夠。

但昨天比今天做得更好，所以遲早能射中。

「等著看吧。」

龍族沒興趣鑽研技術，和他們同為長命種族的巨人與森人（elf）也是如此。

在這個世界，唯有壽命有限的種族願意磨練技術，相信努力是可以累積的。不過——

如果那些生物將過度漫長的生命完全用在追求一項技術上……
巨人伸出兩根手指，圈住頭頂上的整片星空。
有如平時般開朗地笑著。
在能夠看見星星的日子裡，他總會這麼做。
「——我會把你們供奉在墓前。」

此人體型巨大而超乎尋常，具有看透地平線盡頭的極限視力。
此人箭術已臻化境，僅射一箭即可改變洪流的去向。
此人可發出足以破壞地貌，無法防禦、不能迴避的破壞力。
那是從世上生物無法觀測到的超遠距離放出的流星之箭。
弓箭手（archer），巨人。

地平咆・梅雷。

二◆亞瑪加大沙漠

——從兒時開始，她就對能從沙漠望見的山丘燈光感到很驚奇。大人們說那是名為依塔其的城市燈火，那裡住著和他們完全不同的居民。

亞尼是個愛發問的小孩。

「有什麼樣的不同？像沙人(zmeu)那樣有蜥蜴頭嗎？」

「不對不對。在高地那些傢伙的眼裡，我們雙方沒什麼差別。但是信的神不一樣。」

「神？」

「妳知道可怕的『真正的魔王』在很久以前來過吧。當時高地城市的人們全都死光了，我們卻活了下來。都是因為微塵暴之神保護了我們。」

「微塵暴之神不是天氣現象，而是真的神明嗎？」

「兩者皆是。天神在這個世界展現的力量，就是天候現象微塵暴之神。是專屬於我們沙漠人民的神。亞瑪加大沙漠從以前就不斷出現微塵暴，我們的村莊卻平安無事地存活下來。那就是因為微塵暴之神在守護我們啊。」

住在亞尼村莊外面的人們似乎信奉名為詞神的其他神明。但大家都說，既然那東西並沒有從

「真正的魔王」手中保護他們，那應該就是比微塵暴之神還弱的神。

有一天在她去取水時，亞尼目睹了微塵暴之神穿過水池與村莊之間道路的景象。簡直像沙漠本身覆蓋了天空。明明是白天，世界卻猶如黑夜般昏暗。

從未聽過的聲音轟然作響，縱使微塵暴已過，耳鳴仍徘徊在腦中遲遲未消。年幼的亞尼非常害怕那種聲音。

帶她去水池的切那比亞尼先取好水，早一步回村的她在路中徹底消失，連一片指尖的肉都沒有留下。

——微塵暴之神正如其名，能把萬物化為細粉微塵。數量驚人的的沙子在狂風中互相摩擦，有如銼刀研磨石頭般將生物徹底磨成碎末。

即使是寸草不生的亞瑪加大沙漠也有許多生物。隨處可見的貓咪、老鼠或蜥蜴，還有在仙人掌築巢的啄木鳥。亞尼尤其喜歡看白蜘蛛歡快地跳動。

然而一旦微塵暴經過，就什麼也不剩了。

「……媽媽，妳不怕被微塵暴之神帶走嗎？」

「不怕喔。我的哥哥和隔壁的利塔，大家都穿過風暴去了另一端的國度。」

「另一端的國度？」

「微塵暴之神經過之後什麼也不會留下對不對？那是因為在乾旱的亞瑪加生活很辛苦……祂為了拯救我們而創造出一個國度。大家都在那裡相親相愛地生活。」

「那大家都被微塵暴之神帶走不就好了嗎？」

「那樣不行。」

「為什麼？既然不可怕又不痛苦，為什麼不這麼做呢？」

「要是有小孩子想過去，就會惹微塵暴之神生氣。不但無法穿過風暴，反而會被帶去可怕的地獄喔。我們必須等祂過來迎接才行。」

「……媽媽呢？妳不想被帶走嗎？」

「……」

「切那被帶去地獄了嗎？」

村人們總是小心翼翼地避免觸怒微塵暴之神。

無論生活多麼艱困，大家都忍耐著辛苦完成每天的工作。這是村裡的規定。

所以亞尼每天都會穿過沙漠前去取水。每當她遇到沙塵暴時，總會害怕那是生氣的微塵暴之神。聽說只要有人離開村子，微塵暴之神就會在那年大發雷霆。

因此，所有人每天都做著同樣的工作。

亞尼沒有抱怨過，還有很多大人做著比亞尼更辛苦的工作。

她因為吸入沙子而不斷咳嗽，但仍繼續搬運裝滿水的桶子。

來來回回，周而復始。她也曾有過鞋子被滾燙的沙子弄壞卻沒得修的經驗。每當有孩童病死，人們就用動物皮毛包裹屍體後送到祭祀微塵暴之神的祠塚。亞尼偶爾會望向山上依塔其的燈火。

大人們說，那些沒有微塵暴之神保佑的人很可憐。

她看著大月與小月一次又一次地穿過亞瑪加大沙漠的美麗夜空。

——這樣的日子反覆了多少次呢？亞尼如今十二歲了。

那天的水池與平時不同，旁邊停著一輛馬車。

「妳是誰？」

「啊！太好了太好了！」

一位沙人女子看到亞尼後笑了。亞尼從沒見過那麼高級的服裝與馬車。

「您來得正好！是亞瑪加村的人嗎？」

「嗯，我叫亞尼。」

「呀哈哈！您好，午安，亞尼小姐！」

沙人是居住在乾燥得有如沙漠的土地，有著蜥蜴頭與蜥蜴外皮的人族。不是可怕的種族。因為來村子賣鹽的也是沙人，他們反而比村外的人類還常見。

「妳是旅行商人嗎？」

「不不！要問我有什麼可賣的，很遺憾就只能賣笑而已！在下不過是一位微不足道的沙人小丑。您喜歡看用絲線表演的雜技嗎？」

「……什麼是小丑？」

「您不知道小丑？呃，這個嘛。我把說明圖放到哪裡去了。」

沙人伸手在遮陽外套裡翻找，誇張地擠出找不到東西的疑惑表情。

「弄掉了嗎？」

「不不，正好找到了……哎呀！」

她最後總算掏出一張麻紙，紙片卻被風吹離了沙人的手。

「哎呀！」

沙人跌跌撞撞地追逐在空中飛舞的紙片。每當她差點抓住時，紙片總會在最後一刻溜走。她驚慌失措地以滑稽的動作追著空中的紙片繞圈子。明明沒有使用詞術，紙片卻像小鳥般振翅飛舞。

「喂，別跑！停下來！哎呀——！」

只見被飛舞紙片要得團團轉的小丑頭昏眼花，一屁股倒在沙地上。

而拍動翅膀的小鳥則是變回普通的紙片，輕飄飄地落在那張蜥蜴臉上。

亞尼有生以來第一次看到這種有趣又不可思議的景象。

「呵、呵呵呵呵。」

「您看得開心嗎？」

沙人將紙片摺起來後收回外套裡，接著動作誇張地行了個禮。

「那張紙是活的嗎？」

「這很難說喔。得再打開一次確認才知道……呀哈！活跳跳的耶！」

沙人掏出的紙宛如昆蟲在她的手掌上跳動，然而當亞尼接過紙一看，卻發現那不過是一張再普通不過的麻紙，上面畫著小孩子喜歡的花卉圖案。

「呀哈哈！看起來它很喜歡亞尼小姐喔。那就送給您吧！」

「我可以收下嗎？」

「當然沒問題，不過您可以告訴我村子怎麼去嗎？雖然我也能自己找，只是我擔心會迷路，繞來繞去走不到目的地呢。」

「只要沿著這條路走就行了。地面顏色不同的地方是取水的小孩踩出的道路……妳去村子有什麼事？那臺馬車是小丑表演用的嗎？」

「不不，怎麼可能！我得載一位身分尊貴的人士過去。這是比小丑更重要的工作喔。」

「……」

亞尼望向停在樹蔭處的白色美麗馬車。這位沙人性格爽朗又健談，但馬車卻彷彿空無一人般靜悄悄地，感覺不到什麼氣息。裡頭究竟坐著什麼人呢？

亞尼走過馬車的前面，準備取水。

「——她的腳已經受傷了，妳還讓她自己取水嗎？」

「咦？」

一道平穩清澈的話音令她不禁停下腳步。

沙人連忙趕了過來。

「啊，實在很抱歉！我真是太糊塗了，竟然沒有發現亞尼小姐的傷！您的腳腱斷了嗎？應該是四天前受的傷吧？」

雖然她浮誇地擺出擔心亞尼腳傷的態度，但比較像在回應馬車裡那位人士的話。這名沙人應該早就注意到亞尼的傷了。

「沒關係。」

亞尼如此回答沙人。雖然傷勢一直沒痊癒，但對她而言腳傷的狀況已經沒有意義了。

「微塵暴之神明天就會來接我了，因為村裡沒有能治好我的腳的生術士。所以大人要我別亂跑，等祂來迎接。」

「呀哈哈！在亞尼小姐的村子是這樣解釋微塵暴啊？那還真是……」

「——幫她簡單治療一下吧。有些事不要點明比較好。」

「是，當然沒問題。」

小丑本來想開點玩笑，卻被馬車傳出的聲音制止。沙人手腳俐落地拿出繩子與繃帶，纏住亞尼的腳減緩她的疼痛。

「好啦！這樣應該稍微舒服點了。」
「……為什麼？」
亞尼是個愛發問的小孩。
「為什麼要對我這麼好呢？」
「這個嘛，妳說呢？這種事在沙漠以外的世界或許很普通吧。況且我有可能其實是很可惡的大壞蛋喔。」
聽說沙漠外面的人民不像沙漠之民那樣勤奮，也沒有受到微塵暴之神的守護。他們既愚笨，又沉溺於自己的欲望。不可以和那些人扯上關係。
「……沒關係，最後能遇到小丑小姐真是太好了。」
她拖著腿走向水池。
大家都說反正微塵暴之神要來接走她，也就沒有治療腳傷的必要了。
連亞尼自己也認為這種行為沒有意義。
「小丑小姐。」
「呀哈！什麼事？」
「妳能不能也讓村裡的人們欣賞有趣的表演？」
馬車裡的聲音回答。
「好，我向妳保證。」

「呀哈哈！當然沒問題！」

沙人將包紮用的繃帶如畫圈圈般轉了起來，繃帶變成了色彩繽紛的碎紙片。那是一道出生於灰色沙漠的亞尼從未見過的色彩所形成的風。

「請多保重，亞尼小姐！」

◆

或許因為遇到了那種事。

在微塵暴之神來接她之前，亞尼想趁著晚上先去祠塚看一看。

雖然每次都是大人們負責把小孩搬去祠塚，不過事實上村裡的孩子們都隱約察覺到了那個地點距離村子多遠，以及位於哪個方位。

（等到早上，我就會被帶走了。）

她越靠近，腳下的沙子就越濕潤，地面變成了覆蓋土壤的岩石。

兩個月亮的光芒孤寂地照在拖著一腳、不良於行的她身上。即使如此，她仍想親眼確認。這是一生都對大人的話十分順從的亞尼第一次自己下的決定。

——在亞瑪加大沙漠之外有其他的世界。就像那個小丑一樣，是亞尼不知道的世界。微塵暴之神從沙漠外面的恐怖怪物手中保護了村子。

微塵暴之神會在可怕的憤怒之下消滅活人。
哪個說法才是正確的呢？或許兩個說法都是正確的。
（……祠塚到了。）
雲朵遮住了月亮，四周一片昏暗。然而聳立於無風窪地中央的那顆巨大岩石，一定就是大人們所說的祭祀微塵暴之神的祠塚。
「微塵暴之神……」
她不害怕。在這座祠塚死去之後，她就能穿過風暴到達另一端的國度。
啪嘰。
鞋子踩到某個東西，發出清脆的聲響。
那是為了明天的獻祭活動而給她的鞋子。
月亮從雲裡探出頭來，照亮亞尼觸摸的祠塚。
「——啊。」
上面塗滿了某種黑色的東西。
即使在紫色的月光中，她也能分辨那是什麼顏色。
「啊啊。」
是血。是一層又一層塗上去，大量乾涸的血跡。

亞尼踩到的東西很像小石塊，卻詭異地只集中在血跡附近。
那是又薄、又白，還帶有一點弧度的碎片。
「……怎麼這樣，啊啊，怎麼會這樣……」
然後她看見了祠塚後方的景象。
另一端的國度就在那裡。
軀體乾枯的孩子、風化到只剩骨頭的孩子，全部被隨意丟棄堆積在那裡。連遭到野獸啃食的痕跡都沒有，只是毫無意義地死去。
「啊啊啊啊！」
無論是死亡的孩子或仍活著的孩子，都會被大人們搬到這裡奉獻給微塵暴之神。
然後……然後，如果是活著的孩子，大人們會怎麼做呢？
祠塚有血跡，有骨頭碎片。長久以來，有多少人被同樣的方式打死呢？
腳下傳來「啪嘰」一地一聲。
「不、不要。」
她踩碎了一塊頭蓋骨的碎片。在亞尼的村莊裡，生下來的小孩幾乎無法長大成人。他們都以這種方式死去。
——不怕喔。我的哥哥和隔壁的利塔，大家都穿過風暴去了另一端的國度。

當時真正讓亞尼感到恐懼的並非自己的死亡。

而是大人們都知道真相。無論是壞心眼的大人、親切的大人、村長、老人，還是家人。每個人都不斷若無其事地教育孩子們謊言。

她所相信的教誨、努力遵守到現在的規定，全都是謊話。

最重要的是——

起風了。

「救救我。」

滑落臉頰的淚水很快就被吹乾了。這座微塵暴之神的祠塚過去從未有風吹入，連骨骸的碎片都還留在原地……如今卻吹起了風。

「對……對不起！對不起！」

每件事都出了問題，所有的事都不對勁，然而唯有一件事千真萬確。

那就是細沙與碎骨伴隨著風沾上亞尼的身體。

粉末如銼刀般從內側削磨肺部及氣管。連口裡吐出的鮮血也在轟隆作響的暴風中化為一陣霧氣消散而去。

是亞尼的錯。

因為她摔傷了腳，無法工作。

因為她聽了小丑的話。

因為她知道了真相。

因為她懷疑微塵暴之神。

「……咳、咳……！對、不……」

比死亡更可怕的痛苦折磨著亞尼。

鮮血、淚水、慘叫、懺悔全都被抹消殆盡。

風停了，小小的身體也從這個世界上消失。

沒有留下任何殘渣，也沒有留下任何意義。

三◇托吉耶市

——他知道為了生存，就必須掠奪。

就像大多數的人族一樣，戒心的庫烏洛有過一段不需掠奪也能過活的孩童時光。即使那段日子不算豐衣足食，世界的色彩與音色仍然比現在更鮮豔。

他知道「真正的魔王」的恐懼橫掃之後，那段時光永遠不會再回來了。

小時候所擁有的一切，如今必須靠自己的力量搶過來。每天的糧食、供其安居的處所，甚至是生命。

所以他才會像現在這樣，死命逃往托吉耶市的郊外。

與黃都接觸的計畫曝光了。追兵是以這座城市為據點的舊王國主義者勢力。

原本君臨這個世界的三王國遭到「真正的魔王」帶來的威脅摧毀，統合成名為黃都的新興國家。企圖恢復過去王國體制的舊王國主義者與黃都是不共戴天的敵對關係。

（——這一區的人類實在很多，有點太顯眼了。）

小人（leprechaun）特有的少年臉孔與體型對戒心的庫烏洛的追兵而言是絕佳的標記。庫烏洛兩手插在深茶色的風衣口袋裡，頭也不回地注意著背後熙來攘往的群眾。

「他們過橋了，有十三人。」

不知從何處傳來一句少女的細語。那種昆蟲振翅與低語聲唯有庫烏洛的耳朵聽得到。

（不對，有十四個人的腳步聲。）

知道敵人在橋附近後，戒心的庫烏洛就能掌握正確的人數。只要將意識朝橋的方向集中就能辦到這點。

這裡是有幾百個體型與步伐皆不同的人們來來去去的早市。為了讓敵人難以追蹤，庫烏洛才會選擇逃往這個方向。

潛伏的技巧是他在這個城市當偵探之前就培養的技能之一。

（——有五個人刻意隱藏腳步聲，他們在士兵行動之前就混入了人群。十四名士兵只是吸引注意誘使我做出反應的誘餌，實際負責來捉我的毫無疑問就是那群人。）

他將意識集中在混入人群的一位士兵上。

庫烏洛不急不徐地低頭走著，同時混入群眾隱藏氣息。但不是為了閃過敵人。他輕輕從口袋裡抽出一隻手。

（擊穿氣管——第六頸椎。）

手上傳來「喀嚓」的振動，那是暗藏在風衣袖子裡的摺疊式袖弩啟動的聲音。以深獸(kraken)鬚為材料製造的細箭的空氣阻力極小，不會有箭矢劃破空氣的聲音。

「嗚。」

只有庫烏洛一個人察覺那微小的斷氣聲。他就是為了做到這點而射擊氣管。讓對方完全發不出聲音，無法通風報信。

這招是躲不掉的。剛才的狙擊中途穿過兩個來往行人的腋下才打中目標。他以幾乎只有彎曲手指的最小動作發動，甚至連看都沒看向遭到殺害的敵人。

——據說在數量龐大的人族之中，偶而會出現視覺能力與聽覺能力遠遠超出同族的個體。或是有人可以透過才能或鍛鍊，獲得超越正常五感的直覺。感知熱能、感知磁力、聯覺之類非一般感官能力的存在也時有所聞。戒心的庫烏洛也擁有那類感官能力，而且是「同時具備每一種能力」。天眼。

庫烏洛獨有的異才被如此稱呼。

「有一個人的頭轉向你了。」

少女的低語提出警告。和通信機不同，唯有具備超常聽覺的人才能從這麼遠的距離聽到這個聲音。不過只要讓庫烏洛聽到這些情報就夠了。

（北西方向的男子呼吸變急促，他發現我了……利用帽子吧。）

就在追蹤者的視線被路人的帽子擋住的瞬間，他對著路人的肩頭放箭。

箭矢在帽子上開出一個小洞，從目標的眼窩射入，貫穿了腦幹。那個人一聲不吭地癱倒在地。庫烏洛沒看向那邊，但仍清楚感應到目標喪命的那一瞬間。如果不這麼做他就無法安心。

庫烏洛那雙孩提時期倒映著美麗世界的眼睛，如今只能看著敵人的死亡。

「庫烏洛。」

少女的聲音從擠滿市場的群眾頭上穿過，來到庫烏洛的臉頰旁邊。

「吶，好像被橋上的士兵注意到了。趕快跑比較好喔。」

「既然如此，妳就不要用那種會被發現的方式行動啊，丘涅。」

那東西乍看像能用雙手捧起的小鳥，大部分從遠處看的人都會如此認為吧。

然而這個具有鳥類翅膀的存在卻是體型遠小於小人的少女。就算在這種棲息著各式奇形怪狀的獸族的世界，她也不是會出現在自然界的個體。

「萬一被舊王國那邊的人知道妳的存在，以後我就麻煩了。」

「嘿嘿嘿。」

少女在庫烏洛的手中不好意思地笑著。

「庫烏洛。吶，庫烏洛，你在擔心我嗎？」

「……當然很擔心，畢竟這關係到我的性命。」

庫烏洛再次頭也不回地發射弩箭。一名士兵的橫隔膜被打穿，當場蹲下。他變成擾亂部隊陣形的路障。這就是庫烏洛的目的。

他能確實殺死目標，但只殺達成目的所需的最低人數。

「丘涅，會合地點沒有埋伏吧？」

「嗯，我看過了！沒問題喔，庫烏洛。」

「……妳確定嗎？」

庫烏洛壓低嬌小的身軀，吸了一口氣後衝出去。完全沒碰到與他擦身而過的群眾衣服，動作靈巧宛如一道黑影。他衝過廣場，有時還直接跨過商店的攤子。丘涅則是縮成一團躲在風衣裡。

她的別名是流浪的丘涅。

雖然她除了體型外相貌與少女無異，卻不是一般的生物。

那是名為造人(homunculus)——以活體人族為材料製造，近似於魔族的人工種族。他們與骸魔(skeleton)或屍魔(revenant)不同，體內擁有素材所知的知識。甚至還能在製造階段透過連接細胞進行調整，產生這種將雙手置換成雙翼的個體。

由於製造他們需要高度的技術，因此成品相當少見，個體的壽命也很短暫。一般人甚至不知道這種生物的存在。然而丘涅明顯是失敗品，她完全不具備人族材料擁有的知識。

「甩掉了嗎？」

「妳說呢？」

庫烏洛回頭再看了一眼。即使做好萬全的應對，距離能安心的情況還差得遠了。

他曾經與更強大的敵人戰鬥過。如果是舊王國部隊那種程度的對手，就算正面衝突也不可能輸。然而，他知道很多做出那種輕率判斷因而導致死亡的案例。

一旦看輕小兵就會死。無論機率有多低，戰鬥總是存在致死的可能性。

「對方知道正在追的是我，妳覺得他們不會派出比我更強的人嗎？」

「……沒有人比庫烏洛強喔。」

「那種人到處都是，每個人都想殺我。」

——戒心的庫烏洛擁有的異才被稱為天眼。他是一位活躍於混沌動盪的「真正的魔王」時代的檯面下的英雄。庫烏洛於諜報公會的手下運用那項才能，建立許多傳說級的成果。

那都是過去的往事了。

「丘涅，不要跑出風衣。」

「嗯。」

庫烏洛抵達了目標會合地點。當他以優越的視力一一確認無數駛向市場的馬車，就找了那臺在車門上刻著綠色小記號的車輛。

他以唯有憑小人的體重才能做出的輕盈動作鑽入行駛中的客車裡。

「我是戒心的庫烏洛，妳是黃都的使者吧。」

他進入車裡後報出身分。客車裡只坐著一人，是一名將紅褐色頭髮紮起，氣質優美的女子。

「是的——黃都第十七卿，紅紙籤的愛蕾雅。非常感謝您回應我的邀請。」

他有一股面對不知名威脅的預感。

（——怎麼回事？）

來源不是眼前的女子。

「第十七卿……這裡可是敵營喔。沒想到黃都二十九官竟會特地來到此地。」

那是運作世界最大人族都市的黃都議會，總數二十九人的最高官僚。據說紅紙籤的愛蕾雅是負責掌管諜報部門的年輕才女。

「像這樣潛入敵營的正中央正是我這種特務部隊的工作。況且……黃都那邊也認定你具有派出二十九官接洽的價值。諜報公會『黑曜之瞳』最敏銳的眼睛——戒心的庫烏洛。」

「……現在的我只是個普通偵探罷了。而且還正在被人追殺。雖然我盡可能甩掉了追兵，但無法保證馬車的出入不會被封鎖喔。」

「嗯。」

庫烏洛觀察著她從容不迫的反應。那個威脅感究竟是從何而來？

對他而言，無論是令人心動的笑容或美貌，都不過是構成人體表面那層皮膚的要素。他觀察的是肌肉是否有不自然的跳動，眨眼的週期或模式是否出現變化。

（與黃都使者接觸的計畫被托吉耶市的舊王國主義者察覺了……）

也可能是黃都方「有意地」洩漏情報。

庫烏洛脫離了「黑曜之瞳」，隱匿於市井中以偵探業為生，不屬於任何勢力。在今日計畫曝光的這個時間點，他就失去了投靠黃都以外的退路。

不過庫烏洛本來就希望事情變成這樣。因為在這種情況下，黃都目前就不會有收拾掉庫烏洛的打算。

——既然受到對方利用，就代表她不是真正的威脅。

庫烏洛現在感受到的威脅的來源恐怕另有其人。

「我希望能立刻離開托吉耶市，準備得如何？」

「已做好萬全準備了。在接到你之後，我就不需要再待在這裡了。因為可能無法通過路上的檢查哨……只能穿越溼地區域了。」

「兩天前才下過雨，馬車有可能會卡在泥巴裡喔。」

「雖然這臺車的外型和旅行商人的大型馬車一樣，但馬匹選用適合在泥淖地形行走的品種，車體也減輕了重量。就算是水淺的沼澤也能輕鬆通過。」

「……和『黑曜之瞳』使用的馬車是同一種款式呢。」

「是的。」

在「真正的魔王」的時代裡，當時以最大諜報公會聞名的「黑曜之瞳」於檯面下相當活躍，他們負責執行各種諜報活動。隨著時代落幕，成員大多辭職退隱。據說部分人才與技術流入了黃都的特務部隊，就像現在的庫烏洛這樣。

「你把造人女孩留在城市裡好嗎？我聽說她經常與你在一起行動。」

「……你們果然知道啊。」

庫烏洛嘆了口氣。由於托吉耶市在被舊王國主義者占據前就已經在抗拒黃都的控制，他本來還暗自期待多少能利用這種環境對黃都隱瞞丘涅的存在。

「妳可以出來了，丘涅。」

有如小鳥的少女從風衣裡鑽了出來，用一雙大眼睛仰望愛蕾雅。

「您、您好。」

「她是流浪的丘涅。我希望盡可能帶她過去。以妳的權限應該沒問題吧？」

即使黃都接納少數獸族或鬼族，將他們當成勞動力運用，那裡仍是人族國家。造人與魔族相同，在製造過程中存在倫理方面的問題。對方很可能不同意庫烏洛帶著她逃過去。

或者，若對方要求庫烏洛交出丘涅當作研究材料，他也無法拒絕。他被舊王國主義者追殺，已經無法像之前那樣在托吉耶市當偵探，退路早就被切斷了。

「真稀奇呢。雖然造人就是這樣的生物——但我還沒聽說過特地生出翅膀的個體。是為了什麼才做這種改造呀？」

「不知道，丘涅又不是我製造的。而且我也不想知道那些魔王自稱者神經病在想什麼。可能是打算重現古時候的空人(harpy)吧。」

就如同森林住著森人，山上住著山人(dwarf)，沙地住著沙人。據說以前天空的領域也住著人族。然而，空人卻隨著鳥龍的興盛而絕種。結果各種人族之中最成功的是居住於各領域「之間」的人類。

「——純粹是觀賞用的改造，不像魔族那樣危險。你們信不信我就不知道了。」

「無所謂。如果只是這樣的程度，以我的判斷可以放行。」

「真的嗎！」

「……真不好意思。別看她那樣，她可是我工作上的必要夥伴。」

除了嬌小的身軀及翅膀，丘涅沒有任何突出的能力。既無可靠的腦袋，潛伏技術方面在庫烏洛看來也是相當粗枝大葉。就算如此她仍有利用價值——至少對於庫烏洛的生存是如此。

「太好了呢，庫烏洛。吶，又可以在一起了。」

「我會繼續僱用妳。妳想要什麼酬勞？黃都應該大部分的東西都買得到。」

「啊，沒關係啦。我什麼都不需要喔。」

「……約定酬勞是非常重要的事，對於僱用契約而言更是如此。妳最好在抵達黃都之前先想好。」

愛蕾雅對庫烏洛他們的對話不怎麼關心，她從窺視孔查看馬車的後方。

「……他們就是追兵嗎？」

雖然馬車即將離開市區，但這時追蹤庫烏洛的舊王國部隊也正好脫離了人群。然而他們無法找出巧妙混進旅行商人車隊的黃都馬車。

「沒錯。大約從一年前，舊王國那些傢伙開始滲透托吉耶市的高層。自從與破城的基魯聶斯陣營會合後，加入他們的士兵人數就不斷提昇……以那種人數增加的模式，目前應該處於將其他城市徵得的兵力調集於此的階段。他們應該打算和黃都大幹一場吧。」

「這些狀況都已經掌握到了，畢竟他們的存在是比新公國更嚴重的問題。」

在「真正的魔王」的時代，世界一度瀕臨毀滅。所有的王族都死了，只剩一位活著。

正統北方王國、中央王國、西聯合王國。過去存在的三王國以年幼女王的名義統一為黃都。然而組成黃都的勢力中，最龐大的中央王國勢力裡有部分人士至今仍企圖復興他們尊奉的中央王國。

「——我想弄清楚今後的狀況。我的工作是剷除舊王國主義者嗎？」

「我只能說視戰局而定。像是您知道歐卡夫自由都市的情勢嗎？」

那是魔王自稱者盛男領導的都市之名。如果「黑曜之瞳」是世上最大的諜報公會，歐卡夫自由都市就是由世上最大傭兵集團所組成的國家。他們是著名的精兵集團，專門出借足以匹敵一國的軍力給客戶，卻不過問對方的所屬陣營。

「那群戰爭販子嗎？他們似乎借了不少兵給新公國呢。」

「目前必須注意動向的勢力主要就是這兩者。你心裡先有個底，如果自由都市那邊的情勢惡化，我們就必須請你過去。」

「我想確定契約內容。先不提舊王國，我不太想與自由都市為敵呢。」

「呵呵呵。當然，依照現況，舊王國的優先順序毫無疑問地比較高。而且，關於『黑曜之瞳』——」

「慢著。外頭有士兵。先別說話。」

在外頭的不過是一般的士兵。

但庫烏洛相信自己坐上馬車時感覺到的威脅預感。比起合理的思考，在他身上的不合理直覺更為準確。因為他擁有超越人類智慧的感官能力。

馬車與徘徊於城門附近的士兵擦身而過，沒有被攔下檢查。

「……你擔心過度了吧？」

通過城門一段時間後，愛蕾雅開口說道。

「能在外面聽見車內對話的應該只有你這種持有天眼之力的人吧。」

「誰知道呢。很抱歉我就是天生謹慎。」

「以舊王國的現狀，他們應該沒辦法封鎖交通。即使召集這麼多士兵，仍無法讓城市進入戒嚴狀態——因為他們對議會和市民的掌控還不夠充分，終究不及警戒塔蓮領導的新公國。」

紅紙籤的愛蕾雅似乎對新公國的滅亡有什麼想法，不過那不是庫烏洛應該深究的事。

離開托吉耶市後，馬車沿著大道前進。托吉耶市是一塊森林環繞的土地，右手邊有一處視野遼闊的溼地。馬車駛離道路，朝那片泥巴地開了進去。

「……不過啊，第十七卿。再怎麼說妳都是二十九官之一。萬一被那些傢伙追到，妳該怎麼辦？我的能力也沒辦法對付一兩百個人喔。」

「我已經做好避免發生那種狀況的準備，這麼說你相信嗎？」

「那是可以打倒兩百人的手段嗎？」

「……」

「既然如此，妳有安全脫離這處溼地的計畫嗎？妳應該知道這一帶沒有道路也沒有檢查哨的原因。這裡可是蛇龍(worm)的地盤，運氣不好會連人帶車一起被吞掉喔。」

袖子裡的袖弩裝著箭，但……

「——跟貨臺上的傢伙有關係嗎？」

「呵呵呵，真不愧是傳說中的天眼。」

愛蕾雅露出高雅的微笑。

既然是潛入敵方都市的行動，本來就不可能動員大量護衛。不過依照能讓這種構造的馬車順利通過溼地區域的最高載重，就算加上庫烏洛，還是可以多載一位乘客。

況且這輛馬車過來的時候應該也「通過了」這片溼地區域。

底下響起車輪滾過溼地的水聲。

（……呼吸規律長順。那個人移動了身體。碰到馬車地板的聲音……不是腳，而是肩膀。他正在睡覺。）

黃都二十九官的護衛會在敵陣裡睡覺嗎？

（這傢伙是——）

不用說，目前的庫烏洛仍有順從黃都以外的路可走。

例如現在射殺紅紙籤的愛蕾雅。戒心的庫烏洛可以在不到一次呼吸的時間裡毫無聲響地辦到這種事，很可能連八成是精銳特務的馬伕還沒發現就結束了。即使如此，他的反應速度一定不會比「睡在」貨臺上的那個人還快。

當庫烏洛搭上這臺馬車時，他就感受到一股莫名的威脅預感。

「庫烏洛？」

丘涅的聲音讓他的意識改變了方向。馬車外有另一個威脅正在逼近。

「我知道……蛇龍出現嘍。第十七卿，我的擔心成真了。」

往馬車外望去，可以目睹粗壯如千年樹，看不到尾端的蛇龍身體穿破地表出現，扭動一下後又鑽回地面。

——牠既無翅膀也沒有四肢。是進化方向與鳥龍完全相反，適應地底環境的大型龍族。其堅硬頭殼具有匹敵龍鱗的硬度，用來挖掘大地幫助牠前進。即使身處空氣稀少的地底，也能透過酷似噴吐龍息（dragon breath）原理的機制振動其頭殼，無限制地發出可震碎岩盤的力術。

宛如游泳般於地底自由自在地移動，積極捕食獵物。那就是蛇龍。蛇龍這麼接近人類居住區域的案例，二十件裡應該找不到一件。毫無疑問地，他們可說是運氣非常差。

「……幫忙監視馬車後方，丘涅。」

庫烏洛低聲說著。他仔細檢查袖弩的機械結構，避免等一下遇到故障。

他裝填的不是暗殺用箭矢，而是具有木箭桿的狙擊箭。丘涅在他的掌中抬起頭，擔心地望著庫烏洛。

「你要怎麼做？」

「或許可以等蛇龍張嘴時，射穿其喉頭的神經節。就算殺不死，應該也能讓牠痛得一小段時間不能動。雖說蛇龍的口腔也同樣堅硬……總之，我會盡力解決這個狀況。」

蛇龍的身影逐漸靠近，敵人確實注意到他們了。

「不用費心，戒心的庫烏洛。」

愛蕾雅輕聲說道。

「沒有那個必要。」

「砰」的一聲。

那是踩踏地面的聲音。貨臺上的人縱身一跳，產生的反作用力使馬車後方嚴重下沉。

此人乃是一位披著陌生紅色衣物的男子，身後揹著一把粗鈍的練習劍。

那個存在只喊出一個清晰的句子。

「——我砍嘍！」

他就像打水飄的石頭飛奔於溼地上。蛇龍巨大的頭部轉向那個人。水聲。蛇龍以堪比閃電的速度張牙猛咬，男子卻已看穿其攻擊距離，一個跳躍閃過攻擊。從沒見過的紅衣服在空中翻了半圈。還沒翻完身，男子的肩膀就撞上了蛇龍鱗片。他的劍看似跟不上自己怪物級的機動能力——

是故意為之。只見男子繃緊全身蓄積力量。

他在身體最貼近蛇龍之際，揮出了握在背後的劍。

勾勒出一道銀色的半月型閃光。

在他落地之前，那把劍連鱗帶肉劈開了蛇龍。位置是以頭部起算的全長四分之一處。

「……是心臟。」

庫烏洛感到一陣涼意。就算蛇龍大部分的身體還在地底而無法看清全貌，他也能確定這點。蛇龍的心臟跳動聲非常紊亂，庫烏洛從這個距離也聽得出來。

那不像是這個世界的人類——甚至是任何生物能刻意做到的技術。

（那種長度的劍……碰到軀體的同時揮劍，應該可以勉強砍中心臟，傷到臟器壁相對較薄的右心房——而且那傢伙……）

落到地面的劍豪將劍扛回肩上。

蛇龍停止動作，頓了幾拍呼吸的時間。

——受到極小致命傷的蛇龍心臟承受不住巨大軀體的血壓而爆開，如紅色瀑布般往一旁噴濺的鮮血汙染了溼地。

「真無聊，原來只有塊頭很大喔。」

現場響起一句傻眼的自言自語。

（我很清楚，那個傢伙是「第一次」斬殺蛇龍。就好比我的天眼，他從外側看穿了心臟的位置……然後瞬間就想好出手的步驟。）

「柳之劍宗次朗，那是他的名字。」

庫烏洛身旁的愛蕾雅輕聲低語。

「黃都需要戰力。就像『你』或『他』那樣的人。」

（……這些傢伙——）

利其亞新公國滅亡了。公開的說法是鳥龍失控作亂造成的大火所導致。

舊王國主義者，歐卡夫自由都市。在這個許多具有威脅性的事物遭到「真正的魔王」消滅的時代，能夠威脅黃都的反抗勢力已為數不多。

（王城比武大會……）

黃都究竟是為了什麼目的而招募超乎尋常的戰力呢？

他們的說法是奉女王的名義，要召開一場決定勇者的比武大賽。

為了比賽的順利舉行，必須避免任何干擾。

（這些傢伙打算在目前階段「整頓」所有敵對勢力啊。）

◆

幾天後的黃都。一個穿著深茶色風衣的身影穿過了橙色的燈光。

此人的身高明顯比周圍的人族還矮，他懷裡的存在更是小上一大截。

比托吉耶市更明亮繁華的鬧區充滿了無數對話、腳步聲，以及適合偷襲的陰暗角落。這就是鬧區的街景在戒心的庫烏洛眼中的樣子。

「黃都的舞臺劇看得還開心嗎？」

「……庫烏洛一直在睡覺。」

「我都醒著。如果讓意識完全沉睡，就無法對偷襲做出反應了。」

「庫烏洛覺得舞臺劇很無趣嗎？演唱會呢？吃大餐呢？」

「這跟我有什麼關係？不是妳說想看舞臺劇嗎？」

庫烏洛僱用了這位造人少女。但因為不能讓丘涅出現在他人面前，所以金錢酬勞毫無意義。不過他仍盡可能地給予她要求的事物，就算是希望和他一起欣賞舞臺劇的願望也沒問題。

「因為庫烏洛總是吃得比我便宜，又不笑，我就在想到底什麼東西才能讓你開心……」

「就是活下去。」

庫烏洛已經沒有什麼自尊驕傲了。離開「黑曜之瞳」，隱藏身分躲在托吉耶市裡，被黃都找到就投靠對方——如果對方要求他賣掉丘涅，庫烏洛或許真的會那麼做。

死亡很可怕。那種說來就來的終結很可怕。

他還記得以能夠鉅細靡遺觀察一切的天眼目睹的景象。

「……我知道。無論多麼快樂度日，無論多麼享受奢華，死亡仍隨時都會找上門。我……」

直很拚命。結果它還是發生了。」

除了僱用契約以外，庫烏洛沒有其他與丘涅之間的關係。過去既沒有接觸，也不記得曾施恩於她，只是在叛離「黑曜之瞳」後偶然遇到對方罷了。然而現在的他卻不得不依賴丘涅。

庫烏洛之所以滿足所有丘涅的要求，並非因為重視她，只是害怕她背叛自己。

「我已經沒有天眼了。」

他至今依舊能鮮明地回憶起以能夠鉅細靡遺觀察一切的天眼目睹的景象。

重要人士的暗殺、掩飾用的大屠殺、放火燒燬魔王軍蔓延的村莊。

受組織之命驅除「真正的魔王」帶來的恐懼——他受夠這些事了。

懼怕死亡，非得掠奪才能過活的人生已經讓庫烏洛精疲力盡。

他不想再看到他人死去，不想再聽到死前的哀號。願望成真了。二十一歲後，庫烏洛逐漸喪失感知能力的天賦。

無法感知前方有無埋伏。

無法察覺接近蛇龍的動向。

即使擁有遠超出常人的敏銳感官，現在的庫烏洛眼中所見的已不再是過去感覺到的那種芳醇世界。他失去能小到一粒砂都認得出來的細膩辨識力，也必須集中精神才能追蹤視線外的目標。

他不斷走著，最後抵達城市外側的大橋。是除了他以外誰也不存在的世界。能讓戒心的庫烏洛獲得安寧的場所，只剩下這種地方了。

庫烏洛手靠欄杆，凝視城市的燈光。

「……丘涅。」

丘涅說她不會感到不幸。造人的壽命特別短，即使估久一點，她最多也只能再活五年。當她死去後，庫烏洛該怎麼辦呢？

丘涅是他最忌諱的存在，也是最需要的存在。

「我有一種預感。一切都將變得一團糟的預感。」

——終極的天眼，全都是過去式了。

他的能力已衰退到必須借助這位小造人協助，才能觀測意識範圍外的目標。

即使如此，他也只能相信那股若有似無，無法像以前那樣確定的不祥預感。

「一定有某種很糟糕的事即將發生。」

距離災厄抵達，還有三十八天。

四 西庫瑪紡織區

這個世界有越來越多這種集合多間商家組成的複合商業設施。頂著寬廣天花板的建築物在日落後仍映照著油燈的溫暖光線，現在是夜間營業的商店正要開張的時間。

「——雖然這種槍械在這個世界俗稱鳥槍（musket）。」

在建築物裡的一處角落，有位年幼的小孩將成排的槍枝擺在工商公會的大人物面前。

那是一位奇特的少年。

他的外表看起來只有十三歲左右，頭髮卻是夾雜白髮的灰色。少年彷彿模仿大人穿著西裝，那身打扮卻不會讓人感到突兀。

「嚴格來說，鳥槍是九年前開發槍械時使用的名稱。槍枝構造在六年前已做過改良，槍膛內刻上螺旋狀的溝槽，使子彈產生旋轉。這種構造的槍枝在『彼端』被稱作步槍。但既然大家已經習慣鳥槍這個名字，這段說明就是沒什麼意義的空話——直接見識最新產品的性能應該比較容易讓各位理解。」

站在少年身邊的侍從沒有比少年高。縱使看起來是小人，但那位侍從全身裹著斗篷，無法判斷其真實身分。

舉著鳥槍的侍從扣下扳機。槍聲響起，放在遠處的木板槍靶隨之倒下。

「……正如各位所見。就算像他這種孩童身材的使用者也能做到這種成果。各位應該看得出來，只要經過充分的射擊訓練，威力、裝填時間、射程距離……這種槍就是各方面都比同等身材的人所使用的弓更優越的有效攻擊手段。之前我們只和少數顧客交易，不過我們希望今後能拓展銷售通路，與在場的各位做生意。」

「哦，這樣一來就不必從黃都商人那邊買私貨啦。」

「槍枝數量就是要多才有意義嘛。如果除了之前買的槍，還能再直接買到新槍，那就太好啦。」

「聽我有個專門獵鳥龍的朋友說，幹掉駭人的托洛亞的星馳阿魯斯也是用槍喔。可以拿『用得好能戰勝魔劍』當成宣傳標語。」

「這倒有趣，黃都最強的羅斯庫雷伊的武器不是劍嗎？」

「你的意思是只要用槍，舊王國那些傢伙就有機會打贏絕對的羅斯庫雷伊？算了吧，聽起來太唬爛啦。」

這位少年在掌管公會的大人物面前示範實彈武器。這代表一個事實，他在那些人心中具有不是一兩天就能累積起來的堅定信任。

「……問題是商機在哪裡？」

在場的其中一人，一位肥胖的商人舉手問道。

「就算能便宜購入好武器，沒地方銷貨也當不成商品吧。雖然舊王國那些傢伙現在一副氣勢洶洶的樣子，但我認為他們其實沒打算掀起大型戰事。依我所見，舊王國士兵的訓練程度沒有新公國那麼高。他們也知道自己空有數量，不會做出那種得不償失的決定，將部隊全數投入打不贏的戰爭。」

「感謝您寶貴的意見，這是不錯的著眼點。」

少年點了點頭，那是他期待對方會問的問題。

「當然，我認為商機是有的。基魯聶斯將軍抵達托吉耶市後，舊王國軍的兵力就大幅增加。然而考量到訓練那麼多士兵必須花費的時間與金錢，毫無疑問地，舊王國軍難以進行複雜的協同作戰或使用過去的戰術。所以您說的沒錯。」

少年滔滔不絕地說著。他已經掌握舊王國主義者的內部狀況，因為他們也是少年的主要客戶之一。

「不過，鳥槍正好是那種軍隊必要的武器。連小孩身材的人都能使用，比任何武器更容易訓練。再加上它和弓箭完全不同，決定有效射程的不是臂力或技巧，而是槍械本身的性能差異。」

伴隨著清脆的聲響，少年的侍從拉動槍栓，退出彈殼。那是名為栓動式上膛的機制。

「舊王國主義者已具有充分的兵力，只要準備足夠的新型槍械就能取得優勢。對他們而言，這應該可以成為促使其對黃都發動戰爭的其中一項誘因。」

「哈，原來如此。」

肥胖商人撫摸下巴沉吟著。

「對『舊王國陣營』用這種宣傳方式推銷嗎？」

「——正是如此。同樣的道理對黃都陣營也適用。只要黃都裝備同樣的新型槍械，至少能使舊王國喪失前線的優勢。也就是說，新型的槍械與兩勢力處於臨戰狀態，兩件事都蘊含商機，看不出有什麼不確定因素。無論是否真的會爆發戰爭，我都希望讓各位利用這個大好機會以新型槍械『倒貨』大賺一筆。所以才做出擴大販售通路，開始與各位做生意的決定。」

在油燈的燈光底下，各公會首腦們七嘴八舌地交換意見。

「以市場來說，舊王國的商機還是比較大呢。」

「畢竟黃都軍具有充足的弓兵，再加上他們已配備一定數量的槍械，應該不會特地耗費心力在新型槍械的訓練上。如果真的要做，頂多讓一部分游擊部隊裝配吧。」

「不，這可難說了。就算黃都認為以目前的戰力對付舊王國綽綽有餘，但他們可能擔心歐卡夫自由都市購入新型槍械，也許會做出將槍械全面換新的決定喔。」

少年望著在場的眾人。除了目前陳列在地上的新型鳥槍現貨，他更是做好運入數以萬計庫藏品的準備。這都是因為他有現場完成交涉的自信。

「我們頂多負責批發武器。至於要選擇哪個勢力當成目標市場，就交給各位決定。可以確定的是，能獲利的時間不多了。再過不久，局勢可能將會有巨大的變化。」

「……我買了，六百。」

「出手真闊綽呢。我這裡要兩百。」

「別那麼窮酸。我買一千。」

「多謝惠顧。今後還請多多關照我們的『槍械』商品。」

灰髮少年將其餘商談細節交給侍從處理，自己離開了現場。之後就算不用他出面，相信交涉也能順利完成。

——直到九年前，這個世界還不存在名為槍械的武器。然而經過「真正的魔王」的戰亂時代，這種新式武器就以爆發性的速度普及到了全世界。

◆

（……除了新型槍械，最好再找些其他的開戰誘因。我再推一把吧。）

少年從燈火通明的商業設施走向河岸邊。雖說西庫瑪紡織區的夜晚已然十分明亮，卻仍遠遠不及他所知道的世界。

（還需要更上一層樓的發展，還有進步的空間……這個世界充滿了可能性。）

買賣槍枝獲得的利益不過是為了達成目標的其中一項準備工作。他的目的在於讓更多的人享受更長遠的繁榮。

「喲。」

河岸的暗處傳來一聲招呼，是一位彪形大漢。
此人穿著與剛才那些富裕商人截然不同的骯髒服裝，腰間佩戴充滿壓迫感的大砍刀，渾身充滿危險的氣息。看得出來是強盜之類的亡命之徒。
另一方面。少年沒帶護衛，而且身材嬌小，看起來就像個普通小孩。
他看向強盜，露出了微笑。
「……你很準時呢，艾里基特同學。」
「沒什麼，畢竟是和『老師』做生意嘛。那件事您考慮過了嗎？」
「沒問題喔。」
少年坐在草地上，不卑不亢，與面對商人們時的態度毫無差別。那副模樣與外觀年齡截然相反，給人一種老成的印象，
「不過，前提是艾里基特同學的強盜集團能完成我開出的條件。我記得你們在之前的衝突中死了兩個，人數剛好是四十人吧。辦得到嗎？」
「嗯，我們有辦法搶走駭人的托洛亞的魔劍。只要老師您準備好情報，我方就能立刻行動。我需要您把我們引薦給舊王國那些人。否則就算拿到魔劍，我們還是只能當一群不法之徒。」
「我明白了，舊王國那邊就由我來協商。」
「……萬事拜託啦，能夠和我們這種人溝通的就只有老師您了。」
聽說駭人的托洛亞已經死了。

現在是連英雄都會死去的時代。既然如此，真正的強者就必須擁有存活下去的手段。無論是武器、人脈或是謀略。

「艾里基特同學，這個拿去。」

少年將一個小東西丟給艾里基特。那是他在之前的商談中沒有展示的試造槍械。

「……這是什麼？」

「是我們新開發出的手槍。戰亂結束後，接下來就是自衛用槍械的時代。以艾里基特同學的本事，應該可以靈活善用它。」

「嘿，您還真是沒有警覺心啊。竟然隨隨便便就把武器交給強盜。」

「……我無所謂，人人都是平等的。」

少年露出了微笑。

「人人平等的時代終有一天將會到來。」

這個世界目前的製造業主流仍是依附於工匠的家庭手工業，熟練工匠的工術可以製造出極為複雜的機械產品。然而卻沒有人聽說過這種按照單一規格，大量生產需要高度加工技術之槍械的製造技術。

也沒什麼人打算追問「灰髮小孩」，他將那種生產設備放在世界上的什麼地方，或是如何進行開發。

有人私下流傳，那或許是從「彼端」帶來的。

因為他是「客人」。

（……只要艾里基特同學的行動成功，將會有大量魔劍使用者加入舊王國。如此一來就能成為推動戰爭的充分誘因吧。）

——真正等在後頭的「不是戰爭」。

而是將通過的一切事物捲入死亡，徒留荒廢大地的毀滅末日。無論是黃都或舊王國主義者，甚至是「灰髮小孩」，還沒有人知道規模超乎想像的災厄正逐步逼近。

（還是說，我再多推一把呢。）

槍械、魔劍。

提供舊王國主義者下決定的誘因，誘使那些人開啟與黃都的戰端。

然而，他另有真正的目的。

距離災厄抵達，還有二十六天。

五 利其亞大堤城

這裡是過去曾被稱作利其亞新公國的大城市。

警戒塔蓮以強大的鳥龍空軍為後盾所建立的獨立國家，在與黃都爆發戰亂之後，僅一個晚上就滅亡了。表面上是一場大型火災造成的。

戰亂中損毀的城區在黃都的建設之下逐漸復興，失去居住者的鳥龍兵尖塔卻徒留於城市裡，形成一種異樣的景象。

塔蓮率領的新公國軍已經被解散，然而她殘留的影響力依舊十分龐大。利其亞地區還是存在著黃都無法忽視的不穩分子。

「所以你才會被派來監視我們吧，庫烏洛。」

一名大鬼在某個尖塔的房間裡俯視著城市。他是名為瘴癘吉茲瑪的前新公國士兵。

他和坐在入口附近的戒心的庫烏洛之間的身材差距，比大人和小孩之間的差距還大。

「哪有那種事，我沒算待那麼久。他們不過是認為我最適合來問話罷了——畢竟我們有過交情。」

瘴癘吉茲瑪另有一段經歷。他和庫烏洛一樣，有段時期以諜報公會「黑曜之瞳」所屬特務的身分活動。

「我想知道的是新公國軍成員的去向。大火災之後，似乎有為數不少的士兵投靠舊王國呢。我想詢問詳細狀況。」

「哼哼。」

大鬼嘲諷地笑了笑。

「擁有天眼的你竟打算用這麼直接的方式打聽情報，簡直像個偵探嘛。一點也不像我們……『黑曜之瞳』的做法。」

「我是偵探沒錯啊。」

庫烏洛不悅地回答。如果以他過去的才能，不用特別做什麼就能獲得所有情報。但現在不同了，他必須開口詢問。

「黃都那些傢伙認為……有人在幫那些士兵牽線。以前就與舊王國有聯繫的新公國人正在運送物資及士兵過去。」

「某些人真的很蠢。同樣是反黃都，腦中只有王族主義的舊王國主義者與主張脫離人族主義的新公國，兩者的所作所為幾乎互相衝突……卻還是有人過去了。他們不在意思想的一致性，只是一群憎恨黃都，無論如何就是要打仗的傢伙。」

「……世界上根本沒有人能堅持理念戰鬥。大家都是為了奪回被奪走的東西而戰。他們之中應該有人認為黃都必須為新公國的犧牲付出某種報償吧。」

「那我們呢。賭上性命戰鬥，結果有獲得任何報償嗎？」

「……」

「月嵐拉娜死了，淒慘地死在城市外面。我埋葬了她，但是後來才聽說那個傢伙是黃都的內奸……『黑曜之瞳』是怎麼回事？我們懷抱的理想上哪去了？難道只是一群只懂戰爭的傢伙為了殺戮而殺嗎？」

在「真正的魔王」的時代，他們這個最大的諜報公會前往各地的戰場，不問所屬勢力奮戰到底。不只大鬼吉茲瑪，拉娜和庫烏洛也是無法在檯面上的世界生存的人，是特別被培育成只能在戰場上生活的影子軍團。

他們相信所有階層的人不分容貌種族一律平等。而在公平奪去所有生命的戰場上就能實現那樣的理想。

「——鬼族天生就會吃人，對此我無能為力。人族已經消滅這個世界上的小鬼(goblin)，接下來就輪到我們大鬼了。我……至少我是為了能讓自己好好活下去的世界而戰。結果到頭來卻只是一場毫無意義的戰爭。」

「……因為輸了啊，你我都輸了。無論在什麼時代，只要發生戰爭就必定有一方會落入那樣的下場。如果想把氣出在我身上，只能說你找錯對象了。」

「你討厭戰鬥嗎，庫烏洛？」

吉茲瑪拔出武器。那是一柄造型特別彎曲，狀似鐮刀的刀。

「我把你和拉娜當成同伴，然而到頭來『你們也是』人族。你說得對，新公國輸了，你們贏了。事到如今，無論舊王國或黃都獲勝我都沒差。」

「……我只是受夠了。」

庫烏洛垂下眼睛。他已經確定對方是與舊王國主義者勾結的特務。儘管如此，現在殺了吉茲瑪也解決不了任何問題。

「我不想再思考殺人或被殺的問題。我不想再管什麼主義或理想。我只想過自己的人生。」

「太晚了。至今被你奪去的生命重量足以讓你下地獄啦。」

對方沒有衝過來，庫烏洛卻退了一步。空氣的顏色沒有改變，但他感覺到空間內的聲音傳遞速度稍微加快了。那是氣體的成分改變造成的。

「……是毒啊。配方和以前不同呢。」

「你太晚注意到了，庫烏洛。」

吉茲瑪也在氣化毒藥的範圍內。雖然他讓自己置身於毒氣之中，毒物對大鬼與小人的有效劑量卻有極大的差距。對付神經更容易被毒素影響的對手，他會仗著大鬼的生命力強行與之搏鬥，殺死對方。這是吉茲瑪的拿手絕活。

「天眼的才能生鏽了嗎？」

鐮刀閃過黯淡的光芒。大鬼的手腳很長，一下子就能衝進斬殺庫烏洛的距離。此時庫烏洛被毒氣包圍，連做出反擊動作所需的呼吸都受限。

吉茲瑪衝了過來，庫烏洛將一切都看在眼裡。

「你給我——」

箭矢射穿吉茲瑪的眼球。

剎那之間。

庫烏洛已甩出了手。

「再說一次。」

「……嗚、咕……！」

「天眼怎麼了？」

——即使與進入戰鬥狀態的高手正面對決，他也能發動出其不意的偷襲。感知敵人所有的行動，甚至掌握不可能反應的一瞬間，那就是天眼。

「嗚、哼、哼哼……別生氣嘛，開個小玩笑，庫烏洛。」

眼球被貫穿，受到致命傷的吉茲瑪如此自嘲。

他背靠著牆，癱坐在地。

「…………我、我才沒有……自以為能打贏你呢……」

「……舊王國正在搞什麼鬼？」

如今不能再踏入充滿毒氣的室內，庫烏洛舉著袖弩逼問下去。

「邊境的聯絡斷了，難道只有我在意這件事嗎？我有種不祥的預感……一切都將變得一團亂的預感。」

「我不知道，他們什麼都沒告訴我……」

大鬼恍惚地低喃。這是個過去同屬於「黑曜之瞳」的夥伴也會相互廝殺的時代。

「根本沒有人信任鬼族。」

「……」

吉茲瑪的呼吸心跳都停止了。庫烏洛只靠五感也能確認這點。

已經沒什麼話好說，他的下場不過就是如此。

庫烏洛咬牙轉身離去。

（受夠了？）

他希望過著不必掠奪的人生。

（……我有什麼臉講那種話？）

他最害怕一件事。若是被人知道自己喪失了天眼，將會導致庫烏洛的死亡。黃都之所以讓他活著……他之所以能在戰場上生存，只因為庫烏洛被認為保有天眼的才能，別無其他原因。

唯有保持戒慎之心，殺害他人才能生存下去。雖然天眼的才能隨便就能展現出其他可能的道路，庫烏洛卻只能選擇這麼做。

相較之下，為了吃人而殺人的吉茲瑪還更有格調。

◆

「——庫烏洛！」

走出塔後，丘涅拍著翅膀鑽入庫烏洛的風衣。

必須派她在入口處把風。否則以庫烏洛目前的能力，無法在與「黑曜之瞳」的高手交戰的期間持續關注是否有其他入侵者的存在。

用錢僱用的人遲早會背叛。連過去的夥伴都會彼此廝殺。

他能信賴的人只有這個又笨又小的丘涅。

「沒有人來喔。吶，你和老朋友說完話了吧。」

「是啊，不過我和那位朋友關係很差呢。」

他感受到手心裡的丘涅心跳很快，其生命也相當短暫。

如果庫烏洛是她，應該會害怕被這隻手捏死吧。害怕對方有一天會認為自己不再有利用價值而背叛他。

「我給妳把風的酬勞。妳想要什麼？」

「人家想吃紅果。吶，可以吧？」

「拿那種東西就夠了嗎？」

庫烏洛露出苦笑。只要能避免丘涅背叛，就算要他買下寶石或名畫也在所不惜。丘涅卻總是像這樣要求一些微不足道的東西。

他可是連過去的同伴都能下手殺害的男人。庫烏洛的本性凶暴又無情，但如果像丘涅這般愚笨，或許就會完全信賴那種惡徒。

「——真羨慕呢。」

「什麼？」

「沒事，不重要。」

距離災厄抵達，還有十一天。

六◇托吉耶市物資基地

「該……該死，這……這到底是怎麼回事……！」

利器的比哈多目睹基地的慘況，發出了呻吟。這裡是托吉耶市郊外的物資基地。身為舊王國高級軍官的他參與過許多作戰，但從未看過後方陣地直接遭到如此毀滅性打擊的案例。

「已確認半數以上布署於此的士兵死亡，物資倉庫遭受嚴重損害……報告是這樣說沒錯吧？這、這個狀況……比、比報告更嚴重啊。」

比哈多戰戰兢兢地走在血海中。事實上這是相當絕望的狀況。

混雜的惡臭令他不寒而慄。慘遭分屍、剩不到一半的士兵屍體散落各處。屍體的平整截面應該不是其死因，而是因為生前遭到高速的打擊。

他望著屍體的斷面，詢問在一旁協助的士兵：

「……這……被大鬼打死是這副德性嗎？檢查站有那種傢伙經過的記錄嗎？」

「報告說……敵人飛在空中。基地是遭受來自空中的直接攻擊……」

「胡說八道。能飛在空中的傢伙會用這種殺人方法嗎？是龍嗎？不可能吧。」

「——會不會是加盟黃都的星馳阿魯斯？不，最糟糕的情況是第二將羅斯庫雷伊……絕對的羅斯庫雷伊。他有可能直接攻擊這裡……畢竟據說羅斯庫雷伊甚至能獨力屠龍。」

「不可能。不是羅斯庫雷伊也不是阿魯斯……看那邊。」

比哈多壓抑著嘔吐感，指向黏在屋頂上的屍體。

「嘔……感覺糟透了。那不是有效率的殺人方式，敵人不是戰士。」

「……您的意思是……」

「對方可能是在測試力量的極限。外頭也不只有被打死的人。所以，啊……那傢伙才會像這樣撕裂人體，或是把人砸到天花板或牆壁上。可惡……」

「可、可是……！如果只是測試力量就能做到這種事，那傢伙就更像是怪物了啊。」

「……就是怪物吧。聽到報告時我還以為是黃都軍的破壞行動呢……」

這個基地不只存放前陣子交貨的新型槍械，還保管著魔具之類的稀有物資。雖然槍械的保管地點分散各處，但這裡遭奪的物品中還包含了被舊王國當成王牌武器的查利基司亞的爆破魔劍。

這場損害毫無疑問會嚴重影響戰局。如果比哈多握有這場作戰的指揮權限，一定會因為這起事件而中斷起事計畫。

「嗚哇，比哈多將軍，這具屍體──」

「……是燒死嗎？骨頭都裂開了。應該是被相當猛烈的火燒的。是會使用熱術的敵人？敵人該不會做出殺了人再放火這種沒意義的舉動吧……」

他將視線移去別的方向，看到其他地方也有死狀異常的屍體。

那些屍體同樣被毀得面目全非，不過不像之前的屍體是遭到毆打。屍體背後的牆壁被打出無數的彈孔。

「喂喂喂，饒了我吧……我快瘋了。」

「應該是幾十個敵人……圍住他們開槍掃射吧。這代表有一大群會使用熱術的大鬼從天而降，用拳頭打死或開槍殺死我們的人？」

「——或許吧。如果下手的是某個全部手段都能辦到的無敵怪物，未免太不合邏輯了。」

比哈多一邊在瓦礫中尋找殘留的痕跡，一邊回答。

「既然那傢伙擁有如此強大的火力，靠槍械就應該足以殲滅衛兵。要殺害實力差距這麼大的對手，有必要故意在戰鬥中拳打火燒，展示其他殺人手段嗎？」

「沒有效率的殺人方式……代表的是那個意思吧。」

「沒錯。」

至少敵人並非戰鬥專家，那反而凸顯了這個狀況的荒謬之處。

「敵人有兩名。」

比哈多以拐杖敲了敲地面。

「這是敵人的腳印嗎？」

「應該是……應該是吧。看起來方向和逃竄士兵留下的不同。一人具有不尋常的龐大身體，是大鬼或山人吧。他穿著重裝甲之類的東西，腳印很深。另一方面，這邊的腳印嬌小。是女人或小孩的可能性很高。」
「只靠一個壯漢，一個女人或小孩，兩個人就能製造出這種災害？」
比哈多追尋著腳印，追尋身分不明的怪物留下的殺戮痕跡。
「……然後腳印就給我在這裡中斷了，我懂了，反正他們會飛嘛。」
「如、如果這是黃都的攻擊……幾乎等於沒有對抗手段嘛。該死，後勤人員應該很安全才對啊，我們到底該提防什麼東西……」
「我也不知道。在開戰前就受到這麼大的損失，狀況相當不妙。」
正如士兵所言，後方陣地有可能會毫無預警地遭受直接攻擊。這件事對於己方陣營而言會是遠比物資受損更嚴重的威脅。
就算如此，高層也不會取消起事計畫吧。他只能做好自己的份內事。
「……遭到襲擊的是防守相對薄弱的物資基地，敵人或許也有避開我方耳目的意圖。實際上目擊者也真的都被殺掉了——這次的事件可以當成對市議會的交涉籌碼，逼迫他們接受強化監視體制，封鎖托吉耶市。」
「了……了解。」
從利其亞新公國前來會合的士兵們私下流傳著一些謠言。利其亞淪陷的那天，許多人目擊到好幾個超脫常軌的怪物。
一位年輕的傳令兵從門口衝進來，卻被血與臟器的臭味嗆得咳嗽不止、嘔吐連連。

「比哈多將軍！咳，拿……拿到生還者的證詞了！。」
「嗯，我明白你的心情，但先冷靜一下。報告可以等會兒再說，先喝點水。」
「咳，失禮了。敵人的侵入路線——」
「我已經知道了。到我那邊通報的人告知敵人從天而降。還有其他消息嗎？」
「呃……關於這件事，由於是生還者失去意識之前所說的話，沒辦法掌握他真正的意思。根據該員的說法，敵人是魔王的兵器。是巨、巨大的……怪物。」
「……魔王。」
不用說也知道，那不可能是「真正的魔王」。真正的魔王不會造成「這點程度的」死亡。
既然如此，是哪位魔王自稱者幹出這種事呢？無論是攻擊手段或侵入手段，一切都太讓人難以理解了。
「我們該怎麼辦才好？難道要在這種狀態下與黃都作戰嗎？」
「不怎麼辦，局勢很快就無法改變了……我們能贏，應該能贏。」
現場的士兵不曉得軍方高層目前正在進行的作戰，黃都擁有的修羅戰力早就在計算之內。即使黃都察覺到作戰的內容，也已經無法阻止了。
「這點犧牲……該死，不過是這點程度的犧牲，我們馬上就能扭轉局面。」
那是讓這場可怕的破壞看起來只是個前兆的真正災厄。
「風暴即將到來。」

距離災厄抵達，還有六天。

七◇黑曜・莉娜莉絲

將時間倒回至托吉耶市襲擊事件四小月之前。

六分儀的希洛克所居住的依塔其高山都市是一座陰雲終年覆蓋天空，寒冷蕭條的城市。

這裡並非一座貧窮的城市。擁有清澈水源與出產優質通信礦石的這塊土地在遭到「真正的魔王」攻擊，一度被居民放棄之前，還是上流階級的別墅勝地。據說以前此地算是很熱鬧。

如今城市的景色彷彿全都籠罩著一層薄薄的灰暗帷幕。路上的行人隨時都能感受到那種無形帷幕帶來的壓迫感，連市場裡的色彩也像是隔著帷幕，看起來有些黯淡。

或許是殘留於這個世界的「真正的魔王」帶來的恐懼所造成的影響吧。

也許……那是年輕的希洛克發誓要從魔王手中奪回這個城市，卻無法憑自己的力量達成而在他心中產生的陰影。

穿過陰沉的城市後，就能看到目的地的宅邸。

（——好大的屋子啊。）

這間宅邸隱藏在蓊鬱茂盛的墨綠森林中，讓人直接感受到一種不協調感。

就算是貴族的別墅，交通未免太不方便了，而且也看不出在這種光照不佳的地點建造宅邸的意義。大門與外牆到處長滿了藤蔓。不過，在這種偏僻地方蓋房子，本來就沒辦法向別人炫耀建築的豪華。

（看這個樣子，應該沒人住吧……）

希洛克被大人們僱來掌握回到這座城市居住的住民人數。

這不是什麼苦差事。十八歲年輕人具有的體力，以及為了當戰士而鍛鍊過的腳力，有助於他奔走依塔其各地。

即使有違希洛克的期望，他也只能用這種方法過活了。雙親留下來的財產也只剩下從祖父那代由貴族所賜的諾大宅邸。

（接下來還得查看山腳下的狀況，山上這邊得趕快結束才行。）

因此這時的希洛克只是稍微從門縫看了一下裡面，等到確認沒人之後就會離開。

「……啊。」

也就是說，他沒想過裡面有人的狀況。

油漆斑駁的大門後面是一座精心整理過的庭園，修剪整齊的樹叢上開著許多黑薔薇。

——裡頭有一位少女。

她優雅地在薔薇叢彎下腰，修剪著枝葉。

蔥鬱陰暗的森林，暗夜般的黑薔薇。

然而她的側臉……卻白皙地足以驅散灰暗的帷幕，令人為之屏息。

（……有人啊。是原本就住在這裡，還是漂流到此地住下來的人呢？）

她應該是十六或十七歲，年紀與希洛克沒有差太多。

話雖如此，她卻有著令人不禁懷疑是否為幻影的美貌。

低下頭而從黑髮中露出的光滑後頸，帶著憂鬱神情的修長睫毛，金色的眼眸。

……那雙眼眸突然轉向了他。

彷彿心跳停止的短暫時間恢復了流動。

少女露出微笑。

「……那個，我受領主議會的委託，前來查看住民的狀況……！」

他馬上隨口找了個藉口。

這不是他剛才注視少女的原因，希洛克對自己感到羞恥。

「是這樣呀。」

少女露出惹人憐愛的微笑，走向呆站在門前的希洛克。有如清淡花香般的少女體香深深觸動了希洛克的心。

「——您好，我叫莉娜莉絲。方便詢問您的姓名嗎？」

「我……我叫六分儀的希洛克。您是……住在這裡的人嗎？」

「……」

莉娜莉絲沒有回答，似乎是因為被其他事情吸引了注意。

她微微皺起造型優美的眉毛，手指抵著淺色的嘴唇。

「不好意思……您受傷了嗎？」

「……咦？」

順著她的視線，希洛克這才注意到自己左手中指滴下的血。

銳利的割傷。不知道是被鐵製門框刮到，還是摸到攀在牆壁上的薔薇棘刺。由於他的心深深地被少女的模樣吸引，沒留意到傷口的疼痛。

「啊，失禮了……！不過這點程度的傷沒什麼大不了……」

「請進屋來，我幫您處理傷口吧。」

「沒關係。」

「……如果是我照顧的薔薇弄傷了希洛克先生，我會沒辦法向雙親與雇主交代……所以能否請您接受我的提議呢？」

一被那雙金色的眼眸直直地望著，希洛克就說不出話了。

少女似乎將這當成肯定的答案，露出了微笑。

在一道輕微的金屬摩擦聲中，分隔兩人的門扉開啟。

（我只是來確認有沒有住民，沒必要進去……）

希洛克很猶豫，視線游移在來路與少女之間。

今天這趟遠門只是來查看這棟房子，其他房子可以等回程再確認。

況且……況且如果要查看有無住民，不是應該仔細確認這棟舊屋子裡住了哪些人嗎？

「我明白了。雖然不會待太久，還是打擾了。」

「……好的，這是我的榮幸。請容我奉上上等的琥珀茶招待。」

希洛克跟在莉娜莉絲後頭，終於看清楚了庭園的樣貌。

這棟房子不只是大門生鏽。連石牆也有著顯眼的裂痕，說是廢墟也不奇怪。唯有庭園受到細心的整理，連一顆多餘的小石子都沒有。

這個景象明明就位於鄰近他居住的依塔其的土地上，但就像那位具有飄渺之美的少女，是一處太過偏離日常的異世界。或許在她的帶領下走進宅邸的大門後，會被帶到「彼端」的世界呢。

……這位少女是從何時開始住在這棟冷清的屋子，她究竟又是什麼人？

彷彿要刺穿希洛克充滿不安的內心，莉娜莉絲稍微轉過了頭。

她側著臉，以金色眼眸的眼角餘光望向希洛克。

「請小心您的腳步。」

「好、好的。」

——原來不是被看穿了內心。

玄關前有著半埋在土裡的石階。希洛克在內心祈禱對方沒有發現剛才那一瞥讓他背後冒出冷汗，跨上那一小段階梯。

不意外地，房子的內部有別於外觀，看起來乾淨整齊。

屋內家具很少，和希洛克的自家一樣非常單調。

只不過，裡頭光線很陰暗。

（……現在應該是白天吧。）

他在心中思考著平時不會有的疑問，將帽子掛了起來。

她的家人也住在這棟房子嗎？等一下問問看吧。

「——請您稍等一下。」

莉娜莉絲讓黑色披肩滑下肩膀，脫去了外衣。

她露出之前被衣物遮住的白色襯衫，豐滿的乳房將布料高高撐起。希洛克一時之間不知所措了起來。

明明對方與他同年紀。不對，是稍微年幼一點……雖然莉娜莉絲的手腳纖細，帶著某種幽魔（ghost）般生命力稀薄的氣質，但在那件衣物之下——

「怎麼了嗎？」

「……不、沒有。沒什麼事。」

莉娜莉絲在希洛克的傷口塗上藥膏，並用全新的布包紮起來。

希洛克稍微往下一看，就能看見那美麗的金色眼眸。她正蹲在希洛克的腳邊，當那副模樣映入眼簾，就讓他不由得胡思亂想。

他很氣自己竟然心生背叛少女親切態度的低俗情慾。不過，對於在記住年紀相仿的少女名字之前，過著一心向武生活的希洛克來說，這種震撼或許在所難免。

「我現在就去準備茶水招待您。說來不好意思……這棟屋子沒有僕人。」

「妳一個人住嗎……？」

「……還有父親大人。那就請希洛克大人在客廳稍作等待。」

於是希洛克就在罪惡感與小鹿亂撞般的心跳聲包圍下，無所事事地呆坐著。

他確實無事可做。莉娜莉絲說他的父親在這棟房子裡。

根據莉娜莉絲至今的行為舉止，看得出她家世良好。很可能就是這間別墅原本的主人，或是有關係的貴族世家。既然如此，年輕貌美的女兒讓他這般身分低微的男子進入家中，她的父親會對希洛克作何感想呢？

即使知道這完全是自我意識過剩，他仍阻止不了自己亂想。更糟糕的是，當他一放鬆，腦中就會浮現莉娜莉絲那美麗的容貌，以及那身白皙的肌膚。

（振作點啊。）

他將手搭上掛在腰際的爪劍，以武術的精神集中法平復內心的波瀾。

（振作點啊，希洛克。我才剛認識那位女孩喔。這只是工作。）

他沒辦法確定在莉娜莉絲回來之前，自己是否能保持這股集中力。但不管怎麼說，她明明只是去準備茶水，花的時間卻比想像得還要久。

「讓您久等了。待在這種陰暗的房子裡……會不會很無聊？」

「……不會，沒那種事。既然是我冒昧打擾，這也是應該的。」

「實在非常抱歉。請用。這杯茶是以凱迪黑的茶葉沖泡而成。」

希洛克喝了口琥珀茶，卻分不出味道有什麼差異……不如說他平時喝習慣的茶還比較好喝。然而這種話不能對溫柔地望著自己的莉娜莉絲說，因此他只能硬擠出笑臉回答：

「很好喝。」

「這樣啊，太好了……那個，我已經很久沒遇過訪客了。方便聊個天嗎？我想聽聽希洛克先生的故事。」

「呃，好啊。不過我應該只會聊些無聊的話題……」

「呵呵呵，沒那種事喔。您是何時回到依塔其的呢？」

「和大部分的居民一樣。『真正的魔王』被打倒以後，立刻就回來了。雖說……我只剩祖先傳下來的房子，也沒有建立戰功的機會，目前只能在領主議會手下工作。」

「……您以劍之道為目標呢。」

莉娜莉絲垂下帶有憂鬱神色的目光，望向希洛克的爪劍。

儘管此地位處森林深處，但依塔其並沒有襲擊人類的野獸。希洛克的爪劍並非討生活用的武器，而是對即將走向終點的時代的一點留戀。
那個勇者備受期望，不分身分人人都有機會成為勇者的傳奇時代。
「只要是男人，有這種想法不稀奇吧。魔王消失後，年輕人就再也不必白白犧牲生命……我也不再有機會建立戰功，只能像這樣當個無趣的雜役。明明做了那麼久的訓練……」
「……真是令人唏噓呢。」
「哈哈，要是說這種話，會招來飽受『真正的魔王』折磨的人反感喔。再說我的父母也是被魔王軍殺害。比起建立戰功，我更希望他們復活。過去的時代實在太扭曲了。」
「是啊……這是當然的。不過希洛克先生說的話——我深有同感。」
就如同她所說的，莉娜莉絲露出一抹感傷的優雅微笑。
希洛克心想「怎麼可能」，仔細觀察了她的體格。
修長的手腳。彷彿從未沐浴於陽光底下，如玻璃般通透的純白肌膚。
充滿大家閨秀氣質的纖細指尖。不只是劍或長槍，那雙手連柴刀都沒握過吧。
怎麼可能，她不可能是戰士。
「這……」
「我們也因為『真正的魔王』而損失慘重……真的損失太多了。所以我現在只剩下這間屋子和父親大人。」
「喔，是這樣啊……說得也是。和我一樣呢。」

我在想什麼。
她當然不是那個意思，而是指莫名其妙遭到「真正的魔王」掠奪的被害者。
往後的時代需要的是讓她這種沒有力量的人不會再失去任何東西的和平。
「可以請教令尊的名字嗎？」
「……『黑曜』。他叫作黑曜雷哈多。」
「黑曜……！」
希洛克差點站起身，他完全沒料到會聽見這個名號。
「黑曜」。應該不會有其他人擁有這個別名。
「──『黑曜之瞳』……？」
這個世界上以最大最強為傲的恐怖諜報公會。
無人知曉其全貌，也沒有人掌握正確的成員名單。
所有人都只知道其首腦名為「黑曜」。連希洛克都知道這件事。
「……有什麼問題嗎？」
「不……妳、妳說的是真的嗎？」
「呵呵呵……偽造自己尊敬的父親大人名號有什麼意義呢？我說的話有什麼不對勁嗎？」
「……沒有。」
他是否該繼續逼問莉娜莉絲呢？

她的語氣太過沉著，何況她似乎連「黑曜」之名的意義都不了解。若她所言不假——就代表希洛克在不知不覺間發現一個時代的幕後操盤者的真實身分，還與那位人士待在同一間屋子內。

希洛克無法裝出冷靜的樣子，他又吸了一口氣。

「既然妳是『黑曜』的女兒……莉、莉娜莉絲。可否請教莉娜莉絲……小姐的名字呢？」

「……？我就叫莉娜莉絲。」

掛著天真無邪笑容的莉娜莉絲微歪著頭。

按照她先前充滿教養的舉止，她不可能沒有被人詢問名字就該回答的常識。這其中或許有什麼誤會。

希洛克又再問了一次。

「我問的是莉娜莉絲小姐的別名。」

「沒有。」

「……沒有？」

「——是的。我叫莉娜莉絲。還沒有別名，就叫做莉娜莉絲。希望您能這麼稱呼我。」

有可能發生這種事嗎？

就算再怎麼年輕，她應該也十六七歲了。的確有不少人因為日後的功績或評價而更改別名，不過以她的年紀，早就應該取好第一個別名了。

在不為人知的荒廢宅邸裡，住著一位宛如幽魔、具有飄渺之美的少女。
她稱呼自己的父親為「黑曜」。
而且……她自己沒有別名。
（……簡直就像鬼故事呢。）
從窗戶縫隙透進來的細小光束隱約照出少女的輪廓。
難道這位少女與駭人的托洛亞是同類？
莉娜莉絲像是沒有察覺任何異狀地再次開口：
「剛才您說是來確認這裡是否有住民。領主議會為何現在才打算做這種調查呢？」
「為了平衡稅收。聽說有位會寫字的貴族打算重新對戶籍資料造冊。」
「……這樣啊。既然如此，希洛克大人，可以拜託您一件事嗎？」
「如……如果是能力所及的事，我會盡量幫忙。是什麼事？」
「既然有能閱讀文字的人在……我想請您將這封信帶回去。這對父親大人很重要。」
那是一份蓋上蠟封章的羊皮紙捲。或許就是為了書寫這封信，剛才她準備茶水的時間才會這麼久。
更重要的是，與希洛克年紀相去不遠的莉娜莉絲能讀寫文字的事令他相當吃驚。她會的是簡易的教團文字，還是上流世家傳承的貴族文字呢？
「當然可以，我不介意……但如果家世不同，我沒辦法保證那邊的貴族看得懂莉娜莉絲小姐的文字喔。」

「非常感謝您的關心。不過還請您務必幫忙，希洛克先生。」

莉娜莉絲薄薄的手掌溫柔地裹住了希洛克的手。

他無論如何都會注意到莉娜莉絲高挺的胸部。

陰暗的宅邸、黑曜、信件、美麗的莉娜莉絲。

希洛克一個人的腦袋終究塞不下這麼多的事物。

就在此時。

「……」

莉娜莉絲突然回頭。

因為不知道從何處傳來「喀答」的物體移動聲。

有另一個東西在這棟房子裡嗎？那是黑曜雷哈多嗎？

——很危險。

剛才喚起的戰士直覺的殘渣正奮力地敲響警鐘。

不能在這座宅邸待下去了。

「……明白了，我馬上就帶回去。謝謝妳的琥珀茶。我休息得很夠了。」

只要裝出與其他住民應對時一樣的笑臉，直接離開就行了。

他會再來這裡嗎？不，即使要來，也得先冷靜思考這一切後再說。

「我們還會再見面嗎？」
莉娜莉絲難過地說著。
「……這個嘛，一定可以。」
「希洛克先生，說來不好意思。我一直都是一個人——」
金色眼眸旁的一絲秀髮落在她的臉頰上。
現在明明還不是晚上，她的微笑卻有如一夜的幻影。
「我很寂寞呢……」

◆

回到城市時，天空中的星星已閃閃發亮。
希洛克依依不捨地回想那段短暫的邂逅，並且按照莉娜莉絲的請託，將信件交給領主宅邸裡的貴族。那是一位地位遠遠高出其雇主的人物。那個人之所以對戶籍資料造冊，也是因為據說他這陣子有特別想調查的事。
貴族之名為黃都第十三卿，千里鏡埃努。

「嗯～然後她要你把信帶來嗎？」

那是一位將頭髮全往後梳，旁人看不出確實年紀，給人古怪印象的男子。

不過，像他這樣不會輕視希洛克這種無依無靠的小孩的貴族倒是很少見。

「是的。我也確實聽到『黑曜』之名。莉娜莉絲是在說謊嗎？」

「那得看過信件內容才能判斷了。」

他對收到的報告沒有任何困惑，但也沒有全盤相信。只是平淡地拆開信件。

「你看。」

「這是……」

「白紙一張呢，希洛克？」

他的語氣中沒有責備希洛克的意思，然而希洛克的內心卻大受震撼。

這一定是哪裡出錯了。

「……不可能！我沒騙人！我進去那間房子了！信也在這裡……莉、莉娜莉絲真的存在，埃努大人！」

「冷靜下來，要注意事實。不是過去也不是未來，而是著眼於現在的事實。我都是這樣教導自己的部下的。」

「可是……！」

「看清楚事實。在我開封之前，這個封蠟蓋上了印章吧。」

埃努指著蠟的碎片，平淡地繼續說：

「你說信件不是假的，沒有錯。除非你奇蹟似的從其他地方取得蓋在這個封蠟上的『黑曜』印璽，否則確實是有人將這封信交給你。」

「可是，為什麼……會給我一張白紙信……」

「那就是成為事實的疑問，只要思考那個問題就行了。」

她要我務必轉送信件，搞不懂究竟有何意圖。今天發生的事哪些是夢，哪些是現實？

埃努似乎在思考什麼，輕輕敲著自己的太陽穴。

「而且……嗯。既然沒有和傭兵這行業打交道，也難怪你不清楚這件事。我再告訴你一個事實吧。」

埃努的表情如同蠟像般冷靜。

不過，即使他的聰明才智助其名列黃都二十九官，也難以找出希洛克的所見所聞之中的真相。

「『黑曜之瞳』已經全滅了。」

——隔天。希洛克與莉娜莉絲依約重逢。

那是一場慘烈地超乎想像的再會。

◆

「『客人』為這個世界帶來許多知識。你知道其中最重要的知識是什麼嗎，希洛克？」

時值深夜。在進入正題之前，黃都第十三卿以這段話作為開場白。

希洛克不知道在真正的學校裡是如何，不過他手上的黑細杖看起來就像教鞭。

「我沒上過學。關於『客人』，槍械……還是，啊……公尺制度嗎？」

「……你的著眼點意外地不錯呢，似乎聽過吝嗇的維克多傳說呢。『公尺原器』的到來。雖然在另一邊的世界只是普通的尺。度量衡的統一確實是一大偉業。然而如果要問是否為可用來拯救世界的知識，只能說那並不屬於這個領域。」

「客人」具有相對這個世界的人而言壓倒性的強大力量與長久壽命，許多人利用外面世界的知識在一代的時間裡強行改寫了社會。

為這個世界帶來統一度量衡的富商，吝嗇的維克多就是其中的佼佼者。不過，埃努的意思是還有其他這類的典範轉移。

「那麼答案是什麼呢？」

「疾病學。我們人類的近代平均壽命之所以有顯著的提昇，最重要的是對疾病的正確基礎知識。你應該也知道疾病是肉眼不可見的微小生命體帶來的吧。即使是沒有在教育機構上學的人，這種知識也透過親傳子的方式徹底在這個世界扎根。然而，那項知識是約一百年前的最近才被帶到這個世界來的。」

「……一百年前不算最近吧。」

「是最近啊？在那之前雖然有少許的衛生觀念，但從王家誕生的時代開始，人們一直都不知道疾病的真面目喔。」

一臉認真的第十三卿誇張地挑起一側的眉毛。

希洛克想起來自黃都的同門弟子說過的話。雖說那個人沒有劍術才能，性格也很粗暴，但偶爾會說些趣聞。像是維護上下水道的故事。

據說過去只有在都市地區才建有上下水道與儲水池，後來因為預防疾病蔓延而做了全面的水道建設。太過偏遠的邊境似乎還存在使用旱廁的村莊，不過希洛克沒見過就是了。

「——但是，為什麼現在要提到這個話題呢？」

「因為這個話題與血鬼（vampire）的特性有關。」

「……」

「告訴你一個事實。『黑曜之瞳』的統帥，黑曜雷哈多被認為就是血鬼。」

血鬼。聽到這個詞時，希洛克心中浮現的是莉娜莉絲的身影。

彷彿拒絕日照的白皙和不似人類的美貌，以及讓人如置身夢幻的媚惑能力……

「血鬼也是直到近代才被找出真面目的種族之一。原本連血鬼自己都不知道他們是什麼樣的生物……他們是一種超脫常軌的『疾病』。」

「疾病……？可是她有人的形體……看得見也摸得到啊。」

「這是事實喔。血鬼的本體是其血液中的病原體。他們雖有著人類般的思考能力，但那是因為宿主是能夠思考的動物，思考機制被利用罷了。另外……血鬼會藉由傷口或黏膜傳染疾病，並且讓感染者成為無法反抗『父母』費洛蒙的奴隸，就像是遵照女王蜂指示行動的工蜂。他們被當成士兵操縱，被迫施展超過極限的力量，還能聽令其自殺——受到血鬼隨心所欲地利用。這是第一階段，被稱為從鬼（corpse）。」

龍、大鬼、黏獸（ooze）。有許多超脫常軌的種族以「客人」的身分來到這個世界，並成為獨立種族定居下來。無生命的魔劍或魔具也是其中一類。其種類的範疇大到什麼程度，連居住在這個世界的人們也無人知曉。

如果肉眼不可見的病毒跳脫了一般進化，變化成足以讓其跳躍世界的超常生物，那會是什麼樣的形態呢？

「第二階段。無論血鬼或從鬼，感染者的孩子天生就受到病原體感染，肉體在母親體內時已遭到改造，變得能在自身體內製造出血鬼的病原體。那就是新的『父母』，是下一代的血鬼。他們就是用這種方式，透過血液感染與母子垂直感染增加攜帶自己的感染者。」

「改造生下來的孩子……竟、竟然有這麼恐怖的事。」

「我們身體的構造呢，希洛克，是由比細胞更微小，繼承自祖先的因子鎖鏈所決定喔……進一步地說，在更動那種鎖鏈連接方式的技術方面，他們是遠比我們在行的『專家』。而且還很聰明。他們能輕易地造出更方便造成血液感染，更容易媚惑他人的外貌，或是輕易造成他人流血的身體素質。」

無法跨過流動的水，照到陽光就會死，厭惡具有殺菌作用的香料，可以用銀製武器對付。那些在「彼端」傳說中被當成弱點的要素，幾乎不適用於現實的血鬼。

然而，那些說法在某方面精準地說中了關於他們的真相。

「——好，前言拖太長了。但之所以有必要說明得如此詳細，是為了讓你理解事實。」

「不……很抱歉我幾乎沒聽懂剛才的話題。為什麼要對我這種小孩子說明那些事？你的意思是莉娜莉絲是從鬼嗎？」

「是你。」

「……我怎麼了？」

文官露出沒有感情的微笑，拿出一塊布放在桌上。

那是莉娜莉絲用來包紮傷口……以及聽完希洛克的回報後，埃努幫他換下的布塊。

「我請士兵檢查過你的血液，你已經遭到感染變成從鬼了。這代表你發現的宅邸內有血鬼的事實。」

「怎、怎麼可能……！我還沒死！我現在還有自我意志！」

「那是事實。從鬼只是遵從『父母』的行動指示，並不像一般人認為的那樣是活屍。只要消滅你的親代個體，就能恢復人類的生活……你只需要在醫院裡稍微待一段時間。當然還得做一些處理。」

希洛克感到頭暈目眩，不禁壓著腦袋。自己不再是人類，而是受到無形疾病控制的工蜂。有這麼簡單？

左手中指。如果在當時的藥膏裡混入血液。他也喝下了對方奉上的琥珀茶。或是……

「莉、莉娜莉絲……莉娜莉絲從一開始……就在騙我嗎……？」

「根據各項事實，只能做出這樣的判斷。黑曜雷哈多與那個莉娜莉絲對人類都是威脅。請你助我一臂之力吧，希洛克。」

黯然失魂的希洛克點了頭。雖然他對莉娜莉絲的愛慕尚未消失，但他也只能這麼做了。

……或許，連他的內心想法不是真的。

那或許並非譬喻，而的確是疾病帶來的虛假感情。

◆

——隔天早上。在希洛克擁有的寬廣宅邸裡，集合完畢的野戰軍團正準備出征。他的家成為第十三卿手下士兵的駐紮地，這個空間第一次派上了用場。

「從發出召集令到現在還不到幾個小時，竟然就集合了這麼多士兵……」

「哎呀，我忘了說嗎？我之所以來到依塔其，就是為了討伐疑似潛伏於此的黑曜勢力。我不想對不知躲在何處的敵人打草驚蛇，所以命令士兵在附近城市待命。」

「該不會連調查居民的工作也是……！那麼我就是……」

——因為這個原因而變成從鬼。

即使他很想一吐怨言，但馬上想起根本的原因在於自己迷上了莉娜莉絲。希洛克的憤怒無處可發洩，只能悶在心裡。

如果只是調查屋內是否有居民，看見莉娜莉絲後就可以離開。

他也不是沒聽說過血鬼。當時有好幾個跡象，是他大意了。

讓他產生那麼多疏忽的原因顯而易見。

「希洛克，我得請你帶路到現場，但必須先將你的雙手銬起來。另外也會定期檢查你的瞳孔狀態，確認是否受到費洛蒙的影響。這不但是防止你攻擊我們，也是保護你本人，避免你自殺。應該沒問題吧。」

「……沒問題。血鬼的控制能逼人說謊嗎？」

「這是最讓人擔心的問題呢。血鬼似乎擁有控制精神的技術，不過在你這種程度的受控階段，除非親代個體直接親口下指示，否則無法控制你做出複雜的回答。只要防止你突然攻擊，讓你帶路前往那間房子就沒有問題。」

另一方面，埃努則是基於希洛克掌握不了的龐大知識，一步步確實地做好作戰的準備。從他假裝進行調查戶籍造冊這種沒什麼特別的舉動開始就是如此。
這就是黃都二十九官。希洛克相信唯有劍才是謀生之道，但也有不這麼認為的人。

他們在日出時出發前往莉娜莉絲的宅邸。野戰部隊行進中沒有發出腳步聲，目擊這趟行軍的人只有路邊在替乳牛擠奶的農場主人。

走了一段路程後，希洛克站在再次造訪的陰暗宅邸前，開口詢問。
埃努的士兵似乎分散至各處進行作戰，但不清楚他們在做什麼。

「血鬼討厭太陽嗎？」
「一般來說是如此，但不至於無法行動。不過，只要存在能讓狀況多少變得有利的事實，我就會拿來利用。」

在太陽出來時進行的包圍作戰。希洛克只能感受著手銬的重量，觀看士兵們行雲流水般的行動。千里鏡埃努打算毫不留情地殲滅莉娜莉絲。

（……我想和她再說說話。）
一定是因為自己受到她的控制才會有這種想法吧。
如果將希洛克變成從鬼的人是莉娜莉絲，只要他仍有受其控制的疑慮，希洛克就無法回歸人類的生活。這一定只是不合理的錯覺。
——我們還會再見面嗎？

火焰爆發，吞噬了整棟宅邸。
是火攻。
「莉娜莉絲……！」
「我明白你的心情。聽說血鬼美得不像人類。」
黃都十三卿咬著菸管，一臉認真地望著眼前的火焰。
「——所以我希望在看見她之前先消滅對方。你帶來的情報真的幫了很大的忙。我幫你寫封信介紹個好醫院，當成提供協助的謝禮吧。」
現場一片焦黑，全都被燒燬了。無論是陰暗的宅邸或是薔薇庭園。
他再也無法與莉娜莉絲說上任何一句話了。
野戰部隊的人數龐大，並不是為了以數量優勢圍剿強大的血鬼。而是需要那樣的人數分頭展開火攻，在對方還來不及反應時瞬間分出勝負。
（……可是，那封信——）
雖然只是白紙一張，但如果他們有尋求任何對話機會的打算……
埃努就不會將此當成機會，用這種形同偷襲的方式發動攻擊吧……
大火就像趕走月亮的太陽，熊熊燃燒。
卻燒不掉他心中的灰暗帷幕。

「六分儀的希洛克。現場有兩具被燒死的屍體。雖然看不出長相了，但你要確認一下嗎？」

「……不用。」

聽到士兵的報告時，希洛克的內心仍籠罩著那層帷幕。

他不想看到美麗的莉娜莉絲被燒焦的淒慘模樣。

◆

「——所謂的戀愛呢，希洛克。」

在漫長的事後處理結束，日落時分的歸途中，埃努說出這段與他性格不符的話。

「第一次是最美的，然而誰也沒有辦法得到第一次的愛情。」

「……我不需要安慰喔。」

「這是事實。誰也忘不了他們的第一場戀愛，所以人們追求著愛情。世界才會充滿無窮無盡的愛恨情仇。哈哈哈哈哈！」

第十三卿的表情沒有絲毫變化，唯有從口中發出笑聲。

……或許如此吧。她是血鬼。若多遇見莉娜莉絲兩三次，可能不會只保留純粹的美麗回憶。而會讓他看見不想看到的景象，畏懼不想害怕的東西。

那肯定會是一場慘烈的重逢。

此時希洛克的心中只剩下她在庭園裡的倩影。

縱然內心期望能再次與她相遇，不過他也學會了如何放手。

一切的謎團與祕密，都將隨著時間的過去而消逝吧。

反正他還有埃努那些說不上是安慰的話。即使只有寥寥數語，在回到自己的家時，希洛克也已經用那種論點說服自己。

「我打算做好出發準備後，傍晚就前往黃都。雖然對你不好意思，但我也會順便幫忙護送你去醫院。」

「……謝謝您。」

希洛克老實地低頭致謝，看來他得離開這間繼承自父母的房子一段時間了。

也許他再也不會回來了。

這間房子本來就沒多少訪客。儘管暫時變成士兵的駐紮地，不過這應該是最後一次有這麼多賓客聚集於此，讓屋裡變得如此熱鬧。

（如果能招待他們什麼料理就好了。）

以希洛克的能力，就算想那麼做也辦不到。所以像這樣讓士兵們在玄關列隊迎接自己，是他唯一能以一家之主的身分做到的事。

最後一位士兵抵達後，大門關了起來。

——接著響起「鏗」的一聲。
「嗚。」
「咕。」
兩位士兵交錯地重重倒地。
真的是如同字面所述的「交錯」。那聲音聽起來彷彿發自弦樂器。在怪聲響起的同時，士兵們的頭顱、四肢全都四分五裂地散落一地。
兩人份身體裡的血液霎時噴出，弄髒了整個玄關。
「怎、怎麼了……！」
希洛克打算拔出爪劍。當他目擊現場的慘狀時，確實有這個想法。
但身體卻不可思議地無法動彈。
然後他看到接下來發生的事。
一位士兵轉身面對他，擲出了短劍。目標不是希洛克。與護衛有段距離的千里鏡埃努右大腿被貫穿，以腿上插著劍的姿勢往後倒下。
「嗚……！」
「埃努大人！」
「——敵人襲擊！捉住梅茲德和希洛克！他們變成從鬼了！」

埃努沒有因疼痛而退卻，反而放聲大喊。那位丟出短劍，名為梅茲德的士兵看起來相當困惑。他的動作卻與其態度相反，舉起劍企圖攻擊，但他很快被壓制了。雙手被反綁的士兵——梅茲德大叫：

「等……等一下！我沒做過什麼會被感染的事！」

站在希洛克的角度來看，他說的應該沒有錯。

希洛克的手臂被強壯的士兵抓住，銬上了枷鎖。士兵梅茲德也被同樣的方式銬住。

「……怎麼可能。我們的位置為什麼會暴露？發生什麼事？」

埃努的表情以奇特的方式扭曲——可能是憤怒的表現——他咬緊牙關，以一旁的桌巾包紮傷口。

「附近有親代個體……一開始就有感染者混進來……不對，這不可能……！」

又有其他士兵發瘋了。捉住梅茲特的士兵突然拔劍朝背後的人砍去。被攻擊的人打算阻擋攻擊，然而對方以遠遠超乎尋常的臂力將他連同保護身體的鎧甲一劈為二。突破人體極限的力氣。他也是從鬼。

「啊、啊啊……！噫、噫……噫——！」

「該死！又是從鬼！」

「快點互相確認彼此的瞳孔！」

「還要注意殺死門口兩人的攻擊！別放鬆警戒！」

身受重傷的士兵沒多久就痛苦呻吟著死去。
威脅，恐慌。
希洛克還搞不清狀況。到底發生什麼事？
不是只要血鬼「黑曜」死掉，一切就結束了嗎？

「莉娜莉絲！」
被銬住的他放聲大喊，就算這違背了他內心已接受的事實也無妨。
他強烈盼望著她正在某個地方觀看，能聽見自己的聲音。
「如果妳把六分儀的希洛克當成朋友，就站出來！這是出自妳的意志嗎？是『黑曜』搞的鬼嗎？……莉娜莉絲！」
聲音迴盪在氣氛詭譎的遼闊宅邸之中，留下一片死寂。
現場的士兵們連動都不敢亂動，紛紛舉著武器維持警戒。
已經確認被感染的從鬼全數遭到綑綁，放倒在地上。人數太多了。
血鬼是透過血液感染，發病與受到控制需要更多時間。即使感染來自剛才的神祕攻擊造成的傷口，也不可能一口氣讓這麼多人化為從鬼。
「希洛克先生。」
一道沉穩的聲音響起，同時傳來喀啦喀啦的輪子滾動聲。

與純白的肌膚形成強烈對比的黑髮。

帶著憂鬱神情的金色眼眸。

莉娜莉絲……出現在走廊的深處。

她沒有發出腳步聲，宛如一尊天使。

是亡靈嗎？還是從希洛克第一次見到她開始，她就只是一道幻影呢？

她明明應該是很可怕的存在，卻無比地美麗。

少女推動的輪椅上坐著某個身穿豪華長袍的人。

「莉娜莉絲……」

「按照約定，我們又見面了呢……不過您還真是過分。」

美麗的血鬼少女寂寞地笑了。

「竟然打算殺了我。」

她的聲音沉穩而平靜，和當初相遇時一模一樣。

（——即使在這種血海地獄之中……）

希洛克在寂靜中想著。

（她還是好美。）

莉娜莉絲的寧靜之美令所有士兵幾乎忘了呼吸。但就算如此，在場所有包圍她的士兵竟然連張弓搭箭的動作都沒有，太不可思議了。

埃努表情痛苦地發出命令。

「那就是血鬼的親代個體。不能讓她開口說話，放箭。」

「不能射她，千里鏡埃努大人。」

「……發射！」

放箭的聲音響起。那是士兵互相朝對方臉上射箭的聲音。

剛剛已經確認過那兩個人的瞳孔，他們應該沒受到感染才對。

這個畫面應該很恐怖，但所有看到這一幕的人卻是動也不動，既沒有逃跑也沒有採取防禦動作。莉娜莉絲一臉平靜地望著這副景象。

「不對……」

埃努的聲音在顫抖。

即使受了傷也能保持鎮定的第十三卿，如今的表情卻因恐懼而扭曲。

他那精明的腦袋已經推論出眼前狀況的解答。

「不對……不、不該戰鬥……應該撤退……！之所以出現這種狀況……這種異變是……！全軍立刻撤出這間屋子！」

似乎未曾沐浴過日光，如玻璃般透明白皙的肌膚。

充滿大家閨秀氣質的纖細指尖。那雙手不只是劍，連柴刀都沒握過吧。

她不是戰士——

然而……

「這傢伙是『空氣傳染』！」

恐慌瞬間爆發。

第十三卿的士兵對彼此揮刀、放箭，一邊求饒一邊殺害其他人。企圖逃跑的人全都遭到看不見的絲弦分屍。

莉娜莉絲有些困擾地微歪著頭，她的身體沒有被濺上任何一滴血。

在這地獄般的慘劇中，希洛克呻吟道：

「黑曜……莉娜莉絲……妳才是真正的『黑曜』吧……」

「怎麼可能。像我這樣的小人物承擔不起偉大父親的名號。」

莉娜莉絲憐愛地握著坐在輪椅上的那個人的手。

那隻手有著蠟質的皮膚，手肘無力地晃動。

「黑曜是父親大人的組織。永遠強大，永遠繁榮……引導我們走向正確的未來。所以我不可能是黑曜……」

……「黑曜之瞳」已經毀滅，就像埃努說的。

如今他終於明白是什麼意思了。

「莉娜莉絲！別再這樣了……拜託看清楚事實！那……那個人已經……！」

「父親大人的『黑曜之瞳』還沒走到盡頭。溫柔、強大、偉大的父親大人，會讓一切都恢復原狀。莉娜莉絲永遠會隨侍在旁——」

她捧起乾枯的手，吻了一下手背，緩緩地轉身。

沒有任何人能在她的面前動彈……不對。

「……就從這裡開始吧。聚集在吾等黑曜底下的眼瞳，諸位堅忍不拔的蓋世英雄。父親大人即將賜予你們應當生存的時代——來吧，報上名來。」

影子在她的面前蠢動。

能夠隱藏存在，不被黃都幹練的野戰部隊發現的人物，具有以絲線殺傷士兵之技術的人物。

在這個世界上有多少這種人呢？

「黑曜之瞳」裡就有他們的存在。黑暗中浮現無數的眼瞳。

從後方，從上面，從無形暗夜恐怖的四面八方現身。

「——五陣前衛，奈落巢網的澤魯吉爾嘉。」

有雙手十指拉著絲線的沙人。

「七陣後衛，變動的維瑟。」

有弓著腰，以手腳行走的怪異人類。

「四、四陣前衛，塔之霞庫萊。」

有帶著長劍的人類。

「一陣前衛……韜晦的蕾娜。」

有以繃帶遮住雙眼的森人。

「四陣後衛，覺醒的弗雷。」

有拄著長杖的小人。

他們每一位都是經過無數鑽研修煉，持有強大異能、幾乎到達英雄領域的強者。

而他們既然站在這裡，就代表那些人已經透過血鬼的病原體獲得超越人體極限的力量，是服從於單一意志統率的從鬼軍團。

埃努呻吟道：

「……你們這群該死的亡靈……！」

「『黑曜之瞳』仍存在。在這裡，以這種形式。您也很快就會明白了，千里鏡埃努大人。」

莉娜莉絲臉上掛著微笑，宛如在安撫小孩似的朝趴在地上的埃努彎下了腰。

她伸出冰涼的手掌觸碰著埃努的臉頰。

「能不能請您推舉我參加黃都的王城比武大會呢？讓我以勇者的身分重現英雄們的時代。為了父親大人……再一次創造出戰亂的時代。」

「誰會……讓妳這種人稱心如意……」

「就是您。我從一開始就打算讓您這麼做。」

她從一開始就知道千里鏡埃努的名字。

她從一開始的目的就只有這個，為了將他們用這種方式納入自己的控制之下。

如果沒有那封空白信，希洛克會將她的事毫無保留地報告給領主家裡的貴族。埃努以一張白紙認定「黑曜」就在那裡。希洛克感染的事實成為證明血鬼存在的證據。她知道地方足夠供第十三卿的士兵進駐的房子只有這裡。她透過給予對方情報──將潛伏於周遭城市的部隊全部引誘過來。

表面上展現容易發現的感染途徑，藉此掩護真正的感染手段。

如果希洛克沒有應邀進入那間宅邸，是否就不會發生這場慘劇呢？

然而一開始那個傷口……就因為那個小小的割傷。

「莉娜莉絲，這不是真的吧……？我手指的傷只是被薔薇刺劃破……這真的……只是偶然對吧？」

莉娜莉絲不是戰士。

儘管如此，其存在與思考，各方面都異於希洛克，是他無法觸及的存在。

她身懷對已終結的時代的偏執，打算讓世界重新走上回頭路。
只憑她一個人。
「妳不是因為只有自己一個人……感到寂寞嗎！是這樣沒錯吧！我也是孤獨一人，所以能明白！或許我能……！」
雪白的千金少女露出優雅的微笑。
——啊啊，希洛克的這份感情不可能是虛假的。
就算受到控制，他的心中應該還有著自我意志。
「希洛克先生，謝謝你……能夠像一般女孩和別人聊天，實在是太好了。」
她擁有帶著憂鬱神情的金色眼眸。
無論是吹彈可破的白皙肌膚，纖細的手腳。她的一切美貌都與她即將走進的這場流血慘劇毫不相稱。
不該有如此殘酷的事。
「再見了。」
此人以無形的指尖牽動蜘蛛絲，具有縝密狡猾的力量。

此人透過異常的變異，獲得無法以常識預測的感染途徑。
此人率領由世界最龐大的組織自地表全境召集而來，終極無比的精銳部隊。
那是由潛伏於深邃黑暗中的單一意志所統率的凶惡諜報群體。
斥侯（scout），血鬼。
黑曜・莉娜莉絲。

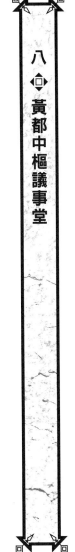

八◆黃都中樞議事堂

在那天集合於黃都中樞議事堂附屬小會議室的人，只有一小部分的二十九官。

這場召集設有條件，文官須熟知黃都的防衛戰略，武官應具有可調動黃都部隊的地位。以及可以響應這場緊急召集，立即展開作戰行動之人。

「總共只有這點人啊，雖然應該算多了。」

位於主席臺的人與平時的議會相同，是主持會議的議長，黃都第一卿——基圖古拉斯。

這個男人身材中等，年近初老。不過從那身服貼且毫無皺褶的黑衣與健朗的表情看來，他與衰老兩字尚且無緣。

「好，那就開始吧。正如各位所知，這是第三卿發起的召集。雖然事出突然，還是請各位前來與會。首先關於這次的議題，有請第三卿說明。」

「——我是第三卿傑魯奇。」

男子名為速墨傑魯奇。那張看似不悅的臉上戴著薄片眼鏡，給人一股精明的印象。他以商業部門為中心掌管整體黃都內政，是事務官僚的核心人物。

「關於舊王國主義者的動向，我們掌握了新的事證。雖然大家都知道破城的基魯聶斯與他們在托吉耶市會合，展開士兵招募。然而在兩天前，托吉耶市發布了戒嚴令。可以預測他們將加快招募士兵的速度，近日內對黃都進軍。」

「是基魯聶斯啊。」

斜靠在椅子上的老將一邊打磨手上的短劍，一邊笑著。第二十七將——彈火源哈迪，是領導軍方最大派系的重量級人物。

「真懷念啊。當這裡還是中央王國的時代，那傢伙就是個很麻煩的將領呢。實力無話可說，在基層之中也很有人望——似乎可以招到很多人呢。三萬？還是四萬？」

「……關於托吉耶市的舊王國主義者，參與者人數並未超出預期。已派去的方面軍應該充分達到壓制的效果。」

「什麼嘛。既然是緊急召集，至少搬出本土決戰的議題吧。」

哈迪不滿地吐了口雪茄的煙，他是個會真心說出這種話的男人。

「——難道是同盟？」

開口的男子是第二十五將，其名為空雷卡庸。他一邊的袖子裡沒有應該存在的手臂，衣料鬆垮垮地垂著，是一位獨臂將領。

「托吉耶市沒什麼大動作。不過若他們有什麼伎倆能迫使我方反應，那就是與其他勢力同盟了。目前……故意高調引起注目的托吉耶市是用來牽制黃都軍的誘餌，真正的主力是歐卡夫自由都市的傭兵那種其他勢力。現在對方要是出這種招就麻煩了——不過呢……」

卡庸歪起端正的嘴角笑道：

「呵！應該沒這回事吧？畢竟傑魯奇管的是商業領域。各勢力之間如果出現結盟的大動作徵兆，我們武官應該第一個知道才是。換句話說，舊王國確實有王牌手段，但不是援軍。是吧？」

「……真不愧是第二十五將。感謝你幫我省下說明的功夫。舊王國主義者的迅速行動具有勝算。有一項關鍵性要素，讓基魯聶斯將軍只需派出一次招募到的士兵就能決定勝負。他們的援軍不是別動隊也不是同盟集團——是天候。」

「天候？」

「喂喂，什麼意思？」

「亞瑪加大沙漠有著一種名為微塵暴的獨有氣候現象。你們可以把它當成將捲入風暴的物體完全磨碎的強烈沙塵暴。那種微塵暴正在持續朝黃都的方向移動。若是直接進入我國，損害將會無法估計。根據調查，微塵暴出現在亞瑪加大沙漠以外區域的前例只有一次。當時它摧毀了一個魔王自稱者的國家。」

「沙塵暴的移動，意味著『有一整團沙在移動』。你剛才的話讓我不禁如此想像。」

議長古拉斯饒富興味地插話進來。

「我們可以視為發生了那種現象嗎？」

「是的，您說的沒錯。微塵暴不斷以漩渦般的氣流吸入數量龐大的沙塵，強度幾乎從不減弱。目前我們正在向路徑附近的城市收集觀測報告。當然，因為沒有時間讓馬匹來回，是以通信機進行長距離通訊。」

「我要說我要說，我要說我要說我要說我要說～」

席間有一位少年挺直身體，高高舉起手。

其名為鐵貫羽影的米吉亞魯。年僅十六歲就名列黃都第二十二將的最年輕武官。

「傑魯奇～那件事是誰透露的？我問的不是報告，而是消息源頭。除了荒謬過頭之外，感覺對敵人來說未免太剛好了，聽起來有點假呢。」

雖說米吉亞魯沒有西多勿或愛蕾雅那樣的聰明才智，不過他一向暢所欲言。

「——搞不好是陷阱喔。」

「傑魯奇，你是從什麼管道獲得情報？」

老將哈迪也有同感。他將手肘撐在桌上，露齒而笑。

「從你的報告聽起來，也有可能是舊王國那些傢伙占領邊境的聯絡塔，回報一些胡謅的消息喔。像你這麼精明的男人要是被假消息欺騙，害軍隊忙得團團轉，那可是會成為一大笑話……雖然如果那些傢伙的主要目的是欺敵，應該會編一些更像樣的謊言才對。」

「應該不是來自俘虜的證詞或我方派出的間諜……應該說，不是舊王國方放出的情報吧？」

面對卡庸的疑問，傑魯奇扶了扶眼鏡的鏡腳。

「是的。我方取得的源頭情報是在工商協會交易的氣象預報。」

「工商協會……？」

「是商人那些傢伙？」

「以前曾經報告過，『真正的魔王』死後，商業聯盟與著名的旅行商人們開始買賣精確度極高的氣象預報資料。此次的預測指出微塵暴將會抵達黃都。這個資料應該與過去市場上交易的氣象預報一樣，是基於各地的實地觀測而做出的路線預測。」

「……氣象觀測技術啊。」

對定期於固定路線上來回移動且進行組織性活動的旅行商人而言，收集氣象資料進行天氣預測並非不可能的事。用這種方式得到的氣象預報對各地的商業活動都有巨大的貢獻。基於這點，氣象預報這種情報本身就能成為有價值的商品。

第三卿繼續說下去。

「還有一點很重要。有人在提供這種技術給各地的旅行商人，收集情報。就是被稱為『灰髮小孩』的少年——供應鳥槍的『客人』。他的底細至今仍然不明，至少從十年以前就在與各地的工商協會做生意，黃都的商人也不例外。」

還有「槍械」。就像第六將哈魯甘特的部隊，近年來二十九官之中也有人導入步槍兵這種兵種。槍械就是具有如此優秀的地位。

「我說喔我說喔，傑魯奇，到頭來我們只知道那個情報來源不可信任吧。雖然以我的腦袋有點想不透，可是沒證據能證明那傢伙沒在說謊吧？」

「不對，米吉亞魯。你應該檢視事實。」

至今沉默不語的男子抬起頭。第十三卿，千里鏡埃努。即使在會議之中，他仍面無表情地維持一本正經的態度。

「『灰髮小孩』從舊王國主義者存在之前就在收集氣象情報。那種情報目前已建立起信用，有人在買賣。這就是事實。既然如此，『灰髮小孩』能從那些交易中獲得什麼利益？」

「不就是錢嗎？」

「沒錯，那就是最單純的事實。既然如此，你應該仔細思考，與舊王國主義者勾結，以假氣象預報欺騙我方，對他有何利益？」

「舊王國可以給他不少錢吧？我覺得應該比和一般的小氣商人交易更有賺頭。」

「那麼總額又是如何呢？如果舊王國的情報操縱也影響到商人，他會失去日後的交易信用吧。」

「對呀，他的情報以後就賣不出去了。商人們毫無疑問已經因為微塵暴的情報而有所行動。萬一這是假消息，肯定會造成他們嚴重虧損。」

「那就變成純粹的數字問題。你認為舊王國方有可能支付相當於目前市面上氣象預報交易總額的費用嗎，傑魯奇？而且還是為了乍看之下荒誕不經、不夠可靠的欺敵作戰？」

「——金額已經先概算過了。從結論來說，不可能。根據追查，可以確定舊王國主義者的情報源頭同樣來自工商協會。更別說現在他們正在為破城的基魯聶斯招募到的新兵整頓補給，必須與許多商人進行交易。如果他們打算採用嚴重衝擊到工商協會的作戰，應該會出現不自然的資金流動。」

「哼，真不愧是商業部門的總管。那麼，米吉亞魯。你認為『灰髮小孩』獲得微塵暴的情報後，最大化其銷售利益的方法是什麼？」

「呃～如果是真的，我會先賣給商人吧。既然黃都和舊王國在打仗，以目前的市場狀況來說，那種做法最保險。而且還能在微塵暴逐步進逼的黃都賣出高價。還有就是……啊！」

米吉亞魯盯著天花板一陣子後，突然拍了一下手。

「……也賣給打算進攻黃都的舊王國。所以托吉耶市的那些傢伙才會開始有動作啊，因為他們獲得以目前戰力也能打贏黃都的情報。」

「這就合理了。既然如此，可以先將氣象情報本身正確無誤當成一項事實。」

「何況如果這是假情報，還必須替換掉剛才所說的各地觀測隊呢。如果能在邊境辦到那種事，他們就應該有一大堆效率更好的手段可用才對。」

彈火源哈迪吐了口雪茄的煙，空雷卡庸也表達他的意見。

「傑魯奇。雖然我想你已經正在著手進行，不過還是請你盡可能收集通信機通訊以外的證據。就算騎馬來回兩地來不及，只走『單程』應該沒問題吧。應該有不少沒有收到預報，直接目擊微塵暴的商人。再說，原本的問題還是存在吧？」

「……願聞其詳。」

「歐卡夫自由都市未必不會有動作喔。就算舊王國的真正目標是等待微塵暴抵達，他們雙方不一定就不會結盟。也就是當我們專心應付微塵暴時，多少需要一些牽制歐卡夫的對策。你看該怎麼辦？」

「那件事就由我來辦吧。」

哈迪回答了這個問題，露出戰士般的凶暴笑容。

「我會動用一切可用的力量，做好直接和歐卡夫首腦協商的準備。雖然表面上黃都和歐卡夫不是敵對關係，要說是停戰談判就太誇張了。」

「你打算派出『擦身之禍』嗎？」

「就像新公國時那樣？雖說那傢伙的確是在那裡出力最多的人……但要他攻擊歐卡夫的牢固山城，效果就很難說了。還有其他更適任的人可用。」

攻陷利其亞新公國的擦身之禍庫瑟，其能力是黃都二十九官也無法解釋的神祕異能。所有人都認為能不用就不要動用他。

「順便提一下，我希望先消除掉所有隱憂。」

議長古拉斯望向第十三卿埃努的座位。

「『黑曜之瞳』的動向如何？那些餘黨也有加入舊王國陣營的可能性吧。」

「我倒是還沒辦法追蹤到那種程度。」

埃努沉穩地回答。他面無表情，看不出任何情緒，就像往常一樣。

「我的部隊在四個小月前的作戰中，已將依塔其地區包含『黑曜』在內的餘黨『掃蕩一空』

——然而那些分散於各地的成員情報有太多無法釐清的部分。但我的『合作對象』已經充分掌握其成員名單與行動手段。一旦發現有人高調行事，我方就能先發制人。」

「交換條件就是讓那位合作對象參加御覽比武吧。」

「既然您聽懂了，還請務必多多幫忙。對方就是以這項交易為前提締結協助關係呢。」

「……既然如此，現況是只要想辦法處理掉微塵暴，就能清除威脅御覽比武的隱憂。畢竟這等同於摧毀舊王國的真正計畫。不過對手可是氣候現象喔，具體來說該怎麼做？」

對於這個問題，空雷卡庸舉手了。

「……我有個想法。這件事能交給我去辦嗎？」

◆

（——如此一來，整件事就能完美收場嗎？）

會議中的第一卿如此思考著。

（舊王國主義者，微塵暴。根本不知道背後是誰在策劃什麼陰謀。無論敵我——真正的聰明人總是能超出我的預料。）

至少在這場會議的討論中，仍存在著被擱置處理的威脅。

（十年前……「灰髮小孩」預測到了什麼而帶來氣象觀測技術？他誘使舊王國主義者與黃都

互相廝殺又有什麼目的？傑魯奇那傢伙也有問題，我確定他對黃都很危險。其他人應該也察覺到了這點——不過……）

這場會議並非聚焦於情報來源，而是情報本身的可信度。這並非因為他們無能，反而是因為眾人皆為優秀的官僚。

毫無意義地深究先擱置也無妨的議題，將會拖慢對眼前危機的處理速度。會議的順利進行必須基於「至少情報可信」的共識上。

（二十九官一定會下這樣的判斷——但如果對方是故意製造出這種狀況，那麼，那傢伙可真是相當聰明呢。）

當「真正的魔王」死去，在恐懼的時代中沉睡的怪物們便逐漸開始活動。

那一定不只有憑力量毀滅國家的暴力化身。應該也存在能帶來比毀滅更危險的後果——操縱包含國家在內的一切，不出現在戰場上的「智慧型怪物」。

古拉斯與那種怪物不同，他不具惡意，沒有任何企圖。不過當他意識到出現完全出乎意料，足以殃及國家的危機之後，就顯露出內心的本性。

古拉斯的嘴角浮現左右不對稱的笑容。

（……太有趣了。）

距離災厄抵達，還有五天。

九　駭人的托洛亞

駭人的托洛亞死了。

——話說回來，真的有人看過他活著的模樣嗎？還是他與冬之露庫諾卡的差異之處只在於沒有人懷疑其存在呢？

那位魔劍士確實存在。

他住在廣闊的懷特山脈某處，等待受到制裁的那一刻到來。

罪名是持有魔劍。

當他在世時，魔劍就是一種具有強大力量，卻會招來死亡宿命的東西。

「但是你們聽著！狀況不同了！」

霾晦的艾里基特俯視著集合到山裡的四十名手下。他就是在西庫瑪紡織區的河岸與「灰髮小孩」交涉的強盜。

他的盜賊團的規模不算小。當然，他們的實力對付不了有組織的討伐部隊或魔王自稱者的軍隊。因此他們不可能再碰上這種好機會了。

「駭人的托洛亞擁有的一百把魔劍——現在是我們的了！魔劍的守護者已經不在了！」

持有魔劍的人一定會死。若是被人知道是持有魔劍者，死神遲早會找上門。

之後留下的只有化為血海的持有者與目擊者，以及令人顫慄的殺戮痕跡。魔劍則是不翼而飛。

駭人的托洛亞不在乎魔劍持有者的正邪善惡，只是一味殺死對方。

沒有人戰勝他，沒有人見過他。只有確實發生的慘劇證明了他的存在。

那是「真正的魔王」出現之前就存在至今，明確且絕對的規則。

「老大！托洛亞真的掛了嗎？就算對手是星馳阿魯斯，那傢伙可是駭人的托洛亞……專殺魔劍持有者的魔劍大師耶！」

「沒錯，尤吉。現在世上的所有人都這麼認為。你是，除了我們以外的其他強盜也是！有這種想法後，接下來呢？誰能搶先拿到魔劍？你說說看。」

「……我想要魔劍。可是，總不能連性命都賭上吧！」

尤吉的腦袋被子彈一槍打爆。艾里基特開槍的動作超越了肉眼的反應速度。

他將冒著煙的新型手槍收回懷裡，那是「灰髮小孩」交給他的兵器。這項工作分秒必爭，只不過令人遺憾地損失了一名能言善道的手下。

「——好了，這裡還有其他有意見的混帳嗎？」

在現在這種時候，才更需要魔劍的力量。

他的手下只把魔劍當成能高價賣掉的財寶吧。然而一整隊人人裝備魔劍的四十名強盜，將會變成足以匹敵一支軍隊的戰力。

只要擁有力量，就能將那種力量當成商品販售。

往後將不再是強盜的時代。艾里基特的第一目標，就是正在大肆招募志願者的舊王國主義者——托吉耶市的基魯聶斯陣營。

（我們只能在「真正的魔王」時代的夾縫間存活。一旦王國統合，像我們這種人就沒有未來了。）

他摸著懷中的手槍。鳥槍已做了更進一步的改良。如今連沒有力量，只能等著受到攻擊的人也能隨身攜帶這種武器。強盜勢必會變成更容易被討伐的存在。

（……之所以找人牽線，也是看準了這種趨勢。透過「灰髮小孩」加入破城的基魯聶斯的旗下。就算舊王國輸了，只要在與黃都的戰爭中展現出魔劍的力量，就能和黃都做交易……）

他有十成勝算。既然托洛亞被殺了，魔劍就不再是不祥的象徵。

儘管兩者之間的戰力具有絕對的差異——魔劍這種東西，在分類上與他目前持有的這種手槍相近。在和平時代的軍備減縮趨勢中，讓少數士兵保有巨大力量的魔劍的需求反而應該會增加。

這就是艾里基特的想法。

手下們一陣譁然，雖然出現一點混亂與騷動，但最後也平息下來。

先不管有幾個主張與尤吉相同的人，他把討論全部交給手下們處理。既然那些人目睹了尤吉的死，他們就不是真心要反駁。

「……聽好了，為什麼像我們這種不入流的山賊有辦法搜刮那個托洛亞的遺產？因為我們很強？因為我們腦袋靈光？還是因為我們人數多？」

他的話已說到了最後，只需再推一把，強化手下們的決心就行了。

「都不是吧，只因為距離很近。懷特是我們的地盤，我們比任何人都熟悉山裡的環境。其他人連托洛亞在這一帶的哪座山，不在哪座山都不知道。我們一定會拔得頭籌。」

「那就來吧……！那些寶物想拿就有！我們辦得到！」

「管他什麼魔劍的詛咒……我們跟你走，老大！」

「說得好！聽清楚了！傳說迷信的時代已經結束了！駭人的托洛亞的死就是證據！大夥兒上吧！」

那是等同於龍的災厄。他藏身於化外祕境，沒有理由地襲擊村莊，累積財寶。

唯一的不同之處在於，他的財寶全都是魔劍。因此才會遭到星馳阿魯斯的搶奪。據說「星馳」只奪去最強的一把魔劍就飛走了。

沒有哪位傳說人物是無敵的，駭人的托洛亞死了。

◆

距離懷特非常遙遠的黃都，其郊區有一座尖塔。

在由於人口密度的增加而進行都更作業的這個區域中，有座以黃都二十九官的權限保留未拆的鐘塔。尖塔內部的樓地板全被拆掉，只留下沿著牆壁而建的階梯。

寒冷閉塞的空氣讓這裡看起來像是天花板很高的監牢，不過住在裡面的人卻是整個世界與囚犯一詞最不相稱的存在。

「…………」

「住得還算習慣吧？」

「…………」

黃都第二十卿，鍋釘西多勿丟出了他不怎麼期待得到回答的問題。

對方沉默了很久，但似乎也沒有對這個住所感到不滿。

而且這種特殊改建就是應停在他頭頂上方遠處的那隻鳥龍——星馳阿魯斯的要求而做。

牠如同往常那般，隔了一拍後才輕聲回話。

「……西多勿。」

「嗯，什麼事？」

「哈魯甘特……會來嗎……？我想和他分出勝負……他還沒來嗎……」

「啊……不知道耶。那個大叔……哼！他丟下工作在北方到處亂跑喔。不過下次會議的時候就會回來吧？不知道他會帶回什麼樣的勇者候補。」

「……這樣啊。既然如此……那就沒關係了……」

西多勿坐在最底層的階梯，開始吃起時候有點晚的午餐。

那是上等的白麵包。他這個男人天不怕地不怕，一身傲骨。但吃飯的地點偏好選擇安靜的環境。這點倒是與阿魯斯意氣相投。

「……不過啊，阿魯斯。你……不管最後是誰來，都不會輸吧。你至今的戰鬥全都打贏了，連對上燻灼維凱翁也不例外。你認為……哈魯甘特大叔真的找得到能與你戰鬥的傢伙嗎？」

「…………你在取笑哈魯甘特嗎？」

「啊？怎麼可能嘛。我問的是你有沒有苦戰的經驗。」

西多勿立刻察覺氣氛不對勁，趕緊切換到其他話題。

阿魯斯的翅膀影子雖然位於上方高處，但只要牠有那個意思，在西多勿品嚐下一口麵包之前，他就能殺死西多勿無數次。

「……有喔…………是個很強的傢伙。」

「哦，就是燻灼維凱翁嗎？」

「……你在胡說什麼……？那種傢伙……空有年紀，一點也不強……托洛亞……比什麼龍都強得多了……」

「喔，是駭人的托洛亞嗎？那個傳聞果然是真的啊。人人都想聽那個故事喔。」

「……這個。」

鳥龍特地降落到塔的中層，從道具袋裡拿出一把魔劍給西多勿看。那把劍有著暗棕色的劍鞘，與同樣稍嫌骯髒的木柄，給人一種老舊的印象。

「…………這是席蓮金玄的光魔劍。是托洛亞……最強的武器……所以我想要它……」

「就是將維凱翁砍成兩半的武器啊。他真的收藏了很多魔劍嗎？」

「……嗯，可是……我對其他的魔劍沒什麼興趣……如果背包過重，會飛不起來……」

「哈哈哈哈哈哈！那還真是可惜啊！」

——這不是什麼好笑的事。

魔劍乃是一把的價值能匹敵一座城市的財寶，是無法解析的異常存在。魔劍不會說話，所以連其真正的來源也無人能知。

不過據說它們和「客人」一樣，是器物類型的超常存在。

獲得強大的神祕力量，無法被另一個世界「彼端」的物理法則繫留的器物，就成為被放逐到這個世界的存在。

不只是劍，它們以各種型態的魔具出現在這個世界。星馳阿魯斯擁有的多數武裝就是那樣的東西。

……不過在象徵意義上，魔劍仍是獨樹一格的存在。

從遙遠的古老時代開始，那就是超常領域的武力象徵。許多勢力為了獲得魔劍而爆發爭端，或是聚集於魔劍的力量之下。許多魔王自稱者因此誕生又因此消失。

也許駭人的托洛亞也是因為這個原因而專門尋求魔劍。

「駭人的托洛亞的實力如何？」

「……嗯，他的技術……很厲害。有很多……沒有魔劍，就做不到的招式。對那傢伙而言……就算我飛在空中，也沒差。方向也是……大量的魔劍，就像生物一樣……」

「……」

「只要差一點……真的……如果稍微晚了一點，有可能……死的可能就是我………」

就如同這個世界的大部分小孩，西多勿從小就常常聽到講述駭人的托洛亞的恐怖故事。不只是持有魔劍的人，連接近魔劍持有者都會遭遇名為托洛亞的災厄。

所以人們認為不可以持有魔劍，那會招來死亡。

那個傳說的存在是連龍都能殺死的阿魯斯最感到畏懼的對象。

他確實存在於懷特的山脈之中。

（……真可惜啊。沒有人能一直贏下去。傳說遲早會完結。）

阿魯斯利用牠的翅膀，隨心所欲地進行篡奪之旅。擊潰了許多創造歷史，或是可能名留青史的人物。揭發被人守護的祕密，徹底改變了世界，使世界與「真正的魔王」出現之前的樣子完全不同了。

牠是一隻顛覆這個世界所有神祕事物的開拓者。

「你怎麼殺死托洛亞的？」

「……對心臟……開一槍。靠近後射擊，打中了……不過，我覺得他還會動……所以擦身而過時，將這個……」

冒險者茫然地看著收入劍鞘的光之魔劍。

「搶走，出劍。斜向……將他砍成兩半。」

「喂喂喂……這是多麼誇張的神技啊。」

在維持超高速機動能力的情況之下，瞬間將武器從槍械換成劍。而且還靈巧地搶走敵人的武器為己用。

那是光聽就令人讚嘆的高超技術。那麼將這麼厲害的星馳阿魯斯逼到極限的駭人的托洛亞，又是多麼可怕的怪物呢？

「…………」

「阿魯斯，你希望遇到強敵嗎？」

「……還好。」

「那麼，你想要什麼？」

鳥龍停在嵌在牆壁的階梯上，轉動細長的脖子。

從尖塔頂端的窗戶射進的光讓牠瞇起了眼睛。

「國家。」

——星馳阿魯斯。牠的欲望沒有極限。

正因為如此，身為黃都第二十卿的西多勿才會成為其擁立者。

不能讓這位英雄獲勝。

◆

「……注意了，有人比我們先到達。那是尤吉還在說廢話時就果決出發的傢伙。」

艾里基特邊謹慎地在樹林的陰影中移動，邊為手槍裝填子彈。

……搜索山脈西側的四個人還沒回來，有可能是被同樣盯上魔劍的強盜殺了。艾里基特他們的行動似乎終究還是慢了一步。

既然前往其他可能地點的手下沒有發現魔劍，駭人的托洛亞的據點只有可能在那四個人失蹤的西側。

「不過我們握有地利。就算被其他人先拿到魔劍，只要用陷阱搞死他們就行了。不會給那些傢伙揮劍的機會。很簡單吧？」

「就、就是說啊……老大！」

「既然知道地點，那就趕快動手吧！」

一群單純的傢伙。艾里基特原本可是用持有魔劍就無敵的說法煽動手下。現在的艾里基特卻是以與當初的說法完全相反的話驅策他們，然而誰也沒有注意到這一點。也許，有些人是故意裝作沒注意到吧。

——最多可以接受犧牲掉半數的人，這是艾里基特的盤算。即使在搶奪魔劍的過程中消耗二十個人，還能剩下二十名的戰力與多出這個人數的魔劍。

艾里基特以幫助他爬上山賊老大寶座的腦袋計算著過去與未來的損益。

「喂、喂，老大！」

「怎麼了？」

「……有一個人回來了！那傢伙是，呃，叫什麼名字啊。」

「伊比多嗎？」

遠處山路上有一位削瘦男子腳步不穩地朝他們走來。敞開的道具袋搖搖晃晃的，每走一步都會掉出裡面的東西。

他的眼神渙散，即使老大艾里基特站在他面前也一樣。

「……喂，伊比多。你是不是該說些什麼啊？」

「……」

「這樣啊，你瞧不起我嗎？」

當手槍的槍口朝向他時，意外發生了。

——一道濕潤的水聲響起。

伊比多的上半身沿著右肩到左側腹的斜線滑落到地上。

緊接著，腰部、左肩關節、雙眼連成的頭部水平線。艾里基特還沒碰到他，伊比多的身體就散成一堆肉塊。

他明明已經被砍了，要怎麼做才能讓肉黏著繼續走路？

不可能。那是不可能存在於這個世界的力量。

「……這、這是——」

「——是魔劍！你們應該看得出來，不知道哪裡來的強盜用了魔劍！本來就會發生這種事，沒什麼好驚訝的！去西側的人已經死了！就只是這樣！」

「可、可是……這種死法……！」

這是不祥的徵兆，艾里基特心裡想著。

用在尤吉身上的手段沒辦法使用太多次。該怎麼壓制這波恐懼的浪潮呢？就在他腦中思考的時候……

「奇怪？」

站在艾里基特面前最右邊的男子突然怪聲大叫。

他的胸口出現一個彷彿被針刺出的小紅斑，接著那個紅斑越來越大。

「奇、奇怪！」
男子不斷發出疑惑的聲音，最後倒在地上。
「嘖……！」
艾里基特咬牙切齒地想：遭到攻擊了。剛才的伊比多只是誘餌。
對方正在觀察被活動屍體吸引而湊上前的他們。在哪裡？
「老大！這是……啊呀！」
一個影子從遠處衝過來的夥伴背後掠過，那個人的身上隨即爆出火焰。
簡直就像人體被變成炸藥，明亮的巨大火焰波及了四周。光是火焰的衝擊波，就讓他又死了兩名手下。
火焰之中有個正在動的人影，此人身體前傾，姿勢宛如野獸。
在那個怪異人物的背上，有著無數的……
「……開什麼玩笑！你是哪個混帳啊！」
艾里基特舉槍對準人影。
那個人的模樣在高熱的蒸氣中模糊搖曳。他的身體高大，手腳粗壯。
是大鬼？還是山人？
「聶爾・崔烏的炎魔劍。」

那個人以死神般的低沉聲音低語。
對方緩慢地一步步走來。艾里基特的槍口不斷搖晃，不只是因為搖曳的蒸氣讓他無法瞄準。
「鏗！」，又一道聲音響起。
站在艾里基特旁邊的副將眉心被打出與方才相同的針刺斑點，就此倒下。
「神劍凱特魯格。」
與人影擦身而過的強盜搖搖晃晃地走了幾步，癱倒在地。
其四肢和伊比多一模一樣……
「基達伊梅魯的分針。」
啪答、啪答，腳步聲逐漸接近。
這位扛著數不清的劍，背負無數詛咒魔劍的男人。
是強盜，是普通的強盜。他絕對和自己一樣，是盯上魔劍的強盜。
艾里基特只是稍微晚了一步，只是運氣不好罷了。
駭人的托洛亞不可能還活著。

◆

他沒辦法找對手鍛鍊。

正如同劍的型態所代表的意義，魔劍造成的效果大部分都會致人於死。若想做幾百次這種鍛鍊，就代表得利用能充分運用實劍的重量、大小、異能的單打獨鬥，進行這種與鍛鍊的意義產生矛盾的實戰。

因此聖域的亞孔只能做一些在常人眼中看不出確切成果的鍛鍊。不過他心知肚明自己的技術還不夠純熟。

他從早到晚都在做揮劍訓練，然而完全達不到他的目標——父親的劍術程度。他大口喘氣，大量汗水從下頜落下。

他的父親就坐在附近的樹墩上。從太陽高掛於天空時就靜靜地觀看亞孔的鍛鍊。

看完整體的成果後，父親笑道：

「你沒有使用魔劍的才能呢。」

他也知道，自己一生都無法像父親那樣。

亞孔是山人，父親是小人。他們是一對連種族都不同的父子。在人族中，山人是體型龐大、體格壯碩的種族，與有如小動物反應靈敏、動作靈活的小人正好相反。

在壯碩力大的山人之中，亞孔的力氣格外強大。雖然沒和山下的其他人做過比較，不過他每天都能輕鬆地背負堆得比自己高的柴薪，翻過險峻高山。如果在平地上，他甚至可以在太陽升起到落下的時間裡，毫不間斷地全速奔跑。只要身上沒有揹東西，其速度還能快過馬匹。

他從未患過任何疾病，早上的割傷到傍晚就會痊癒。父親在亞孔小時候就說過，他的生命力特別強。

只有在進行這種魔劍鍛鍊時，亞孔才會消耗大量體力，直到他喘不過氣。

無論是力氣或年輕的體格，明明自己在各方面都比父親優秀，使用魔劍的實力卻讓人感到雙方天差地遠。

「你太溫柔了。所以才會受到魔劍意志的影響，妨礙你自己的招式。那就是讓你耗費多餘體力的原因，身體和內心出現了衝突。」

「……既然如此，下次……只要……捨棄那些意志就行了。我……還行。爸爸。下次、下次……在讓你看之前，我一定會做到。」

他大口喘著氣，這麼回答。這種對話已經是第幾次了呢？

每次的成果都很糟糕，父親還曾經因此勸他放棄當魔劍士。但亞孔卻沒有放棄，他沒有考慮過任何其他道路。父親也沒有強迫亞孔更換跑道。

亞孔拄著拐杖站起身。那是他在兩年前準備，當自己被鍛鍊耗光力氣後使用的拐杖。畢竟不能將父親的寶貴魔劍當成拐杖使用。

「……咳、咳！山豬肉應該醃得差不多了，我來做爸爸喜歡的濃湯……回家吧。」

「你已經很累了，不用做晚餐。今天的風太冷了。」

個頭太小的父親沒辦法將肩膀借給亞孔攙扶。

他和亞孔一點也不像。無論是長相、力氣、技術。或許正因為如此，亞孔才會迫切希望擁有任何可以證明自己是他兒子的東西。

——魔劍士托洛亞，地表上最強的魔劍使用者。

身為他的兒子，是聖域的亞孔的驕傲。

◆

然而就在那天，亞孔對這件事感到一股不確定的不安。

他問出了這段平穩的日子中故意不提的問題。

「爸爸……我不必繼承魔劍士的事業嗎？」

父親從不說明為何他要持續這種罪孽深重的掠奪行為。

餐桌對面的父親露出疲憊的笑容。

「不必，這種事到我為止就好了。」

小人用的餐碗一下就空了。亞孔立刻幫他盛滿濃湯。

「……可是，魔劍是擾亂世界之物。既然人們會為了魔劍爆發爭端，只要一開始沒有那種東西，就不會發生爭戰了……不就是因為如此，爸爸你才會收集魔劍嗎？」

「你聽誰這麼說的？」

「……沒有……只是……我自己這麼想的。」

駭人的托洛亞專殺魔劍持有者。

身高不到人類三分之一的他，能輕易地使用遠比身材還巨大的眾多魔劍，無論對手是什麼樣的持有者，都能無情地予以斬殺。過程中既無喜悅亦無悲傷，彷彿在盡某種義務。

亞孔一直思索著托洛亞從未主動提過的義務。

「——或許吧，一開始可能是那麼想的。奪取魔劍也許能拯救許多生命，只要沒有武器就不會引發爭戰。這種想法既青澀又淺薄。」

托洛亞沒有動新的那碗湯，只是注視著自己倒映於其中的眼睛。

他並非世人口中那種可怕又不講情理的怪物。只是個溫和穩重的父親，讓人無法想像那竟是造就無數殺戮傳說的人物。

「……世界不是那樣的。就算世上沒有魔劍，還是會發生戰爭。他們追求魔劍，只是將其當成戰爭的手段。敵意能將木片石頭化為凶器。就算沒有魔劍……之後可能還會出現更加殘酷的東西。」

「……沒有那種事！你看嘎辛東西戰爭、龍斧戰役。世界上還有很多沒有魔劍就不會發生的戰爭……！」

「我連僅僅是目擊現場的人也會殺，他們只是無辜的平民。」

托洛亞依然平靜地輕聲說著。

「我就是用這種方式，讓人們對魔劍帶來的厄運感到畏懼。如果現在重新開始……或許就不會這麼做了……聽著，亞孔。無論我多麼後悔地發現自己做錯，也無法補償那些被奪去的生命。變得輕視生命的我也絕對無法再回到過去的樣子了。」

「……」

既然如此，你為什麼要繼續下去呢——亞孔問不出口。

他絕不會停手。直到世上所有魔劍持有者消失之前，他都會堅持下去吧。

父親或許只是為了得到一個讓自己信服的答案而奮戰至今，又或許是無法中止自己起頭的作為。

所以，亞孔希望能回答他，你的兒子將會繼承志業，你可以休息了。

亞孔對自己的無力感到焦急。已經觀摩過偉大父親的技術，已經做過這麼多的鍛鍊，花了這麼多年的時間，自己卻依然追不上父親的腳步。

「……我是爸爸的兒子，不會說出爸爸的所作所為是錯誤的這種話。」

「這樣啊，謝謝。」

亞孔離開了溫暖的室內。為了稍微……再做一次鍛鍊。

小月在夜晚中大放光明。

他的父親像在思索人生的意義那般，緩緩地啜飲濃湯。

◆

從那天晚上過了三個小月。命運之日。

「——上面。不對，是斜向衝刺而來的前方。」

在大雨下個不停的山裡，托洛亞正在鎖定空中敵人的位置。

前後左右，上下移動。與在地上爬的人相比，對手的移動選擇實在多太多了。

而且對手的行動方式不像其他鳥龍那樣受到本能與風向的左右。牠憑藉著時常置身死地者才具備的判斷力，預判對手的下一步之後才做出行動。

所有靠力量行事的人都無法逃出這種宿命：一旦出現更強大的對手，自己就會失去一切。

對駭人的托洛亞而言，那個對手除了星馳阿魯斯之外別無他者。

（……開槍了。）

阿魯斯的手指扣下槍的扳機。托洛亞察覺到那細微的動作，刺出了細劍。

細劍名為神劍凱特魯格。它可以伸長實體劍刃的攻擊，形成隱形的斬擊軌道，是一把在近身戰鬥中打亂對手攻擊距離判斷的魔劍。

不過當駭人的托洛亞使用那把魔劍時——

「──『啄』。」

他將集中於一點，如針刺的一擊戳向鳥龍。那個位置在直線距離二十公尺的半空中。阿魯斯的翼膜開了一個洞，造成位於空中的牠無法穩住姿勢。

（不妙，比沒打中還糟糕。）

敵人的速度太快了。縱使阻止了牠的狙擊，然而不但沒有造成致命傷，還洩漏了托洛亞的底牌。而且「啄」這招刺擊不是能連續使用的動作。若不打落對手就會中槍的想法害他心急過頭了。

阿魯斯從空中落下，同時手中槍枝火光一閃。子彈打中山上的巨石後反彈形成跳彈，逼向仍維持刺出魔劍動作的托洛亞腋下動脈。

掛在腰間的短劍自動彈了起來，劍刃成為盾牌擋住了劇毒魔彈。

法依瑪的護槍。這把以鎖鏈相連的短劍會對飛向自己的高速物體產生反應，但那不是絕對可靠的防禦。這次只是運氣好。

（星馳阿魯斯不用雷轟魔彈嗎？）

托洛亞擁有操縱磁力的魔劍。對方就是在提防這把劍。

地面上插著許多魔劍。托洛亞將右手的神劍凱特魯格往地上一插，換拔出另一把魔劍。席蓮金玄的光魔劍。

「客人」、蜘獸(tarantula)、龍。當他不得不與超脫常軌的存在交戰時，體格嬌小無法攜帶大量魔劍的托洛亞就會以這種方式用劍。周圍宛如魔劍的墳場。

「……………真強呢……」

鳥龍陰沉地輕聲說道。看來他沒想到敵人是意料外的強者，似乎感到很不耐。

托洛亞衝向阿魯斯的降落地點。距離還很遠，若是讓光魔劍伸長到最大限度，有辦法砍中嗎？

「喂……那把劍……」

「……！」

此時，某個東西飛向了托洛亞的頭頂。那不是雨滴。

而是泥巴形成的無數危險刀刃。

「鏗——！」

他立刻拔劍劃出銳角般的軌道，光魔劍的軌跡形成了防禦空中攻擊的盾牌。那道光芒只出現在拔劍之後的短短一瞬間，隨即消失殆盡。

那是唯有知道最強魔劍真正價值的他才能使用，名為「鳥屋」的應用招式。

阿魯斯已展翅飛去，離開托洛亞的視線範圍。

「——腐土太陽。」

在泥刃落完後，一顆可以兩手環抱的球狀土塊跟著落下。就是它造出刀刃雨吧。

托洛亞瞬間移動視線。就連被魔具引開注意都在阿魯斯的算計之中。法依瑪的護槍有了動靜，雖然以護槍的反應速度終究趕不上，但還是可以從自動迎擊的方向察覺阿魯斯本人從後方發動突擊。

已經沒有再次發動光魔劍的時間了。他以另一隻手揮動具有鐮刀狀刀刃的斧槍。不是朝視線前方，而是左斜後方。

攻擊交錯而過，傳來了割裂肉體的觸感。雙方穿過了彼此。

托洛亞在千鈞一髮之際擋住了致命魔彈。他揮出的魔劍劍刃擋住了阿魯斯在極近距離射出的子彈。鳥龍沒有趁這個最佳時機解決托洛亞，只能維持突擊的速度穿了過去。

（……我也被他看穿了啊。）

雙方擦身而過的那瞬間，他的攻擊只掠過了阿魯斯的身體。因雷特的安息之鐮。它能消去伴隨揮斬時製造的所有聲音，是專門用於奇襲的魔劍——

他已經忘記這種觸感很久了，身上冒出恐懼的冷汗。

長久的經驗告訴他，駭人的托洛亞即將命喪於此。

以制裁罪惡的死神自居的自己，終於也迎來遭受制裁的時刻。

「爸爸！」

遠處傳來一道聲音，是亞孔。

——他即將目睹托洛亞的死亡。

托洛亞咬牙切齒，憎恨命運的作弄，將光魔劍收回劍鞘中，插在眼前的地面上。不能讓亞孔捲入他與這隻鳥龍的戰鬥，這是他種下的因。

（……再賭一次吧。再賭上一次我的性命吧。）

他拿起因雷特的安息之鐮，割斷法依瑪護槍的鎖鏈，收進衣服裡。

（反正這條命沒什麼價值。）

阿魯斯在空中盤旋。右前方，不，是從正上方發動襲擊。托洛亞看清了正常人無法目視的速度，連假動作也被他拆穿。

「我也要，我也要戰鬥！」

托洛亞笑了——你不行啦。

天空中投下一道光，照瞎了他的眼。原來火焰魔具也有那種用法嗎？

緊接著，子彈襲擊而至。朝前方全力衝刺射出的劇毒魔彈以數倍的速度刺向左胸。衣服裡的法依瑪護槍自動擋了下來，他賭贏了。

敵人正在接近。就算眼睛被照盲，他也知道。

阿魯斯的決定性攻擊，只有從魔劍防禦圈內側發射致命子彈一個辦法。無論是泥巴、鞭子、火焰——都無法戰勝傳奇的駭人的托洛亞。

雙方在這場戰鬥中都充分明白這一點。

敵人也熟知因雷特的安息之鐮的最遠攻擊距離與威力。

（牠應該以為可以擋住這把鐮刀吧。）

他抽出鐮刀。

（沒有錯。）

令其順著加速動作脫離手指。他主動拋出鐮刀，讓對方誤判攻擊距離。托洛亞從一開始就是為了這個目的而更換武器。抽回的那隻手則是對準了插在地上的魔劍。

「我可是……」

提高速度的阿魯斯沒有停下，筆直地衝向托洛亞。而托洛亞仍然因強光而看不見。

「駭人的托洛亞啊。」

就算如此，只要駭人的托洛亞使出他擁有的必殺之劍。就算閉著眼睛，他也知道那把劍具有最遠的攻擊距離與最強的威力。當雙方再次交錯而過的那個瞬間，他抓起插在面前大地上的光之魔劍。

「到——」

「啾」的聲音烙印在內耳之中。

「——手了。」

就在指尖碰到魔劍的前一刻——

托洛亞被對方奪去的席蓮金玄的光魔劍砍中。以阿魯斯的接觸距離，照理來說應該碰不到劍才對。

「奇歐之手。」
如觸手般伸長的魔鞭纏住光魔劍，砍斷了托洛亞的身體。
他沒料到這種事。沒想到阿魯斯已經到達能利用魔劍的領域——竟然擁有透過鞭子甩動魔劍攻擊的絕技。
世界上應該沒有萬能的通才。
托洛亞也只會頂級的魔劍技術。
「爸爸……！啊啊啊，爸爸！」
已經不見阿魯斯的身影。牠砍殺托洛亞之後，就帶著光魔劍展翅飛去。
托洛亞的小小身軀被攔腰砍斷。
「爸爸！不要死啊，爸爸！」
身材比自己高大的兒子正在流淚哭泣。
為了在漫長人生中，選擇走上無盡殺戮這條道路的修羅而哭。
亞孔握住托洛亞的手，拚命地嘶吼：
「對不起……對不起，爸爸……！我……沒有立刻衝過來……！我害怕『星馳』……我認為自己打不贏牠……所以才會這樣……！」
沒關係。
我很適合這種悲慘的結局。

你不是修羅——托洛亞想這麼對他說。

亞孔是個溫柔的小孩。

為什麼生存於黑暗之中的小人會養育山人的孩子呢？他真正的父母是誰，遭遇了什麼樣的下場？他應該早就知道，托洛亞也明白這點。

就算如此，他仍稱呼托洛亞為爸爸。

這個世界是不公平的。

駭人的托洛亞無法償還他累積的罪孽，也沒有受到適當的懲罰。

對於被染血的理想磨耗心志的男子而言，這是一段奢侈得可笑的人生。

「爸爸……！爸爸！我會繼承你！我會奪回光魔劍！繼承爸爸的衣缽！你什麼都不用擔心了……！爸爸！」

（……亞孔。）

聖域的亞孔。

只有這個兒子，是懷特山的無情死神僅剩的聖域。

我想說一聲謝謝。

你終日不休息鍛鍊出的力氣與技術早已超越垂垂老矣的我。所以才會希望告訴你，不要當魔劍士，不要變成我這樣。

可是，唉。既然如此，為什麼——

既然如此，為什麼托洛亞沒有阻止他的鍛鍊呢？

為什麼沒有認真制止憧憬成為魔劍士的他呢？

——我不會說爸爸的所作所為是錯的。

（……就算我走的路是錯誤的……）

受到他人的憧憬讓托洛亞很開心。心愛的兒子肯定了自己的人生。

只要這樣就夠了。

「爸爸……！」

駭人的托洛亞死了。

沒有哪位傳說人物是無敵的。

◆

（……星馳阿魯斯。）

那名男子攜帶無數魔劍，征服了這座山。

駭人的托洛亞帶不動的負重量，他輕鬆地揹起超過那個數字十倍的魔劍。

未曾鬆懈的鍛鍊所造就的身體遠比傳說的魔劍士更龐大，更強壯。

（我要向你討回魔劍。我不會再讓他人製造掠奪，也不會掠奪他人。）

就按照父親的期望，讓魔劍在這座懷特山的深處永遠沉睡吧。自己則遵照父親的願望，過著不當死神也不殺人的生活。

他很希望能對在世的父親發誓，自己總有一天會成為那樣的魔劍士。

企圖奪取魔劍的篡奪者們紛紛湧向父親的墓碑。魔劍會產生爭端。

他拔出了魔劍。

——他捨棄了自己的人生。

這個世上仍有駭人的托洛亞應完成的工作。

「聶爾‧崔烏的炎魔劍。」

砍死了一群盜賊，他低聲細語著。火焰的爆炸聲蓋過了死前的哀號。

「叢雲」。將揮劍時放出的熱量蓄積於被砍中的敵人體內後再釋出——是父親的招式。是這把魔劍使用者的招式。他看過好幾次。

他不會再讓別人掠奪自己。他要讓該有的東西回到該在的地方。

在奪回光魔劍之前，他的人生不再是他自己的。

他使用魔劍，因為他是魔劍士。
他殺人，因為他是死神。
「神劍凱特魯格。」
他確認了魔劍之名，並用劍刺向遠處的一人。
隱形的延伸劍刃集中於一點，貫穿極遠距離的敵人。這個招式名為「啄」。
「基達伊梅魯的分針。」
他又劈開了一個人。那是能延遲發動斬擊的招式，是只有駭人的托洛亞能辦到的絕技。這一斬只是為了讓他確定自己也能辦到。其名為「換羽」。
「法依瑪的護槍、音鳴絕、姆斯海因的風魔劍、凶劍賽耳費司克。」
唰、唰。
他一邊走，一邊揮動無數的魔劍。
他沒有使用魔劍的才能。
父親說過度溫柔的個性使他容易受到魔劍意志影響，干擾他自己的招式。那是正確的。身為魔劍士的父親的看法完全沒錯。
——既然如此，接下來……
「巴及基魯的毒霜魔劍、瞬雨之針、天劫糾殺、因雷特的安息之鐮。」
他讀取了每一把魔劍上的意志。

——只要捨棄意志就好了。

他捨棄了意志。不是魔劍的，而是他自己的意志。所以他現在任憑魔劍以其意志自由行動，也因此才能使用頂級的魔劍高手——父親的招式。

從小就烙印在腦中無數次的招式。

他沒有使用魔劍的才能。

「卻有被魔劍使用的才能」。

「駭……駭人的托洛亞……！」

最後剩下的強盜頭目呻吟出他的名字。

是的，那就是現在的自己。

「來吧，你想要哪把魔劍。」

此人擁有等同於往日恐怖故事所提及的技術，並且具有遠超過故事人物的臂力。

此人持有漫長時代裡自各地收集而來的無數魔劍。

此人超越了原本的自我，可使用所有魔劍的奧義。

他是從冥府深淵復活，催討詛咒命運的死神。

魔劍士（grim reaper），山人。

駭人的托洛亞。

十 黃都第四執勤室

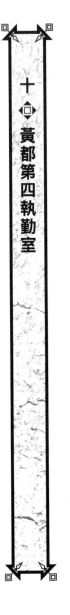

夕陽將黃都的街景照成了黃色。能夠俯視這片景象的黃都第四卿執勤室，是黃都中地價特別高昂的一個地點。

身穿紅禮服的美女走入室內，微微行了一禮。第十七卿，紅紙籤的愛蕾雅受到房間的主人召喚，前來報告相關調查的結果。

「——好久不見了，第四卿。」

「之所以很久沒見，是因為妳這傢伙一頭栽進伊他那種鄉下地方的調查吧。」

伴隨著帶刺的第一句話，那名男子隔著桌子狠狠瞪著愛蕾雅。他的相貌精悍，眼神如猛禽般殘酷。其名為第四卿，圓桌的凱特。

男子和愛蕾雅同為文官，但也擁有名列前茅的戰力與權力。人們私下流傳，他的勢力是唯一可以抗衡黃都最強第二將——絕對的羅斯庫雷伊派系的勢力。

「更別說妳現在連分內的調查報告都做不好。關於那場微塵暴會議的資料，我的士兵回報的情報還比妳的報告迅速。」

愛蕾雅低下了頭。調查報告這種東西，原本不是身為情報部門首長的她應該親自為之的工作。儘管如此，面對性情暴烈的圓桌凱特，她還是必須這麼做。

黃都二十九官不會因為年齡或任期而有上下關係，每個人都視為具有獨立的裁量權限。至少名義上是如此。

「實在非常抱歉……由於發生緊急事件，必須優先聯絡可即時處理的對象。雖然晚了一天，照規定今日還是前來向第四卿進行報告。」

「所以妳才會晚了？」

凱特語帶嘲諷地說。

「不對吧，是妳無能。妳沒有完成被要求的工作。情報部門的工作就是迅速將情報一視同仁地傳達給二十九官——不管是妳還是哈魯甘特，都是一群無可救藥的無能之徒。二十九官根本用不到這麼多席次，是不是？」

「……」

自己的名字被與那個哈魯甘特並列是極度屈辱的事，但愛蕾雅仍默默地等待對方的下一句話。她以低賤的出身繼承前任第十七卿的位子，早已習慣承受他人輕蔑的眼光。

而凱特則是興味索然地將視線投向窗外。對他這位天生的強者而言，虐待他人只是日常，算不上發洩情緒或娛樂。

「算了，快點報告吧。」

「——好的。三天前，破城的基魯聶斯率領的舊王國主義者掌握了托吉耶市的市議會，對整座城市發布戒嚴令。基魯聶斯從以前就在招募志願兵，再加上中央王國時代的士兵及從利其亞新公國前往會合的兵，參與人數推測達到近三萬人。」

「這我都聽說了。那些死巴著中央王國不放的傢伙湊到不少人呢。」

「當然，到這裡都還在料想範圍之內。即使他們舉兵起事，只靠目前正盯著托吉耶市的方面軍也能輕鬆應對。問題在於他們之所以舉兵，是因為預測了某個事件將會對我們黃都本國造成直接性的打擊。」

「哼，就是那個什麼微塵暴嗎？」

「那是亞瑪加大沙漠特有的異常氣候現象。假如它直接撞上黃都本國，肯定會造成難以想像的巨大損害。就算我方保有壓倒性的戰力，一旦舊王國軍趁著巨大的自然災害造成的指揮系統混亂攻入黃都，我方恐怕將無可避免地陷入不利局面。」

舊王國的想法與試圖控制具有異常強大武力的修羅，將其投入戰場的新公國正好相反。是讓無法控制的力量隨意行動，藉此牟利。

「我方目前正在優先對付這場氣候現象。經過臨時召集，第二十五將空雷卡庸及第二十二將鐵貫羽影的米吉亞魯，兩位將軍的部隊正在前往處理狀況。不會派出其他將領。請第四卿負責填補兩位的空缺，以黃都二十九官的身分維持本國的防衛。」

「……真是笑話。一群弱者。」

凱特以發自內心的輕蔑口吻這麼說道。

「沒必要強化本國的防衛。妳的部隊沒掌握到情報嗎？舊王國主義者的後方陣地遭到毀滅性的打擊。就算他們有可能開戰，也已經沒有維持戰線的力氣。那不過就是一些不靠天災助陣就沒勝算的傢伙。」

「為什麼您會掌握這個情報……」

「別小看我啊。在現在的狀況下——妳以為有多少人打算只依靠妳的部隊獲取情報這種重要的生命線？再過不久妳就沒有利用價值啦。」

「……」

凱特說的沒錯。二十九官中以他為首的有力人士所關注的焦點已經不在與舊王國主義者的戰爭上，而是在那之後用來決定勇者的御覽比武。

在多個派系彼此傾軋的政爭中，沒有人會信任己方派系以外的源頭所提供的情報。愛蕾雅的部隊恐怕也將逐漸遭到瓦解，被各派系吸收吧。就像過去「黑曜之瞳」最後的下場。在戰亂中，獨占情報者遲早會遭到排擠弱化。

「夠了，情報差不多都比對過了。我很忙的。」

明明是自己把對方叫來，凱特卻若無其事地說出這種話。既不講理也顯得目中無人。那就是第四卿——圓桌的凱特。

（他從一開始……就是在測試我嗎？）

愛蕾雅咬著嘴唇。這個男人之所以要求愛蕾雅直接向他回報調查報告，並不是為了情報本身。而是要比對愛蕾雅傳達的情報有無偏頗，確認她是否投靠特定派系。

紅紙籤的愛蕾雅是靠反覆背叛而晉升至此的情報部門首腦。是出身於妓女之家，不值得相信的第十七卿。沒有衷心信任她這種傢伙的夥伴。

「——是柳之劍宗次朗嗎？」

當愛蕾雅的手靠上門時，背後傳來這句話。

「您是……什麼意思？」

「還沒聽懂嗎？我的意思是既然妳至今一心想往上爬，想必盯上御覽比武吧。我知道妳潛入托吉耶市時，帶了那位『客人』……『柳之劍』。妳應該打算推舉那傢伙當勇者候補吧。」

「不。關於『柳之劍』，我單純是將他當成必要戰力，借用其幫助。我……沒有推舉『他』的打算。」

「這樣啊？算了，我對那件事也沒什麼興趣。奉勸一句，如果不想自取滅亡，最好收起妳的野心。」

「……我會銘記在心。」

愛蕾雅行禮後退出了執勤室，將所有感情深埋於那副美貌的底下。

（與舊王國主義者的戰爭不成問題。造成黃都戰敗的因素很少——）

凱特說的一點也沒錯，但真正的問題在後頭。

各地的特務掌握到的情報極為複雜，盤根錯節。

（亞瑪加大沙漠的「微塵暴」正在接近黃都。將槍械與氣象情報流通至市面的「灰髮小孩」活躍於這場戰爭的檯面下。懷特附近有人目擊到理應死亡的駭人的托洛亞。還有……魔王。襲擊舊王國主義者陣地的是魔王自稱者。有某種正在發生的狀況擺脫了我的掌控……）

如果那些全都不是偶發事件，而是即將匯聚於一點的巨大洪流的一部分——

任何事物背後都藏著陰謀。如果擁有那天遇到的戒心的庫烏洛具有的天眼，是否就能感受到隱約的威脅預感，預知陰謀的存在呢？

（就算如此，哪怕所有陰謀都阻擋我的去路——）

即使爬到二十九官的地位，她仍屬於沒有權力的那一邊。無論是絕對的羅斯庫雷伊，還是圓桌的凱特，他們引領的集團中想必都不包含愛蕾雅的存在。

（在御覽比武之中勝出的人——是我。）

即將擁立超越王族的最高象徵，決定唯一一位勇者的比武大會。

愛蕾雅只能孤軍奮戰，沒有衷心信任她這種傢伙的夥伴。儘管如此，只有她一個人握有足以顛覆整個局面的萬能王牌。

（因為只有我知道「世界詞」——祈雅的存在。）

距離災厄抵達，還有四天。

十一 窮知之箱美斯特魯艾庫西魯

究竟自己是犯了什麼罪，才會被捲入這種恐怖的事件呢？敏蕾也不知道。

她只是一名住在嘎卡那鹽田鎮，簡約度日的家庭主婦。除了幸運地在「真正的魔王」的時代存活下來，沒有其他長處。她抱著滿一歲的女兒，祈禱那個怪物不會再次出現。

大海波濤洶湧，比她的還高的高聳礁石宛如迷宮。她在這天所遇見的那些東西，要說是為了毀滅她的世界，特地從大海的盡頭來的她也會相信。

那裡有兩個異形。至少，它們不是生物。

「發現了。」

一道彷彿冰冷鐘聲的話音響起。其中一個異形漂浮在天空中。其模樣如同宗教畫中描繪的天使。不過，它一定不是天使。

真正的天使不會長著以金屬和齒輪打造的翅膀，不會射出無情的光線驅趕可憐的犧牲者。

「你沒有做出行動。但是，我發現你了。」

從另一個方向爆出足以蓋過天使話音的巨響。

那是大量金屬互相摩擦的聲音。另一個異形有了動作。

「ZZZYYYYAAAAAAAAA！」

它的衝鋒撞毀了一塊形狀複雜的岩石。其外型類似可在中央地區見到的蒸汽火車。以厚重金屬包覆的多節軀體，使它看起來很像那種怪物般的交通工具。

兩者不同之處在於那是根據自我意志行動的真正怪物，其巨大軀體的直徑是人類身高的三倍，它甚至還不需要鐵軌就能移動。

即使躲起來也沒辦法讓敏蕾安心，她整個人縮在好不容易找到能容納她的岩縫裡發著抖。

狀況太絕望了。雖然那些巨大聲響只是讓溫順的女兒瞪大眼睛，但她遲早會哭出聲，讓兩人被機械惡魔發現。

她做錯了什麼？是因為她想讓女兒看看自己從小喜歡的大海景色嗎？還是因為在回程路上，為了到岩岸摘幾朵女兒想要的花而稍微繞了點路呢？

在她的人生中之中可曾有什麼罪過，讓她必須受到如此恐怖的懲罰？

「啊啊，求求您……詞神大人。我會怎麼樣都無所謂，請您一定要保佑我的女兒平安無事。我……」

——這是騙人的，敏蕾不想死。

就算她沒有優秀的才能也沒有美麗的容貌，在這種偏僻城鎮度過三十二年的人生，沒在這個世界留下任何成就。她還是不想死。

當年幼的女兒長大後，或許會有幸福的生活等著她。然而她連這種希望都不被允許擁有。

「就、就算得獻上我的生命也無所謂。所以，請把我的幸運分給女兒吧。」

拚命完成祈禱後，她抬起壓低的頭。

機械天使的臉就在眼前。

「熱源妨礙了探索，是否將此對象解體？」

毫無表情肌肉的臉發出嘰嘰的齒輪聲，天使偏著頭。

「噫、噫……」

彷彿像在回答天使的問題，長得像蒸汽火車的機械蟲發出令人毛骨悚然的運轉聲。敏蕾連慘叫都做不到，她死定了。

她無法抵抗，也不明白原因。充滿神祕與怪異的這個世界隨處可見這種毫無道理的死亡。

天使展開機械翅膀。翅膀裡冒出無數的黃銅刀刃——

「哈哈、哈哈哈哈哈哈哈哈！」

它被一個放聲大笑的巨物打飛了。

一陣彷彿玻璃破碎的聲音響起，天使身上不斷掉出閃亮亮的小零件，摔下了礁岸。

闖進現場的巨物不是人類。

「噫……！噫……！噫！」

躲過致命危機的敏蕾下一秒發出恐懼的慘叫。站在她面前的存在與機械天使是同類型的駭人之物，兩者沒什麼不同。

其身高為她的兩倍。那東西是一具藍黑色的金屬人偶，看起來彷彿是無限放大的全身鎧甲。對方的模樣迥異於她所知道的任何生命體，卻還是能發出詞術言語。

「我、我很快……喔！我、比較、快，比較強！」

「嗚、嗚哇啊！」

懷中的女兒開始嗚咽。

機械巨人滑順地轉了個頭，望向敏蕾她們。相當於頭部構造的球狀體上，紫色的獨眼亮起強光。

「啊，是、是生物！有大生物與、小、小生物！」

「噫……對、對不起，不要殺我！求求你。至少放過……這孩子……！」

「這孩子。這孩子死掉，不、不好嗎？為什麼？」

——毫無疑問，那是機魔（golem）。和那個天使與蒸汽火車一樣。

魔王自稱者專門用來執行高效率殺戮的機械怪物。

灌入偽造的心靈，無法與人互相溝通的兵器。

「嗚、嗚嗚……求求你、求求你……」

「為、為什麼……小生物，不、不能，死掉呢？大生物，不是已經代替她了嗎！」

機魔似乎完全無法理解對方的意思，於是再問了一次。

敏蕾無法回答。因為在機魔的背後——蒸汽火車怪物越過了岩石朝它發動攻擊。昆蟲般的大顎大大張開，裡頭的火砲發出亮光。

爆炸轟響。

敏蕾和女兒的耳朵搞不好會被持續不斷的砲擊聲震破。

岩石被炸成碎裂的碎礫。

「哈、哈哈哈哈哈哈哈！沒、沒用啦！」

然而，她們的身體並沒有被轟碎。

巨大的機械鎧甲用它的身體當成盾，擋住了照亮海岸線的猛烈火焰。

「我是，最、最強，的！」

機械蟲毫不在意機魔的話，仍高速衝上前，以頭部的巨大質量發動猛擊。機魔以雙臂擋住了機械蟲揮下的銳利大顎。

一瞬之間眼前出現好幾次的死亡景象，卻全部都被擋住了。

敏蕾只能做出單調的反應。

「噫……怪、怪物……怪物……！」

「這、不是，怪物！這、這傢伙是，內梅魯賀爾加！剛才那個，長了，翅膀的傢伙是……雷西卜托！」

機魔從正面頂住足有一整棟房子的龐大重量，如此喊道。

「然後，我是——哈哈哈哈哈！美斯特魯艾庫西魯！是、是媽媽的，最強，孩子！比這些傢伙，更、更、更強！」

「媽媽……？」

機魔正在互相交戰。蒸汽火車造型的內梅魯賀爾加、天使造型的雷西卜托，以及與那兩具機魔搏鬥的美斯特魯艾庫西魯。

敏蕾難道是在不知不覺間踏進了它們的戰場嗎？踏進這個誰也不該目睹的死亡風暴中心點。

「小、小生物，不能，死掉！哈、哈哈哈哈哈哈！我、我、我會，保護她！因、因為……我很強！」

隨著不間斷的刺耳金屬摩擦聲，原本勢均力敵的內梅魯賀爾加和美斯特魯艾庫西魯撞飛了彼此。美斯特魯艾庫西魯以強大的臂力將匹敵蒸汽火車力量的巨蟲推了回去。

「ZZZYYYYYYYYYYY！」

機械巨蟲扭動身體撞碎岩石，將尾巴的前端對準了美斯特魯艾庫西魯。

或許是為了將敵人的注意力吸引到自己身上，美斯特魯艾庫西魯躲也不躲直接跳了過去。

怪異的蒸汽火車從尾巴轟出了爆光。

「哈哈哈哈哈哈哈！」

美斯特魯艾庫西魯的右手臂從肩膀處被扯斷。光線的終點處有一支插在岩壁上的金屬樁。只看得到攻擊結果。那是一種飛行速度快得難以相信的兵器。

美斯特魯艾庫西魯一點也不在意損傷，朝尾巴狠狠一踢。

若是人類挨了這一下，身體會立刻被猛烈的衝擊攔腰踢斷吧。然而這招卻無法對超乎尋常的巨物造成有效傷害。

「內、內梅魯賀爾加。我比較，強喔。我和、你，不同，是、是媽媽，打造的！」

它抓住尾巴的前端，準備做出更進一步的破壞行動。

不料在毫無徵兆的情況下，它的球狀頭部突然從中間垂直裂開。美斯特魯艾庫西魯的腳步一陣踉蹌。

從天而降的細小高熱光線擊破美斯特魯艾庫西魯的頭部。熔化了裝甲，連背部都被嚴重地熔裂。天使射出高熱的光芒。

「『——雷西卜托號令於哈雷賽普托之瞳，漂浮於黃金之泡沫，水路的終點，填滿虛無，燒灼吧。』」
（resipktio halese uomort morp byaro woro kuqureit nostamt sindermostek）

「呵、哇哈哈哈哈哈哈哈！」

頭部被毀去大半的美斯特魯艾庫西魯以左臂接住光線。雖然裝甲擋住大部分的熱量，關節還是被燒斷了，整支前臂掉在地上。持續不斷的高熱光線仍繼續燒灼著軀幹。

「沒、沒有、沒有用喔！我是，最強的！哈哈哈！所以，一點也不痛！是真的喔！」

「ZZZGGGYYYYYYYYYY！」

美斯特魯艾庫西魯此時必須承受高熱光線的攻擊。因此再也無法接住從天而降的內梅魯賀爾加的質量。體型遠遠大於其軀體的敵人直接撞上它的頭部。

內梅魯賀爾加藉由加速的力道以大顎刺穿對手的身體。美斯特魯艾庫西魯卻笑了。

「哈哈哈哈哈哈哈哈哈哈！」

內梅魯賀爾加展開緊緊咬住的大顎。

它以虎頭鉗般的夾力，將上半身與下半身攔腰掐斷。大顎裡噴出火花般的熱術光芒。機械蟲接著以驚人的機械構造旋轉下顎。

「啪」的一聲響起。

「目標的破壞——」

軀幹、小腿、腳掌散落一地，機魔身上噴出不知該用腦漿還是羊水形容的溫暖液體，濺溼了海岸。

殘骸被扭曲得看不出原狀，再也無法恢復成機魔。

黃銅天使以缺乏生氣的聲音說著：

「——完成了，吾父。證明結束。」

年幼的女兒哭了出來。

敏蕾只能恐懼地面對她們的命運。

◆

「分出勝負了呢。妳的機魔雖然有優秀的智慧，不過我的作品也很不錯吧。」

在一處能俯視海岸線的懸崖上，擺著與環境格格不入的圓桌和椅子，兩名老者面對面地坐在那裡。

氣度沉穩的老紳士啜飲了一口桌上的橙茶，點了點頭。那副模樣與其說感到滿足，比較像做完某種事實的確認。

「雷西卜托的熱術用了歐卡夫自由都市購入的魔具。威力和持續力就如同妳看到的那樣。」

而另一邊，坐在他對面椅子上的是一位臉上刻劃著深邃皺紋的矮小老婦人。

她的服裝凌亂，與紳士完全不同，急躁的敲桌動作也顯得她沉不住氣。婦人十分不悅地說：

「……什麼看不看，那種機制本來就是我想出來的吧。是我的前一個孩子。你們每個人都在抄襲我的作品……嘖。」

「呵呵呵呵，這還真是失禮了。不過妳不覺得這種小型化改造是很恰當的有用改良嗎？」

「威力差太多了，爛東西。」

「……這樣啊。不過還是具有摧毀妳的作品的威力喔。」

仔細一看，他們所坐的圓桌和椅子材質與岩石一模一樣。家具上的精緻雕刻也看得出是直接在現場以工術創造而成。

這是長期與這塊土地親密相處的專業工匠才能做到的技術。然而正如兩人身上異於此地的氣質所示，他們是來自他處的訪客。

換句話說，兩人都是那種領域的術士。

「不過呢，我不會因為這點程度的結果就自認贏過妳喔。魔王自稱者夥伴，我們之後再以其他形式對決吧。今天難得一次回歸童心，我玩得很開心。」

「……其他形式～？」

「是的。讓機魔彼此戰鬥的對決就在今天以這樣的結果畫下句點。有什麼問題嗎？」

「看仔細一點，根本還沒分出勝負。你瞧不起我嗎，棺木布告的米魯吉？」

「哦？」

老紳士的沉穩表情沒有變化，但還是稍微揚起了眉毛。

「可是，妳接下來還能怎麼辦？」

過去，曾有一群名為魔王自稱者的人。

擁有過度強大的組織或詞術之力的個人、自身成為全新種族的變異者、帶來異端政治概念的「客人」。在短短二十五年之前，魔王這個稱呼指的就是那群魔王自稱者，直到「真正的魔王」出現。

然而——淪為自稱者的那些人並沒有全數被時代淘汰。就算只剩一小群人，若他們仍在這個遼闊的世界某處磨刀霍霍，伺機而動……

「還沒分出勝負呢。看清楚吧，那就是美斯特魯艾庫西魯。」

從懸崖上俯視海岸的礁石，碎裂的美斯特魯艾庫西魯的身體殘骸散落一地。

不管怎麼看，機魔都已失去了生命，假使它依舊完好，其力量還是不及米魯吉的兩具機魔。

不過，即使如此……

「——是輪軸的齊雅紫娜的無敵孩子。」

有個人以超越人類領域的高深工術抵抗「真正的魔王」，甚至憑一己之力打造出拿岡迷宮都市。

她就是正在磨刀霍霍的人。其名為魔王自稱者——輪軸的齊雅紫娜。

◆

在受到慘烈破壞所摧殘的礁石中，敏蕾聽到一聲細語。

那個聲音來自理應被徹底砸毀的美斯特魯艾庫西魯的軀幹。

「『——的成對翅膀化為灰燼消失象徵滿溢於星殼的肌膚聯繫細微天空顫動與天土創廢的（delme moaoupsyto qmanamy aimasuteaul kowarezordhaimoz tyubeta axofork zorana）赤紅纖鎖（mero kirms）——』」

那是個行雲流水般毫不間斷的聲音。

敏蕾一開始還沒有認出那是詞術，因為和她至今的人生中聽過的詞術差異太大了。那段詠唱奇怪又複雜，而且太長了。

「確認敵方正在活動。」

米魯吉的兩具機魔也感知到這段細語。

雷西卜托詠唱起剛才的光線熱術。內梅魯賀爾加發動尾巴的發射機關。以肉眼看不清過程的高速朝美斯特魯艾庫西魯的殘骸射出鐵椿。

彈著點距離軀幹的碎片很遠。

鐵樁被突然出現於半空中的裝甲——強度足以彈開鐵樁的裝甲撞碎打落。

那是在發射瞬間尚未存在的障壁，於鐵樁擊中的前一刻被製造出來。

「『雷西卜托號令於哈雷賽普托之瞳，漂浮於黃金之泡沫——』」
(resipktio halese uomort morp)

雷西卜托以詞術從空中瞄準美斯特魯艾庫西魯，後者的怪異詠唱與它形成和聲。

裝甲形成。碎片互相連起，伸長了曲面。

「『掛上盤捲的自轉纜繩脫離到達的虛空樞軸光象重新再現。』」
(yupaiem newo xaonks naoewaml astio ow asorwokm azisarder godwen)

「『水路的終點，填滿虛無，燒灼吧。』」
(byaro woro kuqureit nostamt sindermostek)

高熱光線從天而降，被手臂擋住了。它在防禦姿勢中站起了右腳。以左腳支撐身體。散落一地的美斯特魯艾庫西魯的碎片重新聚合在一起。

「哈哈哈哈哈哈哈哈哈哈哈！」

——那個詠唱就是工術。理應遭到摧毀的美斯特魯艾庫西魯以詞術煉造了自己的生命。再生後的鎧甲還變成能適應雷西卜托的高熱光線的構造。

從裝甲表面剝離的薄膜零碎地落下。

「我、我、我是……最強的！」

在懸崖上觀看戰鬥的老紳士佩服地拍手喝采。

「……了不起。妳是用什麼詞術讓它從完全被破壞的狀態復原？」

「這點小事自己解析。你好歹也算是魔族創造者吧。」

「不……我當然已經做了假設。內梅魯賀爾加確實已經摧毀那個大傢伙。雖然摧毀了……但如果巨大的身軀只是外裝甲，軀幹裝甲的裡面還藏著超小型的本體呢？若是那個本體能使用工術，事情就合理了。只不過……」

「——你還不知道本體是如何撐過剛才那種破壞。」

齊雅紫娜雙手抱胸，仍然以不悅的神情望著美斯特魯艾庫西魯。

懸崖底下的美斯特魯艾庫西魯再次魯莽地直線衝向內梅魯賀爾加。

「那是第一個機能，機魔的再生。在任何情況下都能使用重新構築自己的工術。」

「原來是這樣。既然如此，妳應該就知道我接下來會用什麼手段了吧。」

「……哼！隨便你。」

米魯吉透過通信機下了指示。他的雷西卜托與內梅魯賀爾加是不具備心靈，無法以詞術溝通的魔族，換來的是極為強大的戰鬥性能。然而大部分的戰術判斷必須依靠外部指示，根據戰況執行事先灌輸的攻擊詞術。

「破壞軀幹裝甲內部的實體。」

「ZZZZZYYYYAAAAAAAAAAAA！」

巨人與巨蟲再次撞向彼此。大顎的斬擊已不再對美斯特魯艾庫西魯的裝甲有效了。

不過……情況與之前有些不同。內梅魯賀爾加像蠍子一樣高舉起尾巴，將鐵樁的發射軌道對準了它壓住的美斯特魯艾庫西魯。

「啪嘰」地一聲，鐵樁陷進軀幹，前端及裝甲的接觸點凹了下去。

「哈哈哈哈哈哈哈哈！已、已、已經，沒有用啦！我是——」

雷西卜托從一旁撞進來。從翅膀上長出的黃銅刀刃如切割工具般扯開軀幹裝甲。電光石火般的聯手攻擊的速度快得都不足以眨眼。

「……」

雷西卜托的翅膀尖端滴著血。無數刀刃的其中一支上插著美斯特魯艾庫西魯的本體。

那是比人類頭顱還小，狀似嬰兒的生命體。

受到致命傷的生命體抖動四次，停止了活動。

「沒想到核心是造人啊，真讓人吃驚。可以將這當成答案嗎？」

米魯吉淡然地確認自己的成果。他的機魔在戰鬥性能方面仍舊大幅超過齊雅紫娜的機魔。

那可是一具就能摧毀一座城市的傑作。現場還有兩具。

「哦～你真的那麼認為嗎？第二個機能——」

「……！」

「『分開六十四的網格追溯枝條的赤紅交會處四的符號無明穿越隱形之光的網眼甦醒的（iuwars 64me oiuren oskraehe moiazziekt korothaith4 bestei mistenokaivequtehou brantuxe）——』」

理應失去本體的機魔依然繼續詠唱——

看似已成無腦空殼的美斯特魯艾庫西魯一把抓住內梅魯賀爾加的大顎，將其拽倒。

撞向礁石的爆發性撞擊濺起了水花，美斯特魯艾庫西魯再次展現它異常強大的臂力。而且應該失去本體的它甚至再次開口說話。

「哈、哈哈哈哈哈哈！可憐的，內梅魯賀爾加！我……絕對，不、不會死！媽媽她，就、就是把我造成這個樣子！」

見證復活過程的齊雅紫娜露出得意的笑容如此說道：

「——第二個機能是造人的再生。在任何情況下都能使用重新構築自己的生術。」

「了、了不起……！連機魔也具有詠唱詞術的機能啊……！」

「這樣一來你就看過兩個祕密了。來吧，還要試試其他手段嗎？」

美斯特魯艾庫西魯至今展現出的詞術能力太過異常了。

幾乎可以說是違反這個世界的常理。

魔族是透過以詞術灌入心靈的方式使其運作。與自然的生命不同，它們可以附加各種專門的強化機能。但給予那種人工生命自我複製能力……灌入讓它可以使用詞術「生成自身的心」，這種事有可能辦到嗎？

齊雅紫娜製造的拿岡迷宮機魔據說甚至能以自己的身體為工廠，製造構造單純的機魔士兵。在製造出迷宮機魔（dungeon golem）的時間點，輪軸的齊雅紫娜的能力就已達到深不可測的魔王領域。

不過，如果像美斯特魯艾庫西魯這樣連複雜的構造都能複製，那個心靈就是完美無缺。形同創造了超越普通魔族的全新獨立物種。

「妳到底是如何……造出那種程度的作品？太優秀了。」

「就說那不是作品，全都是我的孩子。你有辦法說明自己的孩子是如何造出來的嗎？」

老婦人喝了一口橙茶。無論處於優勢還是劣勢，她總是一副焦躁的樣子。

從幾十年前開始，她一直都沒變。

「在反覆幾千次的嘗試中——出現了一個偶然。那是符合要求的機能，卻又是毫無用途的機能……然而，它有著無法重現的構造。當看到那種奇蹟時，我才會認真地創造孩子。以一個機能為基礎，創造出唯一一個只有在當下才能出生的孩子。」

「美斯特魯艾庫西魯的機能，也就是……可以使用詞術？」

「——那種好懂的東西算什麼奇蹟。簡單來說，就是共有的詛咒。」

「將只要沒被破壞自己就不會死的核心……交給其他生物保管的機能。怎麼可能……？」

共有的詛咒。是過去使黃都陷入恐懼的怪物濫回凌轢霓悉洛也具有的機能。就連米魯吉也從未成功製造出那種機魔。

（不，光是那樣也無法說明某些事。到底是什麼東西讓那個活下去——）

米魯吉的兩具機魔再次改變了作戰方針。

雷西卜托在對手攻擊距離之外的天空中再度詠唱熱術。另一方面，內梅魯賀爾加以奇異的方式扭曲身體，繞到美斯特魯艾庫西魯的側面。

「內梅魯賀爾加！哈哈哈哈哈！放馬過來吧！我、我不會，讓、讓小生物，死掉！」

美斯特魯艾庫西魯仍是空著雙手就衝上前去。

天空閃耀著星辰般的光芒，緊接著降下了高熱光線。但那招已經對美斯特魯艾庫西魯沒效了。它沐浴在高熱光線中，一步步走向內梅魯賀爾加。

懸崖上的米魯吉低吟著，分析著美斯特魯艾庫西魯的防禦能力。

「沒想到竟能在一瞬間就找出對應方案……這種智慧……！難道它具有獨立思考能力！它在學習……！學習我的雷西卜托的攻擊！」

「才不是學習那種簡單的東西。造人擁有與生俱來的知識……我讓你看看這不只是迷信。」
「請務必賜教……！不過我已經下達指示了。」
高熱光線攻擊的強光遮蔽了美斯特魯艾庫西魯的知覺。至於內梅魯賀爾加在這段期間進行了什麼行動……
在地上的內梅魯賀爾加將一節節的身體全部打開，伸出熱術推進器。
「來吧！內梅魯賀爾加——」
藍白色的爆炸衝擊波摧毀後方的地形，它從側邊衝向了美斯特魯艾庫西魯。
美斯特魯艾庫西魯正面接住爆發性的衝擊。身體一路被推向海岸，在地面挖出有如鐵路的直線軌道。最後在距離崖邊只有三步的距離，它頂住了。
「ZZZZZZYYYYYYYYYAAAAAAA！」
卻沒有擋下來。
內梅魯賀爾加的節狀身體爆開。那具長長的鋼鐵身軀形成多節噴射機制，以連續性多段衝擊撞飛美斯特魯艾庫西魯。
沉重的龐大鋼鐵被放逐到海面的另一端，深深沉入水中。
它毫無疑問是不死之身。然而它如今位於冰冷的黑暗水底，永遠回不來了。
風暴過去的戰場只剩炸開的內梅魯賀爾加殘骸。飛在天空中的雷西卜托冷冷地望著兄弟機的散滅。

「再證明結束，吾父。請下指示。」

「『——的泥中吞食熱度若為新罪業的證明則集合兩者數千（vecomaub hangert waiuz peunt winwor picsu rcstoc tnaferdert）——』」

「……」

……詞術詠唱聲響起。

岩石上的一點。從那點出現了小小的、胎兒般的生命。

美斯特魯艾庫西魯應該連同裡頭的造人一起被放逐了才對。這種情況令人不禁懷疑是從無生有。

雷西卜托詠唱了攻擊熱術。

「『雷西卜托號令於哈雷賽普托之瞳（resipktio halese），漂浮於黃金之泡沫（uomort morp），水路的終點（byaro woro），填滿虛無（kuqureit nostamt），燒灼吧（sindermostek）。』」

於半空中形成的機魔裝甲擋住了高熱光線，就和之前的情況一樣。

——它已經學過了這種攻擊，變化成可應對的構造。攻擊已不再有效果。

「這到底是……什麼原理……！」

「這點小事很簡單啊，笨蛋。美斯特魯可以造出艾庫西魯，艾庫西魯可以造出美斯特魯。只要在聲音可傳達的範圍，無論任何地點都能做到。無論距離分得多遠，任何地方都能到達。」

「就……就算是互相生成肉體，瞬間回到陸地……也沒人能預料到這種事……太、太誇張了……！」

極度超脫常軌的技術。若宣稱它是超越迷宮機魔那種可動都市的最高傑作也完全不為過。

如果那是真的。美斯特魯艾庫西魯的詞術士能力甚至超越了身為魔王自稱者的米魯吉。

更別說米魯吉製造出的機魔所擁有的各種手段都永遠殺不死它。

偶然加奇蹟誕生的果實，那是真正的怪物。

本體究竟是機魔，還是造人？被拋走的肉體，與如今站立於海岸邊的肉體，何者才是本尊？

恐怕以上皆是。它們全都是美斯特魯艾庫西魯。它能從微小的生命細胞痕跡生成自己。可以利用大地的礦物製造出自己。

在它的詞術所定義的世界中，已經連自我的連續性都失去了意義。

「雷西卜托。爸爸敗北了。立刻中止這場實驗。」

「第三個——」

魔女的話蓋過了米魯吉的指示。

「——機能。你可以使用吧，美斯特魯艾庫西魯？」

完成自我生成的怪物以獨眼盯住了雷西卜托。

對於只能用純粹暴力戰鬥的它而言，那個敵人應該在攻擊距離之外才對。

它詠唱起工術。

「『艾庫西魯號令於美斯特魯。深潛的破音。群集的終端，迴旋的圓錐——』」
（exilio mestel rewol qzerd hengren orksap zempst haie）

並且造出這個世界誰也沒見過的物體。

那造型無法以言語形容，不可能出自人類之手。它的右臂變成三根聚在一起的的黑鐵長管，鐵管基部的構造更是複雜。

熱術的電流於其上奔馳，那東西開始轉動。

「『——貫穿吧（noingod）』，『GAU－19／B』。」

高速的槍聲聽起來像哀號。金屬與火藥的尖叫。

飛行速度快過鳥龍的機械天使化為散落的碎片。

伴隨著宛如堆疊硬幣的聲音，無數彈殼掉落至地。

那東西誰也沒見過，是異世界的兵器。

——旋轉式多管機槍，其名為格林機槍。

「『客人』……只要肉體生於『彼端』，就絕對不可能使用詞術。但是他們知道『彼端』的武器。知道我們所不知，凌駕一切的知識。」

「……」

「你從來沒有想像過嗎？如果那些傢伙能使用工術……擁有依照自己的想法再現器物的力量，就能獲得任何那些傢伙所知道的，源自對面世界的東西。」

「……齊雅紫娜……妳……到底在說什麼……」

米魯吉望著齊雅紫娜。縱然兩人同為魔王自稱者，思考層級卻處於不同的次元。

此刻的齊雅紫娜表情不再焦躁。就像是完成一個實驗後繼續構思下一個實驗的學者，露出深思未來將遇到什麼挑戰的眼神。

「我獲得了在另一邊曾是學者的『客人』，感覺是個很不錯的素材。」

若是她露出惡魔般的笑容還比較能讓米魯吉放心。

「所以『就讓他能使用詞術了』。」

——造人，是以活體人族為素材製造而成。

雖然體內擁有成為材料的人類所知道的知識，但毫無疑問是出生於這個世界的生命。

那就是美斯特魯艾庫西魯。

「……我徹底輸了。最後……再問一個問題。為何造人不會被高熱光線燒死？我實在百思不得其解。」

齊雅紫娜笑了。就算沒被問到，她也會主動回答這個問題吧。以自己孩子為傲的母親一定會那麼做。

「美斯特魯艾庫西魯的兩邊互相保管對方的生命，對兩者都一樣。第四機能，『雙向』的共有詛咒。美斯特魯與艾庫西魯無法被同時殺死。」

◆

一切都過去了。

讓人以為能吞噬世界的兩個怪物全都粉碎消失。就算敏蕾說出在這個海岸的所見所聞，也永遠不會有人相信吧。

「如、如、如何啊？」

剩下的一個怪物走過來，她想逃也逃不了。

怪物彷彿興奮到了極點，球體頭部忙碌地動來動去，注視著敏蕾的愛女。

「我、我已經，保、保護了，小生命！保護她，打倒他們！哈哈哈哈哈哈！我還是贏了！因為我是最強的！」

「不、不要過來……對不起……饒了我……」

「哈哈哈哈哈哈！哈哈哈哈哈哈哈哈！哈哈……」

敏蕾緊緊抱住女兒，盼望至少能保護愛女不受怪物所傷。

可怕的笑聲逐漸變小，然後停下。

「……哈哈……」

「嗚嗚，啊。」

女兒掙脫了敏蕾抱著她的手。

她對女兒喊著不可以過去，自己卻因為恐懼而一步也走不動。

小女孩向機械怪物伸出短短的小手。

「啊啊，咿。」

「……這、這是……哈哈！妳、妳、妳要給我嗎？」

怪物的左手拈起小女孩遞出的花朵。

那隻手沾滿了毀滅，與人類相比太過巨大。恐怖的災厄。

小女孩並不知道這點。

「太、太好了……！嘿、嘿嘿……！小、小生命，活著，太好了！好、好、好漂亮！哈哈哈哈哈哈哈！」

它帶著與那不死之軀相去甚遠的脆弱生命離去。

無論它接下來將去何處，想必都遠遠超出了敏蕾所在的世界的邊緣，會是某種戰鬥的地獄吧。

◆

「花、是花！是花耶！」

它不具備人類的表情，卻時常在笑。
每次復活時，它自己不知道的知識總會如泡沫般浮現於腦中，就算如此，它仍然是它。
它的名字是美斯特魯艾庫西魯。
是融合兩個生命，被打造成真正無敵的存在。
「……打得怎麼樣啊，美斯特魯艾庫西魯？戰果報告呢？」
「媽、媽媽！」
輪軸的齊雅紫娜站在從海岸接往平地的道路上。創造美斯特魯艾庫西魯生命的母親。它的願望，就是實現她的願望。
「妳看！是花！人、人、人家給我的！我的！哈哈哈哈！」
「什麼？花～？喂，美斯特魯艾庫西魯……那種東西啊——」
齊雅紫娜一把搶過它手上的花。
那是帶著鮮豔的黃色，小巧可愛的花朵。
接著直接轉身邁步離去。
她以手指彈出某個物體，落入追在後面的美斯特魯艾庫西魯的手心。
是裝著花朵的玻璃小瓶。
「——應該要像這樣小心收藏才對。玩得開心嗎，美斯特魯艾庫西魯！」
「嘿、嘿嘿……！雷西卜托、內梅魯賀爾加，他們都好強！我、我很，開心！」

「……哼，這樣啊。」

她開懷地笑了。不管是勝利的滋味還是花朵的美麗，她全部都品嚐到了。

因為她的機魔不是作品，全部都是她的孩子。

「還不夠！世界不只是這樣！不論美醜，什麼都有！去嚐遍一切吧！這全都是你的！盡情享受所有生存的權利吧！」

「哈哈哈哈哈哈哈哈哈哈哈哈哈哈！」

「很好，找下一個目標吧，美斯特魯艾庫西魯！接下來會更好玩喔！」

「真正的魔王」的時代已經結束了。磨刀霍霍的魔王自稱者從深淵覺醒的時刻到來。至今的戰鬥只是性能測試，是用來做與所有敵對者之間戰鬥的計算。

「下、下一個……！就像，之前的軍隊那樣嗎？」

「比殺死舊王國那些傢伙更好玩喔。」

它可以飛行；可以用拳頭打死人類，燒死他們，還能開槍射殺對手。在超越人類智慧的修羅領域中，這種程度的成果不過是連戰鬥都算不上的小小打鬧。

聽說，黃都有位獨自斬殺她的迷宮的「客人」。

聽說，有個蟄伏已久，曾經摧毀她這位魔王自稱者的國家的強烈風暴正在移動。

那些全都是她無法容忍的存在。她甚至對災厄本身燃起復仇的怒火。

「……『微塵暴』。」

而她所打造的美斯特魯艾庫西魯，是連災厄都能摧毀的無敵之子。

「我要殺了你。」

此人連自己的生命都製造，使用已達真理領域的詞術。

此人每當重複死亡與再生時，即可得到異世界的知識進而無限成長。

此人可殘留一半、再生一半，而且無法同時殺死兩者。

它是以必然的理論證明其無敵，完美無缺的戰鬥生命。

生術士（creator）／工術士（architect）。機魔／造人。

窮知之箱美斯特魯艾庫西魯。

ISHURA

AUTHOR: KEISO
ILLUSTRATION: KURETA

第四節

殺界微塵暴

十二◆托吉耶市第一街道關卡

托吉耶市是個鄰接溼地區域的中等規模都市。由於沒受到「真正的魔王」帶來的災禍直接襲擊，至今仍有著許多住民。但因為交通不便，城市規模不算很大。

這個托吉耶市被舊王國主義者封鎖是三天前的事。

這股勢力以將近一年的時間滲透市議會，此時終於完全掌握托吉耶市的實權，將整座城市納入其軍事政權的控制。過去掌握到的微塵暴行經路線，以及身分不明的人士對後方陣地的嚴重打擊，這兩件事足以讓舊王國主義者加快行動腳步。

「站住，哪裡來的！」

由於目前處於這種局勢。離開懷特的駭人的托洛亞在距離城市遠處的檢查哨遭到盤查也是理所當然的事。

「聽說基魯聶斯將軍正在招募士兵。我志願加入，麻煩請帶路。」

那是一位揹著數量超越常識的刀劍，高大壯碩的山人。在他的兜帽陰影之下，雙眼透出宛如地獄深處般冰冷的精光。明顯不是尋常人物。

「……你以為靠那些話就能通過嗎？誰推薦的，有王國軍的介紹印嗎？」

「唔……」

托洛亞頓時語塞。

「……沒有。」

「那就離開！托吉耶市現在禁止出入！」

這個人生下來就與父親在山裡生活，沒有做家事與鍛鍊以外的經驗。連下山進城也只有幾次而已。對托洛亞來說，舊王國主義者的存在是他從強盜那邊得到的少數與外界情勢有關的線索。

傳聞星馳阿魯斯目前從屬於世界最大的國家黃都。既然舊王國主義者即將正式與黃都展開戰爭，應該就能在戰場上找到父親的仇人。

而且，領導舊王國主義者的基魯聶斯將軍的魔劍——查利基司亞的爆破魔劍還是一把沒有被父親奪走的魔劍。他想知道那把劍的相關情報。

「但是……那個，你可不可以想想辦法。我是專程來到這裡的。」

「就叫你回去啦。如果覺得劍太重不好走，我可以幫你找城市的鐵匠來。那些劍搞不好能賣出不錯的價格喔。」

「……」

托洛亞不曉得該怎麼辦才好。當然，他沒有砍死這個毫不知情的衛兵直接過去的選項。

但如果就此折返改成前往黃都，假使真的能面對面與星馳阿魯斯交戰，不難想像將會造成更多無辜市民遭受牽連的結果。

他的父親連無關的目擊者也殺。那份罪孽無論如何都無法被合理化。可是父親不只是搶奪魔劍，還努力將犧牲降到最低。他也有義務盡可能地延續那份努力。

「怎麼啦？看起來你們好像起了爭執。」

就在雙方交談到一半時，一輛馬車抵達哨所，有個人從車上走了下來。

士兵立刻敬禮了。

「是！這個人表示希望加入王國軍……但如您所見，他看起來行跡可疑。屬下絕不會讓這種流氓人物通過，請您放心。」

「哦，這位呀——」

那是一位少年，看起來年僅十三歲。有一頭混雜白髮的灰髮。

「——是我介紹他來的。本來想直接讓他面見參謀輔佐官大人，不過到達時間似乎稍微有出入，我遲到了。不好意思給你添麻煩了。」

「原……原來是這樣！不會，是不清楚詳細情況的屬下失禮了……那個，可是他自稱沒有仲介人啊？」

「哈哈哈，應該是我不在場，只好當成『沒有』。他應該也很傷腦筋吧？艾里基特同學，真抱歉啊。」

少年喊出其他人的名字，向托洛亞伸出手。

「扛著那麼大的行李從懷特山過來，你應該累了。雖然只剩一點距離，就讓我送你到城市裡吧。」

「……你——」

看著少年的微笑，托洛亞壓低聲音詢問：

「有什麼企圖？為什麼要救我？」

「沒有喔。得救的是我才對。按照剛才的對話，如果讓你回去我就不好解釋了。還是請上車吧。」

「……」

托洛亞沒其他辦法也是事實。所以即使感到不解，還是和少年坐上了同一輛馬車。

行李的檢查很隨便，馬車一下就通過了盤查哨。誰也沒注意到托洛亞背上的劍是魔劍。應該是數量太過超乎常識，士兵完全沒想到吧。

兩人在馬車中相對而坐，托洛亞觀察了少年。以托洛亞揹著的魔劍與眼神的壓力，光是那股壓迫感就足以嚇死一般人，這個小孩卻一副老神在在的樣子。

「……你認識我吧，你是這裡的將官嘛。」

少年在剛剛的對話中提到懷特山這個名字。看得出來對方認識托洛亞，才會偷偷用這個詞向他打暗號。

「很遺憾，不是。我只是與舊王國主義者——他們口中的王國軍的軍需物資交易多少有些關連的『客人』。至於另一個疑問，我當然認識你。駭人的托洛亞……對吧？別看我好像一點也不驚訝，老實我說十分吃驚呢。原本聽說你已經死了。」

「我才不會被『星馳』那種貨色殺了。先不管那些，我真的能靠這種方式加入他們的軍隊嗎？光是在進入城市前的盤問就已經是這種樣子，感覺之後還會碰到同樣的狀況。」

「……哦～關於這件事呢，托洛亞先生。」

少年雙手交疊放在大腿上，探出嬌小的上半身說道：

「這要看你的目的為何。視情況的不同，或許不加入舊王國反而能得到更好的結果。方便詢問你為什麼要參軍嗎？」

托洛亞不知該不該回答。就算說了，少年會幫他嗎？

不過，反正無論如何他都不會吃虧。聽過駭人的托洛亞之名的人，應該沒有誰不知道他的目的。

「……我要殺了星馳阿魯斯。在與黃都的戰爭中奪回光魔劍。我……我是為了取回被奪走的魔劍而來。」

「我明白了，原來如此。關於仲介的事，以你的名字與能力，要加入軍隊可說是輕而易舉。只要你願意的話，我會提供協助──然而我擔心的是一旦戰爭真的爆發，軍隊開始行動之後的問題。」

馬車行走在溼地旁的石板路上，發出喀啦喀啦的聲響。少年舉起了食指。

「戰爭並不是全部軍隊集合起來一口氣打向對手的戰鬥。部隊投入戰場時一定會分散進行，視情況還可能被派到與黃都不同的戰區，或是受命防衛據點。就算是優秀的戰士，軍方也得在重要的場合才能讓他們登場發揮。更進一步來說，黃都那邊的阿魯斯也是同樣的狀況。」

「你的意思是不一定能獲得與『星馳』戰鬥的機會嗎？」

「……是的。而且還有星馳阿魯斯死於戰亂之中，光魔劍逸失的可能性。至少在這個目的上，應該有稍微好一點的方法可用。」

「可是，如果不在舊王國裡頭——」

「……就無法找到查利基司亞的爆破魔劍的所在地點。我說的沒錯吧？」

「！」

「哈哈哈，你不必隱瞞。畢竟基魯聶斯將軍持有爆破魔劍是個流傳很廣的傳聞。關於這件事呢，其實魔劍已經不在這個城市裡了。實際上……」

「慢著。」

托洛亞打斷了對方的話。

他很清楚自己不怎麼懂交涉談判，然而從兩人相遇開始，他就一直順著少年的話走。

「說到底，你為什麼要告訴我那麼多事。既然知道我是駭人的托洛亞，應該就更沒必要說出爆破魔劍的情報。你不是舊王國主義者那邊的人嗎？」

「不是喔。雖然我和舊王國做生意，卻『不是舊王國主義者』。倒不如說，我希望以個人的身分和你締結合作關係。」

「現在回想起來……在檢查哨時你的馬車抵達時間未免太剛好了。你應該一開始就知道我會來吧。是誰告訴……」

他一直住在懷特的深山裡，無人知曉其居住地點。先不提駭人的托洛亞來到此地的消息，照理來說，誰也不知道應該已經死去的托洛亞其實仍在世。

「……是強盜嗎？」

結論出來了。是那天發動襲擊的強盜。托洛亞是從他們身上獲得舊王國主義者的情報。

「說的沒錯。艾里基特同學是我的其中一位顧客。他曾來洽詢過，如果能成功回收駭人的托洛亞的魔劍，希望我幫他斡旋加入軍隊。所以他們的動向都在我的掌握之中。」

「那場襲擊……」

駭人的托洛亞將手指搭上魔劍。

「……是你指使的？」

少年嚴肅地注視托洛亞。在這輛沒有護衛的馬車裡，對方就在自己的面前，完全處於致命的攻擊範圍內，他卻沒有任何恐懼或驚慌。

「想拿魔劍當見面禮是艾里基特同學主動提出的意見。雖然我明知此事卻沒有阻止他，也能說是同罪──不過說到底，這都是因為聽說了駭人的托洛亞已死的消息。」

在道路外的遠處溼地，蛇龍探出了頭，又鑽回地底。

托洛亞手按著魔劍，一動也不動。少年也是如此。

「……我可以繼續說下去嗎？」

「……」

「結果，艾里基特同學被殺，還是被魔劍殺死。自從與星馳阿魯斯一戰後就音訊全無——被認定已死的駭人的托洛亞殺了他們，而且還大動作離開懷特。假設他已經不再忌諱遭人目擊，我認為他的第一個目標就是與強盜有關連的舊王國……所擁有的查利基司亞的爆破魔劍。」

「……你就是看準我以爆破魔劍為目標而來，才會與我接觸嗎？」

駭人的托洛亞曾是誰也掌握不到真實身分的恐怖故事人物。

現在不是了。

「是的。或許我還得反問你一個問題。再怎麼說，你的目擊情報實在很容易追蹤……你的體格與武裝太過顯眼。過去你都是如何在不為人知的情況下殺死魔劍使用者？」

「……這……」

「駭人的托洛亞的傳說，真的是只靠一個人辦到的嗎？」

「……沒錯……只靠一個人。」

是父親創造的傳說。

即使現在的托洛亞可以重現祕藏於魔劍之中的超絕奧義，在這方面終究不及其父。

真正的駭人的托洛亞能獨力戰鬥，以及處理戰鬥以外的瑣事。即使他具有遠遠超越父親的體格，現在的他也只知道戰鬥的技術。

「駭人的托洛亞。我就是有自信可以幫上你的忙，才會提出合作的建議。我可以提供魔劍的情報，或是替你掩人耳目。能不能讓我來幫你呢？」

他擁有目前的托洛亞欠缺的力量，那或許只能靠與這位少年合作才能得到。托洛亞可能沒有讓自己在這之後還能繼續戰鬥下去的足夠力量。

「不行。」

即使如此，他還是覺得必須拒絕對方。

「你打算利用我。」

「……」

遭到拒絕的少年沒有反駁，只是等著托洛亞繼續說下去。

「我果然做錯選擇了。如果加入哪邊的軍隊，殺了哪個陌生人，那就……那就與駭人的托洛亞以外的人拿到魔劍沒什麼兩樣。如果我不以駭人的托洛亞的身分使用魔劍就沒有意義。我早應該發現這點才對。」

他必須誅殺奪走魔劍殺害父親的星馳阿魯斯。

他相信那是優先順序高過一切的使命。

但是不該為了這個目的製造因魔劍而產生的戰亂。那反而違背了父親的願望。

（……爸爸沒有奪走查利基司亞的爆破魔劍。）

知道那把魔劍的存在，與其有所關連的人士太多了。所以父親明白，奪走它只會肇生新一波的戰亂火種。駭人的托洛亞不該只是不做選擇搶奪所有魔劍的機器。
托洛亞向少年低下了頭。
「……非常感謝您提出合作的建議。」
少年爽朗地笑了。
「很遺憾沒辦法成為你的助力，不過若這些話能為你帶來某種契機，那就是我的榮幸。畢竟我只有這種聊天的才能。」
「既然交涉決裂，我們應該在到達托吉耶市之前就分開。不然事情會變得很麻煩。」
「今後你有何打算？」
「……不能就這麼放著『星馳』不管，我會想辦法把那傢伙引出來。至於爆破魔劍就只好放棄了。」
「……查利基司亞的爆破魔劍被人搶走了。」
「你說什麼？」
「說起來托吉耶市之所以提昇警戒，部分也是因為那個原因。舊王國以襲擊事件為藉口策動市議會……啊，話題偏了呢。」
「是誰搶走的？」
「輪軸的齊雅紫娜，是魔王自稱者。」
輪軸的齊雅紫娜再次展開活動。她帶著自己的最高傑作美斯特魯艾庫西魯多次襲擊魔王自稱者或武裝勢力。
她偷襲舊王國軍的後方陣地，搶奪物資的事發生在五天前。知道襲擊事件真相的人在舊王國主義者之中也只有一小部分。然而此事已造成莫大的損害，如果沒有微塵暴的情報，恐怕他們就必須中止對黃都開戰。
「如果你需要，我可以告訴你她的去向。而且……你和星馳阿魯斯交戰的機會一定會出現。現在有個不會受到他人干涉，不必擔心波及無辜的一對一戰鬥舞臺。」
「你……」
他與這位少年才剛認識沒多久。
對方卻在短短的對話裡就洞悉托洛亞遇到的所有狀況，而且不觸及托洛亞不想被人碰觸的部分，提供單打獨鬥的他欠缺的資源。
既像是危險的敵對者，又像善意的合作對象，這個男人給人的印象不斷地改變。
托洛亞甚至忘記詢問比他的來頭或情報來源更重要的根本疑問。
「為何你要為我做到這種程度？……我不會成為你的夥伴。就算提供這些幫助，我也不會回報給你什麼。」
「——這個嘛，該怎麼說呢。這像是某種職業病。」
「灰髮小孩」開心地笑了。
「我總是會對中意的對象很親切呢。」

十三◆古馬那交易站

黃都的南方。此處錯綜複雜的峽谷地形並非自然形成。

先人開闢山地，打通高聳峭拔的峽谷，建造出連通王國與南方都市的大型道路。

由於這樣的歷史，這一帶設置了許多旅店與市場以作為來往商隊的據點。但嚴格來說這裡不被當成都市，而是被稱為古馬那交易站。

然而目前此地沒有原本不分晝夜來來去去的商人身影。滿山遍谷地駐紮於此的是負責觀測與處理即將來襲之自然災害的黃都軍。

「微塵暴這東西啊，我也曾經聽過。」

在軍隊中混雜了一位將領打扮的十六歲少年，讓現場的畫面顯得相當奇異。

少年從臨時作戰本部俯視峽谷的景象，一隻手撐在戰術桌上。

他是黃都二十九官最年輕的男性。其名為第二十二將，鐵貫羽影的米吉亞魯。

「應該就像颱風或日照那樣，只是天氣現象吧。竟然還帶了這麼多兵來，老實說太莫名其妙了。那又不是人手多就能阻止的東西。」

「如果至今的理論都正確，你的想法或許就沒錯。」

回答他的男子只有一隻手。第二十五將，空雷卡庸。被評為前來輔佐米吉亞魯這位最高官僚之中最年輕的特例仍綽綽有餘的才俊之士。

「不過，原本應該是亞瑪加大沙漠特有的天候現象朝著黃都長途移動，這就很異常了。若以傑魯奇提出的論點思考，的確說得通。」

「因為它的真面目不是天氣現象，所以可以阻止？」

「這很難說。如果情報正確，也許比普通的沙塵暴還難搞。」

米吉亞魯的擔心有理。假設亞瑪加大沙漠的微塵暴直接侵襲——黃都的士兵將無能為力。他們只能看著連鐵甲都擋不住的強勁沙塵粒子，把血肉磨碎成微塵吧。

「可是若是閒著在這邊枯等，反而會被人嫌黃都軍光吃飯不做事吧。至少也該引導人民避難和支援運送物資，還有協助重建作業。除了觀測微塵暴以外，能做的事情跟山一樣多耶。可是我們在微塵暴到達之前的時間裡卻什麼也沒做。」

「那些工作會消耗太多人力啊～舊王國和歐卡夫那邊都已經很麻煩了，不方便再動員這麼多人吧。目前的事態就是如此緊急。」

比起在後方指揮作戰，鐵貫羽影的米吉亞魯這位武官在前線衝鋒陷陣更能發揮其才能。就算是因為這次召集的二十九官僅限於能立即回應之人，他多少還是對這次的指派有些不滿。

「話說回來，實際的指示幾乎都是卡庸下的嘛。我根本就是個擺在一旁的花瓶。好想去舊王國那邊喔。那邊感覺比歐卡夫更容易爆發戰爭。」

「我說啊，你該認真點吧。我有事忙不過來時，你就是負責人了。」
「那我問你喔。」
米吉亞魯將臉頰貼在桌子上。
「……以這個作戰而言，感覺動員的士兵人數太多了。之所以驅離那些商人，一定不只是為了讓他們去避難吧。」
「是啊。」
卡庸以一副理所當然的態度回答。派出這麼多的人員進駐古馬那交易站，部分原因是為了製造事態相當緊急的印象，產生容易說服住民離開的效果。讓軍隊得以直接在當地接收大軍所需要的飲水和糧食，住民的損失則由黃都補償，使駐紮行動得以順利進行。不過不留下任何住民，由黃都軍占領此地點的手段本身就是目的。
「萬一被人看到我方的『王牌手段』就不好了吧。至少舊王國那邊也知道我們必須處理微塵暴。」
「嗯，這麼說也是。即使旅行商人裡面混入哪個勢力的間諜也不奇怪嘛。至少在舊王國的問題解決之前得謹慎一點。」
微塵暴的處理與應對單一災害不同。而是需要從各方面的角度以宏觀的方式評估複雜情勢的軍事作戰。
「根據傑魯奇掌握的預報，微塵暴穿越古馬那後將往東走，通過後面的賽因水鄉，再繞過山脈……最後抵達黃都。」

「連黃都都會受到嚴重損害，賽因水鄉那種鄉下小鎮不就會全毀嗎！」

「真是的，別說那種不吉利的話。」

無論動員再多的士兵，在這種距離微塵暴抵達不到兩天的狀況下，可疏散避難的住民人數於物理方面仍有極限。能當成受災緩衝區的地方，只有居留者大部分為擁有移動手段的商人，規模也不到一個都市的這個古馬那交易站。

若設在通過路徑後面的任何都市，難免會對市民造成人員傷亡。

「你就打起精神努力一點吧，米吉亞魯。這種會被人感謝的工作其實也不差喔。」

「……我做是會做，但感謝就免了。感覺很麻煩。」

◆

在陣地的一角，有個坐在地上彷彿與影子同化的人。

在繁忙的士兵中，唯有他看似什麼也沒做。然而實際上他比在場任何人更專注，消耗更多精力。其名為戒心的庫烏洛。

（沒有讓可疑人物潛入的破綻……暫且是如此。）

目前古馬那交易站包含人員與物資在內的所有事物都經過了更換。他注意著四周所有的動靜，提防是否有可疑的存在入侵。
既然黃都晚一步掌握到流通於市場上的微塵暴情報，代表舊王國主義者也明白這點。那麼他們應該會預測到黃都將進行某種對應計畫，選擇古馬那交易站為警戒防線，並且根據這個前提而行動。
「周圍只有黃都的士兵，沒有奇怪的人喔。」
兩臂都是翅膀的少女在庫烏洛的頭上飛舞。若從遠處觀察那個小過頭的身體，看起來就像隻普通的小鳥。流浪的丘涅是一位天生被造成這種怪異形體的造人。
「你休息一下比較好喔，庫烏洛。人家也要你在作戰開始前先休息，好嗎？」
「……保持警戒是最好的，畢竟有些東西只有靠我的眼睛才能看見。」
比起感官仍敏銳的那個時候，情報的刺激所造成的疲勞在失去天眼的現在反而更嚴重。
在過去，即使閉起眼睛他也能鮮明地看見周圍的景象。庫烏洛之前一直不了解常人的「閉上眼」是什麼樣的感覺。
直到失去才能的今日，他總算明白了。
「不努力看就什麼也看不見」的世界是多麼的恐怖。無法認知闔上眼到睜開眼之間發生的事的世界，睡眠會完全阻絕感覺的世界。
在庫烏洛的看法中，這就像死亡的那一刻不斷地反覆到來。
「一想到移開注意力的瞬間不曉得會發生什麼事，妳不會感到害怕嗎？」

「庫烏洛太認真了，你應該——」
「應該……什麼？」
「……沒什麼。」
「應該放輕鬆一點」、「就算逃避也沒關係」。她打算用這種話安慰自己吧。丘涅也明白這些說法對庫烏洛是最沒有意義的話。
（不可能，什麼也看不見會令我無法安心。）
眼睛看不見的一切都會毫無理由地改變。
毫無理由地失去沒有理由的才能，毫無理由的戰亂時代沒有理由地結束。而流浪的丘涅則是沒有理由地信任庫烏洛。
對於戒心的庫烏洛而言，沒有理由的事物就等於恐懼。
「丘涅，我的作戰任務是觀測微塵暴。」
庫烏洛低聲對懷中的丘涅說道。
「黃都打算『消滅』微塵暴。對那些傢伙而言……『傳說中的天眼』是觀測的王牌手段。他們要的不是妳，妳沒有必要跟著我。」
就像拉娜或吉茲瑪，戒心的庫烏洛與許多「黑曜之瞳」的成員一樣，總是待在戰場上。矛盾的是，為了多活一天，他們非得賭上自己的性命不可。
他有種一切將會變得一團亂的預感。微塵暴八成就是庫烏洛感應到的災厄。他一直在猶豫是否該讓丘涅被捲進這場慘禍。

（死很可怕。被殺很可怕。這點應該誰都一樣。）

——那天，他親眼見到能瞬間砍斷蛇龍的劍士。那是實力太過高強，與庫烏洛不處於同一個次元的存在。現在的黃都擁有那種力量。逃離「黑曜之瞳」，為了生存而不斷逃離一切，然而讓庫烏洛再也逃不掉的力量逮住了他。

（……明明誰都會想逃避，難道這種想法有錯嗎？）

「我、我會和你一起走喔，庫烏洛。」

「妳還是有辦法逃吧。」

丘涅真笨，根本不知道那是多麼得來不易的權利。

「……你聽我說喔，要是庫烏洛死掉，我應該也活不下去了。所以我一定會幫助庫烏洛。讓我跟著你嘛，好不好？不用擔心那麼多喔，庫烏洛！」

「別講出那種不經大腦的話，妳要怎麼幫我？」

不過，這些話還是讓庫烏洛陰鬱地笑了。

他感覺自己已經很久沒笑了。

「契約就延長下去吧。妳想要什麼酬勞，丘涅？」

「之後再給就行了，好嗎？我現在還不想拿。」

「……」

他知道那一定是像平時那樣沒什麼了不起的東西。

即使庫烏洛不惜付出任何酬勞，她卻總是因為收到便宜的玻璃珠或隨處可得的水果而感到開心不已。

庫烏洛很厭惡自己明知這點卻仍利用著她的愚蠢。到頭來，他也是靠著剝削丘涅而活。

如果不利用流浪的丘涅，他就無法逃脫世界的黑暗。具有天眼之力的傳說男子，如今卻不得不仰賴既無才能也無惡意的區區造人少女。

然而，現在狀況不同了。

（——我的對手是微塵暴。）

一股乾燥的風吹拂而過，現在那還只是微弱的風。

在難以生存的災厄風暴之中，他無法依賴丘涅。那是必須靠自己的眼睛戰鬥的敵人。

庫烏洛仰望天空，面無表情的太陽散發金黃色的光芒。

（不管到哪裡都得戰鬥，都只能戰鬥……什麼都不會的妳還比較幸福喔，丘涅。）

就連唯一擁有的才能都只用來掠奪他人。即使看到無限的可能性，庫烏洛卻總是選擇這條道路。

生存是他的願望。他希望不必掠奪他人就能活下去。

因為掠奪這種行為就代表必須依賴他人才能生存。

十四◆西經一百六十三區觀測地點

五天前。

由附近城市派出的四名觀測隊員來到微塵暴經過留下的痕跡。

他們是隸屬於黃都的邊境部隊。第三卿傑魯奇透過遠程通信機下達任務，要求部隊調查據傳離開亞瑪加大沙漠的微塵暴移動痕跡。

此地乍看之下與平時沒什麼不同，是一處起伏平緩的廣大草原地帶。雖說這裡距離主要道路甚遠，路面狀況不適合行走。但這樣的地形對這些觀測隊員已是家常便飯，他們輕輕鬆鬆就走過去了。

幾個螞蟻窩土堆從低矮的草叢裡露出，天空盡頭的山脈看起來青蒼朦朧。

「……真的沒問題嗎？」

「什麼東西？」

「就是那個微塵暴啊。不是說它沿著正常不可能的路徑移動嗎？我的意思是它會不會在我們到達時突然折返回來？」

「哈，別擔心那種無聊的問題啦。」

「這傢伙實在是愛操心耶。」

「那樣子可是當不了邊境的觀測手喔…………喂！」

四個人在下坡處的邊緣停下腳步。誰也沒有事先說好，就是停住了。

斜坡底下有一片他們未曾見過的景象。

「這是什麼鬼啊？」

「慢著。慢著慢著慢著。那個……所謂的微塵暴，是沙塵暴或颱風的一種吧？」

——均質的地形。只能用這種方式形容。

並不是整個地面完全消失，正好相反。地表有沙丘般的起伏，看得見自然風吹形成的沙紋痕跡。那個景象無視原本的地形，很突兀地出現在那裡。

就只有這樣，一整片全都是微塵。

「……………一般來說會變成這樣嗎？」

「喂喂，一點也不正常喔。這種東西正在朝黃都過去嗎？那邊沒問題吧……哇啊！」

其中一位觀測隊員滑倒了，他腳下的斜坡突然崩陷。整個人沿著柔軟的斜坡一路滾到遠處的坡底。

「喂！喂～！沒事吧？」

「沒、沒事……不過這些沙怪怪的，待在這裡聞得到很臭的味道。看起來沒什麼東西可以當支點爬上去，可能得請你們拿繩子過來。」

「……應該是有機物腐敗的味道吧。」

坡道上的其中一個人挖起腳下的沙，如此說道。

「行經路線上的生物……不管是野獸或植物，連骨頭都被完全磨碎。被捲入的水分和土壤也是一樣。才經過一天，微生物就馬上開始繁殖了。」

「就算親眼見識，還是讓人難以相信……自然現象應該做不到這樣吧？我看過被大洪水整個沖毀的城市，那種地方還是比這裡……該怎麼說呢，殘留更多原本的樣子。雖然碎木材或死掉的小魚之類的東西全都混在一起，至少還能分辨出什麼是什麼。除非刻意為之，否則粉碎到這種程度……」

「……」

剛才挖起沙子的觀測手仔細地撥開並觀察著手中的沙。

有如同海邊貝殼的小粒白色骨片，有焦黑失去形狀的碎葉片，有像是碎裂結晶般的物體，還有某種金屬碎片。

「有人去過亞瑪加大沙漠嗎？」

「不，我沒有。我隱約有種那邊是個可怕地方的印象。外婆的朋友曾經看過微塵暴，還說給我聽。」

「我也沒有。雖然做這種工作的人講這種話不太好，但是我就算到依塔其，也不會走過去看看。再說了，真的有人住在那邊嗎？」

「——不知道從什麼時候開始，那邊就給人這樣的印象呢。」

微塵暴是只有在亞瑪加大沙漠這種封閉環境才會發生的現象。所以那種恐懼不會成為人人皆知的傳說。不過對目擊者而言，那是比任何東西更恐怖，象徵死亡的氣候現象。就如同數百年來受人們所傳述，造成大量死亡的大洪水或大地震那般。

在難以計數的漫長歲月裡，持續累積的恐怖證言在大眾之間流傳。讓這些沒直接見過微塵暴的人內心也被刻上了隱約的恐懼——

「亞瑪加大沙漠很危險」，因為那裡吹著微塵暴。

「難道因為是沙漠的氣候現象，所以沒有任何人注意到嗎？什麼東西都混在沙裡被消滅……因此沒人了解它真正的異常性……」

亞瑪加大沙漠的裸露岩石地形非常稀少。據說有將近六成的土地都被黃沙覆蓋。其原因不明。或許是不知不覺間變成這樣的。

「喂、喂。」

另一個人發出抽搐的聲音，拖著腳步往後退。

「不、不行了。趕快離開這裡吧。我要回去了。」

「……你怎麼突然說這種鬼話？」

「你忘了第三卿的命令嗎？而且還要把掉下去的那傢伙拉上來喔。」

「不、不是，可是……喂，誰也沒注意到嗎？你們怎麼可能受得了！」

他注視著地平線的方向。

那裡是沒什麼特殊之處的山脈與湖泊。他就是在害怕那個。

「……哈哈，果、果然如此……我沒弄錯。那裡有座梯形的山，旁邊是陡峭的岩山……然後，可、可以看見湖泊吧，喂！」

「喂，你到底在說什麼！要是你瘋了，要不要我順便把你也踢下去？」

「你才瘋了！你們到底在這裡幹了幾年觀測手！」

他將視線投向斜坡底下。斜面。深深下陷，寬廣過了頭，一無所有的地形。

他們四人是附近城市的觀測隊，曾多次巡邏過這裡。

「這裡本來是『山丘』吧！現在什麼也沒有了！真的……什麼都沒有了！」

距離災厄抵達，還有一天。

十五 古馬那峽谷

一輛奇特的鐵殼車行走於高聳山崖之間的道路上。它的前頭沒有馬，不是馬車。可是又沒有噴出蒸汽，看得出不是黃都逐漸普及的蒸汽車。

那是這世界尚未為人所知的技術所製造的產物——也就是魔王自稱者所造之物。

「什麼嘛，旅行商人全部走掉了喔。我本來還期待能不能搜刮一些上等通信礦石呢。」

坐在奇異車輛前座的老婦人的名字是輪軸的齊雅紫娜。

她的最高傑作，窮知之箱美斯特魯艾庫西魯則是坐在沒有車頂的後方貨臺。它的身體太過龐大，裝不進車內。

貨臺上不只有這具機魔，還堆滿了大大小小各種器具。是他們襲擊舊王國主義者，從那邊奪來的物資。可以當成機魔材料的魔具和稀有金屬。

而美斯特魯艾庫西魯從剛才開始就在揮著玩的劍正是舊王國的象徵——查利基司亞的爆破魔劍。

「哈哈哈哈哈哈哈！」

「你那麼喜歡那個呀，美斯特魯艾庫西魯！」

「嗯！不管是石頭，還是鐵塊，都能炸開，好、好有趣！」
「舊王國那些傢伙那麼弱，收藏的寶物倒是滿像樣的。你看到了嗎，美斯特魯艾庫西魯？他們每個傢伙都像垃圾一樣被轟飛。根本不會用兵器嘛。」
「哈、哈哈哈哈哈！可、可是，我很開心！還有人飛到天花板上呢！」
「是啊，飛得真遠。揍飛人類很有趣呢。」
「嗯。可是，人被揍飛……撞上牆壁後，就、就、就變得很髒。為什麼呢？」
「那當然是因為內臟跑出來啦。」
「內臟，是什麼！」
「……除了魔族(golem)以外的生物，肚子裡也塞著讓身體運作的機器。和你不同，那些機器柔軟，無法更換。反正呢，那不是什麼了不起的東西。」
車輛的速度提昇了。
「你要贏喔，美斯特魯艾庫西魯！和那些靠內臟驅動的傢伙不同，你是不死之身。你沒有造人的壽命極限，也沒有機魔的生命刻印！管他是魔劍或其他東西，打贏的人就有掠奪的權利！就算對手是『微塵暴』也一樣！」
「嗯！」
他突然放聲大喊。
「啊！媽、媽媽！有了！氣、氣……氣——」

「是氣流！」

美斯特魯艾庫西魯不斷轉動著球狀的頭部。

「嗯，氣流！我、我聽到了。就在附近！」

「很好，與之前的自然風方向相反……跟計算的一樣，『微塵暴』就在附近。在海邊的城市已經證明過，以我的戰車機魔（chariot golem）的機動力也能輕鬆追上『微塵暴』。真想讓米魯吉那傢伙看看哪。」

「好厲害！我的，兄弟，好厲害喔！哈哈哈哈哈！」

兩人所乘坐的奇異車輛嚴格來說並不是車，而是專門用於移動的戰車機魔。儘管不是美斯特魯艾庫西魯那種具有堅定意志的個體，它還是能透過詞術自動運作，以超越這個時代常識的速度行駛。

「……這段因緣與你並非毫無關係，美斯特魯艾庫西魯。」

常人終其一生都不會遇見的邊境異常氣候現象。對她而言，則是難以忘懷的名字。

「不只這傢伙，很久以前你還有幾千個哥哥。我曾經擁有過一個國家，就在依塔其隔著亞瑪加大沙漠的另一側，那是個機魔之國。」

「是、是這樣啊！哥哥！媽媽的，國家！好厲害啊！」

「——嘿，很厲害吧。但我的國家被毀得亂七八糟，你的哥哥們也全都被殺了。『微塵暴』那個混帳……那個該死的傢伙竟然『跑出』沙漠。之前明明完全沒有那種跡象，卻只有在摧毀我的國家時突然行動。它前往黃都時也是那樣吧——人類的國家一旦擁有力量，『微塵暴』那個混帳就會跑去摧毀他們。就我所知，那是最差勁的該死災害。」

齊雅紫娜天生具有卓越工術才能，她從小就沒有心情好過的時候。唯有在對其他人使用暴力，或是操作機器時才會笑。

就連自己不知從何時開始被稱為魔王自稱者，甚至與大部分的人族為敵，齊雅紫娜還是一樣維持那種不開心的態度，既不灰心也沒有喪志。自己以外的人族在本質上都是惹她不悅的存在，所以她厭惡世界。既然如此，世界厭惡自己也是理所當然的。

「竟敢瞧不起我。力量有什麼不好。」

出於這個原因，真正讓她發怒的對象其實很少。

當許多學者在她留下的拿岡大迷宮周圍建立都市時，她感到相當傻眼，卻沒有生氣。只是放著不管順其自然。

輪軸的齊雅紫娜真正憎惡的對象，是「殺害孩子的人」。

「技術是不死的，科學不會放棄。不管對手是『微塵暴』還是什麼，你是個永遠不會被殺害的孩子……美斯特魯艾庫西魯。你是個無敵的孩子，能盡情揍死所有看不順眼的混帳，一路贏下去！」

「哈哈哈哈哈哈！就算哥哥死掉了，也、也沒關係喔！因、因為我是最強的！最強！我會實現，媽媽的願望！」

「……是啊。在你找到自己的願望之前就先這樣吧。真正無敵的人可以輕鬆實現他人願望。去讓『微塵暴』知道，憑它那種程度是無法與你抗衡的！」

輪軸的齊雅紫娜打算和災害大幹一場。

——無論敵人是超越人類智慧的殺戮氣候現象，還是「真正的魔王」。輪軸的齊雅紫娜只期望一樣東西，那就是不受任何威脅阻撓的自由。

她駕駛的戰車機魔衝到峽谷的出口開闊處，那裡是最適合迎戰微塵暴的地點。

不過，在她行駛方向的前方……

「喂，是哪來的笨蛋啊？」

有一個龐大的人影。而目前正處於微塵暴即將逼近峽谷的狀況。

不帶馬車獨自站在這種地方，形同志願自殺。

「媽媽！媽媽！好厲害喔！有好多，劍耶！哈哈哈哈哈！」

「……劍？」

齊雅紫娜瞇起眼睛仔細望去。

戰車機魔的巨大質量突然翻倒。

美斯特魯艾庫西魯瞬間對毫無前兆的斬擊做出反應，抱著齊雅紫娜跳了起來。被一直線橫向砍斷的六個輪子殘骸在空中飛舞，重重地摔在地上。

「你是什麼東西，還真有禮貌啊。」

「……交出爆破魔劍。」

對方是一位姿勢如野獸般前傾，體型高大的山人。

他揹著數量荒誕無稽的劍，如死神般的眼神緊盯著齊雅紫娜他們。

一瞬之間砍斷戰車機魔車輪的武器是具有巨大鐮狀刀刃的斧槍。

那是魔劍。

「哈哈哈哈哈！你是誰啊！看起來好強！劍！好、好帥啊啊啊！」

「我要宰了你，報上名來。」

據說魔劍持有者遇到他是無可避免的命運。即使他一度死過，落入地獄也不會中斷這種命運的到來。

「駭人的托洛亞。」

而現在，查利基司亞的爆破魔劍的持有者是——

◆

在美斯特魯艾庫西魯與托洛亞的交戰地點遠處的山崖上。有個人利用不會被兩者發現的遠距離及隱蔽能力觀測著狀況。

他的腳下擺著一張畫上細密方格線的古馬那峽谷地圖。

是戒心的庫烏洛。他正透過通信機與古馬那交易站的本部進行報告。

「報告觀測狀況。輪軸的齊雅紫娜和護衛的機魔正與身分不明的劍士交戰……不對，劍士與他們勢均力敵。以我所見……那是魔劍。」

機魔的右臂瞬間變成多支槍管集成一束的武器，朝前方噴濺出火線之雨。

魔劍士揮動的劍看似碰不到機魔，槍身卻受到某種干涉而偏離原本方向，暴風雨般的砲火歪向一邊，他一個箭步衝進因此產生的空隙之中。另一把劍劃過機魔，立刻製造出劇烈的火球。魔劍的能力引爆了機魔。

（發生什麼事？）

這一連串的狀況完全超乎庫烏洛的想像。

（這場戰鬥如果拖延太久，微塵暴就會抵達「這裡」了。那個輪軸的齊雅紫娜……最強的工術士會被捲入這種災害而死嗎？）

現場更有一位身分不明的魔劍士。

他具有勝過齊雅紫娜製的機魔的實力。根據庫烏洛的確認，他一個人就使用了三種以上的魔劍。能夠符合那種例外的存在，就庫烏洛所知只有一個人。

「那是幽魔嗎？吶，還是屍魔……」

藏在風衣裡的丘涅不可能看到戰鬥的畫面。但她光是聽了庫烏洛的報告，就能理解這則報告意味著什麼人物。

「……你以為是照理已死的怪物復活嗎？屍魔及骸魔的外觀都和被當成素材的人一樣，然而屍魔的心臟不會動。」

只要睜大眼睛將注意力集中於一點，力量衰退的庫烏洛還是看得見。

「那傢伙的心臟在跳動。」

「那就是，吶，冒牌貨嗎？有可能是托洛亞死後碰巧撿到魔劍的人。」

「或許如此……但無論是屍魔還是冒牌貨，這種推測可能都沒什麼意義。」

美斯特魯艾庫西魯點燃了背後的噴射火焰。托洛亞躲過了以音速逼近的敵人。雙方擦身而過，就在劍士以超高速移到揮劍可及的後方位置時，機魔反手朝他舉槍。射擊聲。槍身碎裂，爆炸。

槍口塞著結晶構造般的物體。在雙方擦身之際，托洛亞也對槍身投出了魔劍。那把魔劍能以冰霜般的微小結晶侵蝕劍身接觸之生命，名為巴及基魯的毒霜魔劍。它的致命性即使面對機魔也不例外。

托洛亞轉身面對敵人，同時拉動鋼絲，剛才擲向槍身的魔劍瞬間回到了手上。他利用無數纏繞在身上的鋼線，可以同時運用多把魔劍，簡直是惡夢般的技術。

「至少在那裡……有個可靈活運用多把魔劍，還能與齊雅紫娜的機魔互相廝殺的怪物存在。是駭人的托洛亞，那傢伙還活著。」

◆

輪軸的齊雅紫娜在距離戰場稍遠的位置檢查車輪已修復的戰車機魔的運作狀況。她把這臺機魔造得十分耐用，隨便翻倒也不會損壞。不過既然要對付微塵暴，預料之外的故障說不定會成為致命傷。

她一發現故障的零件就立刻以工術製造、替換。齊雅紫娜從初次造訪的土地的土壤建構出機械零件，光是這種工術就已經是常人所不能及的絕技。

「很行嘛，這個混帳真讓人不爽。」

她嘖了一聲。兩名修羅持續戰鬥，美斯特魯艾庫西魯占了下風。

在臂力與速度上，毫無疑問是美斯特魯艾庫西魯比較強。但駭人的托洛亞靠著他的戰鬥技術與反應能力壓制了對方。

「美斯特魯艾庫西魯，看結晶！那玩意兒是會侵蝕的魔劍！」

「哇，手、手！我的手啊！」

剛才引爆槍身的微小結晶眼看著就要沿著左臂蔓延到美斯特魯艾庫西魯的身體。肩膀表面冒出一條火焰，左臂掉到地上。是它主動分離的。

「我的手！沒有啦！哈哈哈哈哈哈！」

「我不只要你的手。」

托洛亞甩出另一把魔劍，翻轉劍刃。

「還要你的命。」

他接下來的一連串動作是一次斬擊，但依舊沒碰到美斯特魯艾庫西魯。其裝甲底下卻被劃出無數切痕。神劍凱特魯格。無視所有阻擋，隱形的延伸劍刃甚至能直接劈開位於鎧甲內部——機魔的弱點生命刻印。

「我、我還沒，輸喔！」

他閃過突如其來的槍擊。美斯特魯艾庫西魯看起來毫無停止活動的跡象。

（……沒有砍中生命刻印？這個機魔的核心在哪裡？）

剛才以火球砸中機魔的魔劍——聶爾．崔烏的炎魔劍對這個敵人的裝甲沒效。法依瑪的護槍自動的本能防禦在面對以驚人速度連續發射的子彈時也派不上用場。

有辦法對付這個敵人的魔劍，是從接觸部位以結晶體造成侵蝕的巴及基魯的毒霜魔劍，以及具有隱形劍刃的神劍凱特魯格。

這樣就夠了。

「無所謂，我只要猛砍你的全身，直到你交出爆破魔劍就好。」

「嗯……托洛亞是，誰、誰的孩子？」

「什麼……？」

這個詢問出乎他意料。既然已經規劃好戰術，照理來說最恰當的行動應該是不給對方機會，立即揮劍攻擊。

「我是美斯特魯艾庫西魯！曾經和、和很多的，魔族孩子，戰鬥過！托洛亞也是，托、托洛亞的媽媽，製造的吧？因為你很強！」

「……我是駭人的托洛亞。」

雖然這個機魔剛才做出那麼無情又致命的攻擊，卻沒有可稱之為敵意的意志。有開戰理由的是托洛亞。

「交出爆破魔劍！」

魔劍士以感覺不到他揹著龐大數量魔劍的速度衝過去。對準美斯特魯艾庫西魯缺乏應對手段的左側，準備用毒霜魔劍直接結晶化它的軀幹。

面對托洛亞的逼近，對方可能用剛才展示過的燃料推進拉開距離。到時候就可以趁著機魔加速的瞬間，刺出神劍凱特魯格的遠程突刺「啄」，破壞平衡使其摔倒。

美斯特魯艾庫西魯一動也不動。

（它這是——）

以鎖鏈掛在腰際的自動迎擊魔劍，法依瑪的護槍起了反應。有物體從下方飛來。毒霜魔劍打落了來襲的攻擊。是美斯特魯艾庫西魯那隻正在結晶化的左臂。

（它企圖反過來「感染我」！沒想到連從身體分離的部位也能活動！）

「『艾庫西魯號令於美斯特魯。水銀之鰭。貪食之鏡。配合雲海天秤。』」

就在托洛亞防禦左臂攻擊的一瞬之間，機魔已經完成了誇張到不可能的複雜詠唱。

美斯特魯艾庫西魯重組了右臂的構造，變成有如往後延伸的長管大砲。還附著像箱子的裝置和瞄準器。托洛亞已經揮出一隻手中的魔劍。

「『——服從吧』，『FIM－92C刺針RMP。』」

「『啄』！」

就像抵禦第一次的格林機槍那樣，神劍凱特魯格打偏了兵器的瞄準。速度快得嚇人的飛行物體朝正上方射出。

——那是以二．二倍音速飛行的小型飛彈。

飛彈追蹤的熱源正是托洛亞目前擋住的美斯特魯艾庫西魯左臂。

分離左臂阻止對軀幹的侵蝕，將其當成遠程攻擊手段拖住托洛亞的腳步，詠唱工術，用盡一切應對手段對付具有無數攻擊方式可選擇的魔劍士。

（不妙。）

飛彈比法依瑪的護槍的反應速度還快，劃破空氣的聲音告知了它的到來。然而，已經來不及了。

就在神劍凱特魯格刺出「啄」的下一秒。

「喔喔喔喔喔喔喔！『高……嗚』！」

托洛亞揮出以鋼絲纏在上臂的聶爾・崔烏的炎魔劍。

熱浪瞬間騰空躍起。刺針飛彈的動作被有如太陽閃焰的異常熱源擾亂，撞上高聳峽谷的山壁後碎裂。

他不用手臂，而是僅以上半身的肌力強制發動魔劍的奧義。

那是沒有托洛亞的體格就無法達成的絕技。

縱使他看到飛彈在空中改變軌道，就推論出那應該是以燃料推進的判斷，因此救了自己一命。不過成功干擾飛彈的並不是他預期的燃料誘爆，而是攻擊發出的熱能本身。

「『滴下全土劫火的懷念怪彩的到來不見對準動脈下焦的斑斕之喙——』」（aresot hechat locoysodbroitenent pit abmalsbideklais saiber）

（這傢伙——）

美斯特魯艾庫西魯恢復右臂原本的結構，並且以土壤造出失去的左臂。

（——絕非沒有智慧的機魔。它看穿我的招式與速度，採取應對行動。）

它學會若是煉造重型武器再進行瞄準，起手就會被「啄」阻止。因此選擇不瞄準也沒有問題的追蹤彈。

「哈哈、哈哈哈哈哈哈！我，很強！媽、媽媽……說過誰也殺不死我，所以我不會死！」

機魔仍然沒有敵意，卻還是如同機械確實地選擇最恰當的戰鬥行動。應該沒有其他如此恐怖的戰鬥對手吧。簡直就是另一尊鋼鐵死神。

（得想辦法對付它。如果不更徹底地將自己的一切交給魔劍，我就會輸。）

他下意識地抬起右手。魔劍彈開了從側邊灑過來的槍彈暴雨。

那把劍以無數的楔型釘構成，由於能以磁力更換排列方式，讓它能變成盾也能變成劍。其名為凶劍賽耳費司克。

剛才的攻擊來自與美斯特魯艾庫西魯不同的方向。

「別再搞搶奪魔劍這種蠢事了。」

（……這傢伙也使用兵器啊。）

是輪軸的齊雅紫娜。她坐在修復完成的戰車機魔車頂上。

不用說，齊雅紫娜懷中衝鋒槍的製造技術水準凌駕於這個世界之上，是除了美斯特魯艾庫西魯以外不可能生產的兵器。

「特別是搶『我的』魔劍。我很忙，想死得輕鬆一點就趁現在去死。」

「……你們是追著微塵暴而來嗎？」

「啥？」

「你們……到底是從誰那邊聽到微塵暴的動向？我們在這裡只是偶然嗎？」

「怎麼了怎麼了？你還是會講些有點意思的話嘛。可惜太晚啦。」

風勢越來越強勁。某個逆著自然風向而走的存在正在接近。

托洛亞身後的部分峽谷崩塌。那是一塊比房屋更巨大的岩石，卻聽不見落地的聲音。

因為石頭在落地之前就粉碎了。

那裡有道牆壁。高聳入天的那道牆壁是規模龐大的沙塵漩渦——

「『微塵暴』已經來嘍。」

駭人的托洛亞無法將視線從眼前的敵人身上移開。

面對美斯特魯艾庫西魯變幻莫測的攻擊，反應晚了一剎那便意味著死亡。他甚至不能鬆懈對齊雅紫娜那把具有異常攻擊力與連續射擊能力的槍的注意力。

更別說將萬物化為微塵的殺戮風暴正從後方逼近。

峽谷被挖去，砂石逐漸在暴風之中漂浮起來。輪軸的齊雅紫娜瞪著與她因緣頗深的敵人。

「——你來啦，『微塵暴』。有十八年不見吧？」

她以這種口吻呼喚著天候氣象，彷彿對方具有能以詞術溝通的人格。

就像亞瑪加大沙漠的小村子裡的居民所做的那樣。

「哦哦……沒想到在外面的世界也有人認識老夫啊。那麼妳可以開心了。」

事實上，那個存在真的具有自我意志。

隱藏於可怕沙塵帷幕之內的風暴之神發出洪亮的聲音。

「老夫也帶妳走吧。」

災厄抵達了。

十六◆微塵暴．亞托拉澤庫

自從亞瑪加大沙漠開始流傳微塵暴這個存在，已經過了一百六十年的歲月。暴風宛如狂暴的天神般吹襲，覆蓋整個世界的沙子掩蓋了五感。當它通過之後，什麼都不會剩下。沒有人發現其真面目後能活著離開，石造的房屋也無法阻擋那種氣候現象。毫無前兆地發生，且消失地無影無蹤。

對生活於亞瑪加大沙漠的人民而言，微塵暴並非一股有如神明的力量——它就是神。人民相信只要信奉它就能逃過神之力的摧殘，事實上也是如此。

沒有獻上祭品的村子毀滅了。

以文明之力抵擋微塵暴的村子毀滅了。

領土逐漸擴張至沙漠的國家滅亡了。

唯有蔓延著低調、堅定，近乎異常之狂熱信仰的村子倖免於難。

有個聚落與附近城市只有騎馬三天的距離。但因為那個村子遭到孤立，位處文明之光照耀不到的陰暗角落。因此微塵暴出現且消滅那裡時，根本沒人知道他們的消失。

在災厄出現的那天。

原本應該奉獻給微塵暴的亞尼，在晚上消失了。

村長接受了這個異常事件，獨自前往祠塚。他打算以自己的性命充當獻給微塵暴的祭品。

「求求您……求求您一定要原諒我們。」

他來到沾滿孩童祭品之血的祠塚，死命地將頭抵在地上。

原本應該在那裡的碎骨，還有祠塚後面的死者們，在一夜之間全都化為微塵消失了。

「微塵暴之神。求求您，求求您。我用自己的血為愚蠢的亞尼贖罪，請您放過村裡的人。」

那是微塵暴的憤怒。因為它是司掌毀滅的神。

他雙手捧上一個骯髒的取水桶。

「如果您想要孩童的血，這裡有！六個不到十二歲的男孩子，今天早上……才剛絞死的！拜託您，拜託您大發慈悲……！求求您了！」

風，緩緩吹起。

無形的風中傳來聲音。

「──真難過。人類。老夫誠心為你們感到難過。」

「啊、啊啊……」

村長感到萬分恐懼。在他這一代，沒有人直接聽過微塵暴的「聲音」。

「為什麼……要做出那麼愚蠢的事呢？為了今天的獻祭而殺了許多幼兒，那麼明年的祭品又該怎麼辦？」

「這、這個……」

「打算像之前你們所做的那樣，從其他地方綁架嗎？」

「不……不是的！不是那樣的！」

神的話語皆為真實。

「這全都是為了，微、微塵暴之神的，真實信仰……！」

他們每年都必須奉獻三十二個孩童當成活祭品。

就算再怎麼逼村裡的女人每年生小孩，搶她們養大的小孩來用，數量也不足以維持村子的生存。他們偶爾不得不綁架小孩填補人數。

在因為「真正的魔王」的到來而造成周圍村莊人口消失的時代，也曾經用過剝下瘦小老人的皮，偽裝成小孩屍體的做法。在超過一百年的時間裡，這個村莊都是這麼做的。

「真實？你以為老夫不知道什麼是真實嗎？老夫知道所有這片沙漠居民的事。你們那些人生出的小孩人數，還曾經有幾年人數不足。每件事老夫都知道。」

在這個沙漠裡，取水是小孩負責的工作。那些小孩有時候在村子與取水地之間的路上遭遇微塵暴而消失。

「人數就不夠了」。

「真難過。老夫分明沒『強迫』你們什麼。你們卻自己不斷犯下那種愚蠢的罪行。人殺人，親殺子，獻上一點意義也沒有的祭品。在以你們的角度來看相當漫長的時間裡，不停地持續那種愚蠢的行為……老夫實在很佩服呢。」

它根本沒吃過他們獻上的孩童祭品。

它只是讓那些日積月累、毫無意義的屍骸擺在那邊供他們觀看。

它只是讓他們自己堆積出代表弱小與毫無價值的象徵。

這個存在，這尊神，只是在一旁看著那個畫面。

它笑了。它的內心與所說的話完全相反，根本一點也不哀傷。

「拜、拜託您！請……請您大發慈悲！不……不想死！大家都不想死！求求您，求求您！」

「絞殺了幼小的孩子，還有臉說出這種話啊。這樣啊，這樣啊，老夫真難過。」

這個存在要不要摧毀他們的村莊，從一開始就只「取決於它的心情」。

信仰毫無意義。在這個沙漠裡，所有人都只能卑微地懇求微塵暴施捨慈悲。

在那種憐憫的深處，藏著深不見底的惡意。

它的目的絕非毀滅，而是為了取樂。是為了讓自己能欣賞微小又短命的生物畏懼龐大力量，被逼向毫無意義的自毀之途的模樣。欣賞他們因毀滅的恐懼而瘋狂，將犧牲的箭頭指向更弱小者的痛苦模樣。

那個存在真正奪取的是尊嚴。

「很好，就算沒有意義，那份感情與信仰確實令人為之動容——啊，不過似乎有點膩了。老夫就賜予你引導之日，帶你走吧。你們不是相信有『什麼』引導之日嗎？當然，老夫也會一併賜給你村落裡的所有人。」

「這、這個……啊，請高抬貴手，不要這麼做……」

「你為什麼傷心？這不就是你們期盼的恩惠嗎。怎麼了，開心點啊？」

那個巨大的存在並非具有實體的神明，而是另外一種東西。它從地面揚起了頭。

村長不敢抬頭，他不敢看那令人恐懼的微塵暴。

不敢抬頭的他，眼中流下絕望的淚水。他也多次獻出了摯愛的孩子給了這個存在。七歲的兒子、兩歲的女兒、五歲的兒子。

將萬物粉碎成微塵的微塵暴，不是什麼天候現象。

而是那個存在使用強大力術後的產物。

如果在這個世界上，災害本身有可能是具有力量，擁有生命的生物——

那就比真正的災害更可怕。

「開心點吧。」

「小、小人……不甚，欣喜。微塵暴之神……！」

「啊啊，原來如此，原來如此。竟然瘋成這樣。真的是令人佩服的信仰。看在那無藥可救的愚蠢份上，老夫不會在消滅你之後摧毀你的村落——」

因為在那種災害之中，或許存在著惡意。

「而是在你之前先摧毀他們。」

◆

——時間回到現在，古馬那峽谷。

不分自然地貌或人類都市，一視同仁地摧毀蹂躪的微塵暴，如今正與兩位超越人類智慧的修羅展開對峙。其中之一的美斯特魯艾庫西魯，正是創造來殺死它這種災厄的終極兵器。

「美斯特魯艾庫西魯！你可以自由發揮！」

輪軸的齊雅紫娜在戰車機魔裡大喊。以爆破魔劍為首的物資已全部搬到駕駛座旁，因為就算只有稍微暴露在微塵暴之中，那些東西也很容易磨損。

「哈、哈哈哈哈！『腐液之畔為四。說話的巢穴。編織深邃的眼瞼——』」（irokems fainek tostemkold eporosica quona）

托洛亞在美斯特魯艾庫西魯詠唱的同時展開攻擊，目標是持有魔劍的輪軸的齊雅紫娜。機魔立刻發動燃料噴射衝上前，以巨大的身軀擋住魔劍。

「哈哈哈哈哈哈哈哈哈！」

「……」

托洛亞已經預測到攻擊受阻。因此，他拔出的是毒霜魔劍。美斯特魯艾庫西魯以前傾之姿，用肉身阻擋魔劍。結晶體從接觸點開始覆蓋了它的胸部。

……不過，正當雙方接觸的這一刻。美斯特魯艾庫西魯在背後造出的細長箱型發射器已經越過托洛亞瞄準了微塵暴。

「『……銘刻吧asbims』，『DAGR』。」

這次輪到托洛亞仰身迴避。連續發射的導引火箭從後仰的他面前穿過。不斷插入微塵暴的沙塵隔層之中。

沉悶的爆炸聲響接連響起。

睥睨全場的巨影從沙塵之中浮現而出。

「嗯，原來如此，原來如此。還有這種抵抗方式嗎？」

在每一發都能貫穿「彼端」戰車裝甲的火箭彈連續轟炸之下，微塵暴的帷幕被炸開，顯現出裡頭神明的真面目。

「真可憐。」

——是蛇龍。

經過突變而得到強大力量的古老蛇龍，就是亞瑪加大沙漠那具有意志之災厄的真面目。

過了一瞬，比剛才更厚的沙塵帷幕重新再生。沒有對牠造成絲毫的傷害。

以驚人的動量與數量毫無間斷地摩擦彼此的沙塵暴足以毀壞一切。只要從呼吸器官侵入，就能從體內將受害者切成微塵。

敵人悠哉地慢慢接近。它本身的存在就是攻擊。

「這個世界的一切都是弱小的微塵。不過是隨風吹起排解老夫無聊之情的微塵。」

規模足以與地形移動匹敵的大量沙礫。

如果那每一粒沙子都在一隻蛇龍的力術影響之下——

微塵暴就擁有凌駕包含「彼端」在內，世界上所有防禦能力的不壞粒子層，還可以成為對外來攻擊發揮反方向抑制效果的反應裝甲。

就算貫穿所有防禦，蛇龍的鱗片本身還具有如同城牆的防禦力。那種超乎一般規格的巨大軀體，更是光靠力氣就能壓潰所有地上生物。

而蛇龍所獨有的，透過骨傳導傳達詞術的能力，可以讓牠「持續不斷」地維持怪物級規模的力術。

「……怪物。」

連駭人的托洛亞都下了這種評語。

「來吧，要把你們也變成微塵嗎？」

牠就是一種災害。而且不但天生是災害，還擁有享受以力量為生命帶來死亡，看著生命陷入瘋狂為樂的殘暴人格。

——這個災害有個名字，其名為亞托拉澤庫。

沒有任何人呼喚過那個名字，因為牠是一種災害。

此人可侵入一切縫隙削掘內部，身具無法防禦的粒子攻擊。
此人不具任何脆弱之處，身具無法攻破的粒子防禦。
此人可無窮無盡、無限制地使用宛如天神之權能。
牠是以毀滅帷幕掩飾其真面目，凌駕生命的災害化身。

力術士（ruler），蛇龍。

微塵暴・亞托拉澤庫。

十七◆殺界

「這可是魔劍攻擊範圍內喔，美斯特魯艾庫西魯。」

美斯特魯艾庫西魯選擇以導引火箭彈攻擊亞托拉澤庫。因此它停下腳步，在近距離與托洛亞對峙。它讓駭人的托洛亞，地表上最強的魔劍士貼到如此近的距離。機魔打開機體前方的燃料噴射口。

「——沒用的。」

美斯特魯艾庫西魯的裝甲內部噴出火焰。它的體內發生爆炸。

「喔、喔喔喔喔啊啊！失……失火！失火了！」

魔劍士已揮出了兩把魔劍。

一把是聶爾·崔烏的炎魔劍。另一把他在這場戰鬥中初次使用的劍是——

「……聶爾·崔烏的炎魔劍，姆斯海因的風魔劍。」

風魔劍產生氣流，將炎魔劍的熱能灌入敵人。強制空氣從燃料噴射口逆流進去，在內部點燃燃料引發爆炸。齊雅紫娜大喊著：

「美斯特魯艾庫西魯！」

「自傲的機魔被解決掉嘍，輪軸的齊雅紫娜。下一個就是妳了！」

托洛亞踢開停止行動的美斯特魯艾庫西魯的巨大身軀，奮力躍起。拔出神劍凱特魯格，準備從遠距離刺殺人在車裡的齊雅紫娜。這時又有其他槍口對準了他，是戰車機魔的機槍。

他在空中揮動神劍凱特魯格，以遠距離斬擊打歪機槍的槍口。托洛亞的巨大身體越過砲火，落在戰車機魔的貨臺上。

「交出！爆破魔劍！」

「誰會給你啊，白痴！」

巨大的鋼鐵之手突然從旁邊伸過來，想捉住托洛亞。

托洛亞壓低身體躲開，以纏在上臂的毒霜魔劍砍了過去。

「喔、喔喔喔喔……不准，靠近，媽媽！」

是美斯特魯艾庫西魯。它瞬間自我修復了噴射口。誇張的生命力。

剛才的攻擊對軀幹造成的結晶化應該已經影響到它的體內深處。這具機魔的生命核心似乎不在那個位置，不過……

「失算了啊。在這種距離——」

托洛亞避開美斯特魯艾庫西魯打開膝蓋露出的槍口所發射的子彈，再次砍出魔劍。機魔做出以左臂揮拳的動作，隱藏於頸脖處的槍卻噴出火光。迴避，再隨手補上一劍。一切都如同他的預測。

「你就無法使用會波及齊雅紫娜的『大型槍械』吧。」

「嗚、嗚喔，喔嗚嗚嗚嗚～！」

這場戰鬥中第一次出現在格鬥戰時混入單發射擊槍械奇襲的戰術，不過仍在托洛亞的預測範圍內。這具機魔可以將全身任何部位隨心所欲地變換成武裝。

「該死！現在不是做這種事的時候！『微塵暴』來了喔！」

戰車機魔載著正在進行壯烈戰鬥的雙方，強行出發。暴風摧毀後方路徑上的所有事物，追了上來。

美斯特魯艾庫西魯望著煙塵中如潮水般流動的景色，內心備感焦急。

「啊……必須解決掉，微塵暴！可是，又得，打倒托洛亞！可是……」

機魔以怪物級的臂力與全身的火砲勉強保護齊雅紫娜不受猛攻所傷。它的肉體表面積有一半已被侵蝕結晶覆蓋，不過最優先事項仍是保全齊雅紫娜的性命。

它有辦法完全恢復其機能。就算機魔的部分完全被結晶覆蓋，只要「共有詛咒」尚在，機魔內部的造人就不會一同被殺死。然而在它完成自我重新建構前的一瞬間，駭人的托洛亞就可以趁機殺死輪軸的齊雅紫娜——

「無須害怕，小東西。」

從天候現象發出的聲音迴盪在整座峽谷之中。

「那種畏懼害怕的逃跑模樣，真是滑稽又可悲。」

微塵暴的帷幕以肉眼可見的程度加速了。如果它的本體是蛇龍，那就是這個世界體型最大的陸地生物。而且就像鳥龍在空中那樣，蛇龍這種經過進化適應地面的龍族也具有力壓其他生物種的機動力。

只要敵人有那個意思，戰車機魔全速行駛應該也甩不掉它。

「喂，托洛亞！給我滾下去！」

被結晶侵蝕的美斯特魯艾庫西魯終於跪了下來。當駭人的托洛亞的傳說出現後……無論那些實際存在的英雄多麼強大，只要在魔劍的攻擊範圍之內，就沒有人能戰勝駭人的托洛亞。無敵的戰鬥兵器逐漸受到壓制。

忙著駕駛戰車的齊雅紫娜大喊著：

「速度拉不上去！快要被『微塵暴』那傢伙追到了！你這傢伙到底有多重啊！」

「……交出爆破魔劍！難道那把魔劍值得妳與它同歸於盡嗎！」

「我、才、不、要！與其聽從你那種混帳的要求，我還不如去死！」

爆破魔劍不過就是一把劍，兩人都心知肚明。

「輪軸的齊雅紫娜，絕不屈服於他人！」

鐮刀狀魔劍刺穿美斯特魯艾庫西魯。被細微結晶侵蝕的裝甲已經脆弱到擋不住劍刃。即使它還能詠唱詞術，肉體也跟不上動作了。

「嗚……媽、媽媽……」

托洛亞反轉手腕，以鉸鍊機關取出新的魔劍。

然後，轉身朝後方橫向一揮。

「……風……魔劍！」

從後方迫近的沙塵被這麼一揮，偏過戰車機魔削掉旁邊的岩石。

如果托洛亞沒有即時以風魔劍應對，他們就會全滅了。

接觸到微塵暴就意味著死亡。那是無論齊雅紫娜、托洛亞或任何人都會死的滅絕世界。

（竟然在這種時候被追上！都已經打倒美斯特魯艾庫西魯了……！等等，不對……）

朝著後方，托洛亞又揮出了一次斬擊，

他不得不持續使用風魔劍阻擋微塵暴的氣流。只要一停手，眼前就是瞬間死亡的世界。如今他必須為了打倒敵人輪軸的齊雅紫娜而保護她。

（齊雅紫娜是故意「放慢速度」！把我這個敵人丟給微塵暴處理！……而且……在我必須抵禦風暴的這段時間裡——！）

「『——連結雙天的太陽漩渦集散於千尋貫穿樓閣落花與陰影的渺茫石陣的轉動乃是無疆。』」

（emfectas neos yactectenaoathal bagneteha usvasvetmotosye inqdorteae）

美斯特魯艾庫西魯的超絕工術甚至可以建構自己的肉體。

不過，它不只能造出自己。

「幹得好，美斯特魯艾庫西魯！你做對了！」

鋼鐵指尖企圖捉住托洛亞的腳踝。他透過法依瑪的護槍的反應察覺攻擊，以毒霜魔劍回擊。視線投向坐在地上的美斯特魯艾庫西魯。這手指不是它的。美斯特魯艾庫西魯仍處於停止機能的狀態，一動也不動。

「OOOOOOOOOOOO——」

「太誇張了！」

是另一具機魔。它和美斯特魯艾庫西魯，或是他們所乘坐的戰車機魔完全不同，是青銅色的空洞機魔。他揮動風魔劍，防禦逼近到眼前的微塵暴。

「ROOOOOW」

背後又出現另一個氣息。炎魔劍。炸開身體，踢下行駛中的車輛貨臺。

第二具了。原本不存在於這個貨臺上的機魔，「正在增殖」——

「『深青的空想神殿沉於水銀之中路上繪製的隨想畫完成生澀結晶預言的九千之言（harq icketems senkadidenket mou odasdionrisner fines opponiswem seltegnestia）——』」

「美斯特魯艾庫西魯……這傢伙……這傢伙是——！」

古馬那峽谷的土壤、岩石逐漸被工術改變，製造出軍隊。

停止戰鬥行動，集中注意力使用詞術的美斯特魯艾庫西魯連這種事也做得到。

「……製造機魔的機魔嗎！」

沒有意志的機魔軍團一個勁地衝入微塵暴，企圖壓制本體亞托拉澤庫。

「喔喔，想要反抗老夫嗎？脆弱，太脆弱了……好吧，很好。老夫當然允許這種無意義的抵抗行為。唯一的遺憾是它們不會哀號。」

微塵暴的速度減緩了。風暴中傳出了鋼鐵扭曲的聲音與火藥爆炸聲。

以機魔的複合裝甲耐用度，只要不將順利歸返當成前提，衝入微塵暴之後仍能對本體進行充分的攻擊。

美斯特魯艾庫西魯所做出的判斷不是自我再生，而是「對付場上所有的敵人」。

「……我來講解一下美斯特魯艾庫西魯的機能吧，駭人的托洛亞。它同時能存在的本體只有一個，否則互相參照的共有詛咒就無法發揮機能。但若反過來想呢？」

「齊雅……紫娜！」

「那就能無限製造出不具意志的個體啊！」

再次加速的戰車機魔暫時脫離了微塵暴的暴風圈。

然而托洛亞必須應付的威脅反而變多了。充滿整個貨臺的機魔殺向托洛亞。

（這些機魔到底有多少具。如果它可以無限生產……！）

神劍凱特魯格的斬擊削掉裝甲內側的生命刻印，一臺機魔就此崩解。但他不可能靠這個方法接連對付數量眾多的機魔。

即使沒有不死的特性，即使不會使用製造異常兵器的詞術，它們的身體能力和裝甲與本體美斯特魯艾庫西魯仍然完全一樣。

「……不對，果然——」

雖然被逼到貨臺的邊緣，托洛亞仍看出了勝算。
「還是有……極限吧，輪軸的齊雅紫娜。」
「啥？」
——「鏗」的一聲響起。
亞托拉澤庫的聲音如此說道。
「看仔細了。」
那是被彈出暴風的殘骸撞上戰車機魔的聲音。機魔的身體有一半以上被削掉。那種毀壞狀況與過去被這個氣候現象摧毀的齊雅紫娜軍隊完全一樣。
無論機魔具有多麼堅固的裝甲，只要本體被破壞就會死。即使突破了風暴，還有蛇龍大到遮蓋整個視野的強韌下顎及巨大質量的尾巴等在前方。
「就用那雙眼睛仔細確認，你們人類的火與機器對老夫是否有用吧。如果你們能為得到答案而心滿意足，老夫也就滿足了。」
——微塵暴追了上來。
「嘖，你是說超載啊……！微塵暴那個混帳……」
「來吧，妳該怎麼辦！一旦毫無限制地增加機魔，行駛速度也會理所當然地減慢。妳無法以無限數量的機魔攻擊我！就打到我用完體力吧，輪軸的齊雅紫娜！」
就算是與機械對戰，那也符合駭人的托洛亞的期望。

他已經做過很多次了。

「我可以就這樣不斷揮舞魔劍直到晚上！」

「該死！停止增產，美斯特魯艾庫西魯！沒想到我自己竟然成了絆腳石……！」

她沒預想到這種狀況。這輛戰車機魔原本只是為了讓「齊雅紫娜自己」脫離戰場而準備的。

只要她在附近，美斯特魯艾庫西魯就不可能充分發揮它的本事。

（只要我不在美斯特魯艾庫西魯附近——VX毒氣、油氣彈……什麼都可以用了！）

托洛亞仍在繼續戰鬥。他站在以超高速奔馳的車上，獨自面對無窮無盡的機魔大軍，以及微塵暴。手中握有誰也無法掌握全貌的特異武器，而且還能徹底發揮那些武器的力量。

只要有這個男人在，美斯特魯艾庫西魯就不得不保護齊雅紫娜。

（這傢伙……這個混帳，太出人意料了！）

在這場混亂的戰局裡，乍看之下齊雅紫娜陣營建立了壓倒性優勢。然而實際上進入這種狀況之後，他們的命脈就掌握在駭人的托洛亞手上。

因為托洛亞還有著破壞這輛戰車機魔的選擇。只要失去逃離微塵暴的手段，至少齊雅紫娜肯定會因此喪命。

這代表那個男人從一開始就對戰局「做出了」這種判斷。即使面對這個世界上從未有人見過的「彼端」兵器，他仍能對照已知的類似攻擊方式進行迎戰。即使此人聲音很年輕，卻展現出彷彿終生與魔劍相伴的修羅所能做出的應對能力。

他究竟是從什麼地方獲得那種年紀不可能擁有的大量戰鬥經驗？

「駭人的托洛亞……！」

「──」

然而，不斷擊殺機魔的托洛亞突然倒抽了口氣。

「時間到了，輪軸的齊雅紫娜。」

「啥？」

「這輛車實際上是機魔吧！事態會演變至此並非我的本意……但這輛車正在崩解！」

「為什麼？」

「巴及基魯的毒霜魔劍。這把劍產生的結晶體會吞食生物！無論是骨頭或鋼鐵……就算是沒有心靈的魔族，只要有生命就會被它侵蝕！也就是說……」

在機魔軍團的對面，托洛亞注視著坐在地上一動也不動的美斯特魯艾庫西魯。它已經停止機能，全力專注於生產機魔。其肉體完全被細小結晶覆蓋，還擴散到與其接觸的貨臺。

侵蝕遲早會抵達機魔構造內部的機關部位。齊雅紫娜也明白這一點。

「混帳……！」

「……我沒有打算和妳同歸於盡！交出爆破魔劍！」

魔劍士一邊與衝向他的機魔交戰，一邊將手伸向駕駛座。

「誰會給你！」

「我來解決微塵暴！」

「……！」

「我……如果是我，應該可以用風魔劍切開那傢伙的風暴前進！無論它的內部本體具有多堅固的裝甲，都可以用爆破魔劍殺死！因為我是駭人的托洛亞！」

駭人的托洛亞是敵人。不講理地搶奪齊雅紫娜的寶物，把她逼到這種窘境。

不過他是認真的。這點可以百分之百確定。

「不要……指揮我！」

戰車機魔劇烈搖晃。機關部位的損壞造成其行駛速度大幅下降，宛如死亡世界的微塵暴追上了車體。在失去平衡的車上，托洛亞企圖拔出風魔劍。然而，就像是看準了這一刻，機魔的殘骸飛了過來。

敵人是地表上最強的力術士。牠將圍攻自己的鋼鐵軍團當成砲彈丟出去。

「嘖……！」

托洛亞立刻以聶爾．崔烏的炎魔劍的爆炸對付。晚了一步。侵入體內的微量砂粒撕裂托洛亞的氣管。已經進入微塵暴的暴風圈之內了。

「很有趣的表演。老夫是第一次看到有人能抵抗這股風暴。如果你害怕地大聲哭號，老夫倒是能稍微發點慈悲。」

托洛亞打算拔出另一把魔劍。

只有站在暴風圈裡的人，才能在死前目睹其真面目。
目睹浮現於蔽空沙塵之中的身影，宛如神明般昂首而立的古老蛇龍輪廓。
「你們的下場真是可憐啊。」
——天空被劃開一個圓形破口。
能阻擋任何攻擊的微塵暴被貫穿，如隕石般的破壞力插入大地。
巨響。
震動。
地鳴。
地面炸開，撼動了世界。
「什——」
亞托拉澤庫也被震波彈開，那巨大的身體撞碎了陡峭的岩壁。
壓倒性的破壞力量劈開地殼。那股破壞力貫入地面，深不見底。
神說不出話了。那是地表上的絕對強者第一次嚐到的驚愕。
「……唔……喔喔。」
牠無法維持力術，粗喘地喘了四次。
最後，牠終於吐出一句：

「——什麼東西？」

戰車機魔翻覆了。光是攻擊帶來的衝擊波就有如此的威力。

「咕……該，死！那東西是什麼鬼！到底發生什麼事了！」

究竟發生了什麼事？

現場所有人都無法理解。唯有一個人，唯有駭人的托洛亞看到了攻擊的真面目。從天外突然飛來的不是隕石也不是炸彈。

「柱子……是鐵製的，柱子。」

而且連最強的魔劍士也看錯了。

那支鐵柱，是箭矢。

◆

賽因水鄉。

位於村外的「針山」上，目前聚集了幾位士兵。是黃都的通信兵。

而一個體型高大，足以俯視所有人的存在，正聽著通信機傳來的觀測報告。

『確認彈著點。一千一十八／三百六十二。』

「哇哈哈哈哈！照你說的準確打中目標啦！如何！微塵暴死了嗎！」

『不——沒有擊中。是……是我的目測失誤。下次會打中。』

從通信機傳出的是戒心的庫烏洛的聲音。

觀測手將眼前所見的微塵暴觀測情報透過設置於古馬那交易站的中繼塔，傳送到賽因水鄉這裡。直線距離有三十公里。以個人通信手而言是令人嘖嘖稱奇的長距離通信。這是仰賴人族最大國家黃都的人員與技術才能做到的作戰。

而有一個人可以隔著三十公里的距離，「不靠目視」就進行遠距離彈道狙擊。

「什麼嘛，真爛。不過我無所謂。」

他將另一支鐵柱搭上了弓。

那是足以匹敵其身高，二十公尺長的巨大黑弓。

就算微塵暴是人們對其一無所知，猶如毀滅之神的災害——這個世界上仍存在連那種災害都能殺死的人物。

「——只要一直射到命中就好了。」

巨人之名為地平咆梅雷。

他腳邊的黃都兵對著通信機大喊：

「第二射準備完成！戒心的庫烏洛，請告知下一則觀測情報。」

「喂，那個小東西等一下。」
拉著弓的巨人喊住了黃都兵。
「啊……？小東西？是我嗎？」
「你們就是小東西啊。重修這裡到鄰鎮的路，幫忙把艾里格家的農具換成新的。這些全部都要處理。」
「可、可是我只是通信兵……」
「那就用通信機去找大人物啦。我可是特地一大早爬起來工作。每射一發你們都得幫忙做事喔。」
梅雷舉著弓。這個男人平時不戰鬥，老是躺著，幾乎沒站起身過。
微塵暴的預測路線會經過賽因水鄉。那是能將生命或生命所居住的環境，一切都破壞成微塵的沙子。就算只是接近，那種氣候現象勢必會對他心愛的富饒村莊造成無可挽回的犧牲。
梅雷定睛望著位於物理地平線另一端的敵人，歪著嘴角笑了。
「竟然敢找賽因水鄉麻煩，你的膽子不小嘛，微塵暴。」
那是戰士的笑容。
「看我怎麼打爆你的眼睛。」
——在這個地表上，有著具有強大力量，與人們一同生活，如天神般受到景仰的人物。

兩尊神展開了戰鬥。

◆

「……打歪了！可惡！看、看得見……我應該看得見啊……！」

戒心的庫烏洛快要把掌中的通信機捏壞了。

地平咆梅雷必殺的一射，打歪了。

——這種超乎尋常的遠距離狙擊就是黃都的王牌手段。無論微塵暴是具有本體的什麼東西，或是真正的自然現象，這個手段都能徹底地消滅它。

如果庫烏洛擁有天眼的異能，這一擊就命中了。他應該能準確地預測亞托拉澤庫的下一個動作。至少，過去在「黑曜之瞳」的他做得到。

他就是被期待能做到這件事。他的身上背負了無數條性命。

「吶，庫烏洛。風太強了！很危險。趕快走吧。」

「……不行。就算在這個距離也打不中。必須在更近的距離觀測。這個位置以現在的我是不行的。」

庫烏洛痛苦地咬牙，自言自語著。

輪軸的齊雅紫娜與駭人的托洛亞正在戰車機魔上進行壯烈的戰鬥。他們逃出了微塵暴的暴風圈。三方互鬥的戰線不斷往後拉，致命的災厄來到原本於遠距離進行觀測的庫烏洛附近。庫烏洛自己已經不在安全圈內了。

並非修羅，只是觀測手的他既沒有預期與微塵暴交戰，也沒有做好氣密處理的戰車機魔，更沒有風魔劍與使用魔劍的絕技。他一無所有，一旦被風暴吞噬就死定了。

「……那傢伙的真面目是蛇龍。靠著力術或某種能力讓微塵暴圍繞在身邊。黃都從一開始就知道這件事。這傢伙具有意志，所以才會攻擊文明之地，攻擊人類村莊……」

剛才那次射擊讓人窺見的本體，此時已隱藏在厚重的沙塵之中。

與大地本身相同的密度，雷鳴般不斷迴盪的巨響。庫烏洛的知覺連地平線的另一端都能正確地辨認。然而，他看到太多畫面，也聽見太多聲音了。

微塵暴在隱匿其真面目的機制上，也如同一座難以攻陷的要塞。龐大過頭的情報擾亂了他的注意力。

「目標不一定只待在風暴的中心點。力術的影響範圍應該是根據那傢伙的意志決定。牠以中心點發出的沙塵回音感知周圍狀況。我可以利用那種感知機制……不對。推測沒有意義。不能相信看不見的事物。要看，要看到才行──」

「我、我可以……吶，就像平時那樣，庫烏洛。我去觀察也行……！我、我想要幫上忙！要是沒有打倒那個東西，一切都會變得一團糟──」

「……別開玩笑了！」

一旦進入微塵暴的暴風圈裡，丘涅小小的身軀就會瞬間被撕裂而死。這已經不是能否觀測的問題。

「妳為什麼想無意義地去送死！妳不怕死嗎？」

他緊緊抱住風衣裡的丘涅。不讓死亡的世界看見她。

「庫、庫烏洛……」

「本部。現在報告觀測結果。一千一百二十七／三百五十五……！」

蒼穹的深處光芒一閃，畫出弧形下墜彈道的終點。

距離明明遠得驚人，攻擊的出現與觀測結果的報告之間只有短暫的一瞬間。

接著，天地遭到貫穿。

「又……沒中……！」

亞托拉澤庫的沙塵帷幕被扯下。不過，也就只是這樣。

——彈著點並沒有偏離指示的地點，有偏差的是庫烏洛的觀測。

他明明賭上了性命，卻看不見。

能力正在持續衰退。不只是沒有理由的天賦才能……他的感官能力遲早會衰退到弱於常人。

那天將會毫無理由地到來。閉上眼後迎接死亡的時刻或許就是現在。

他正在不斷失去。過去的鮮豔世界從指縫間一點一滴地流逝。

（我……我明明應該看得見啊。）

「庫烏洛。沒問題的，庫烏洛。」

丘涅那沒有絲毫根據的安慰，實在太空虛了。

◆

「媽、媽媽！」

齊雅紫娜差點被撼動大地的流星帶來的撼動震倒，美斯特魯艾庫西魯趕緊伸出大手救了她。

理應潰散的四肢已經完全再生，目前的狀態形同毫髮無傷。

「我、我復活了，喔！哈哈哈哈！因為我是，不死之身嘛！」

「哈……！竟然直接用工術變化結晶體！真不愧是我的孩子。就算對手是魔劍也能完全剋制！了不起，美斯特魯艾庫西魯！」

「哈哈哈哈哈哈哈哈哈！」

「——總之先對付駭人的托洛亞，不殺了他就沒辦法處理微塵暴。集合機魔，叫它們一口氣圍上去擊潰他！」

「……沒有那個必要。」

聲音來自翻覆的戰車機魔附近。托洛亞從被甩到地面的物資之中撿起一把魔劍。

「我拿到爆破魔劍了。」

「你、你這個混帳！」

在這個混亂瘋狂的戰場中，必須應付的狀況實在太多了。即使身為同時具有最頂級的知識與精神力的魔王自稱者，輪軸的齊雅紫娜仍只是一位人類老婦。

駭人的托洛亞試揮了一下魔劍，炸碎身旁的岩石，確認那是真正的爆破魔劍……接著他沒有理會美斯特魯艾庫西魯，而是轉身面向正在前方遠處猛烈吹襲的微塵暴。

「我理解這把劍了。那就來完成先前的約定吧，輪軸的齊雅紫娜。」

「……你到底在說什麼？」

「我要打倒微塵暴。」

地形錯綜複雜的古馬那峽谷裡出現一條令人毛骨悚然的「道路」。微塵暴通過之處，萬物都被磨碎成微塵後消失，出現一條彷彿小孩子在黏土勞作上劃出的線條。

而地平咆梅雷的箭矢深深掘入地底，製造出看不見底的洞穴。周遭的地面隆起、龜裂，本來需要幾千年才能完成的地形變動在一天之內就發生了。

這位山人魔劍士主動踏入了這個神之領域。

「喂……你這混帳，別小看我輪軸的齊雅紫娜啊！」

狀況與剛才不同了。美斯特魯艾庫西魯完好健在，它正在這場戰鬥中生產機魔軍團。輪軸的齊雅紫娜的戰力規模已是壓倒性的強大。

「那個該死的爛東西是『我的獵物』。美斯特魯艾庫西魯！把他們全給我殺了！」

「知、知道了！哈哈哈哈哈哈哈！我會把兩邊，都打倒！看著吧，媽媽！」

「我……無所謂！」

又有一道光落在衝出去的托洛亞前方。是「地平咆」的箭矢。

與地面接觸的鐵柱在極為強大的動量影響之下瞬間失去原形，貫入地底深處消失了。

「該死，你們這群該死的傢伙！」

受傷的亞托拉澤庫不斷扭動，發出憤怒與痛苦的咆哮。牠之所以被衝擊波撞上而沒喪命，是因為牠是具有異於尋常的巨大軀體及生命力的蛇龍。

然而匯聚於此地的命運，是遠比災害更加無法理解，更可怕，超脫常軌的某種東西。

「你們做了什麼……喚來了什麼！」

「我、我完全，不知道！哈哈哈哈哈哈哈！」

「誰知道啊?反正你很礙眼啦！」

「廢話少說！去死吧，『微塵暴』！」

這一天，超絕的修羅們齊聚於世界的一點。

每個人都對彼此抱有殺意，而且皆擁有實現這股殺意的力量。

勝負即將分曉。在場所有人的宿命與凶兆交錯的殺界就此現形。

十八◆點睛

如高聳峭壁般沒有任何破綻的微塵暴帷幕有一瞬間被打散。那是不知從何飛來的砲擊貫通其絕對防禦之後的事。

駭人的托洛亞在那短暫的時間裡看清楚了敵人，毫不猶豫地跳了進去。

在這種極限狀況之下，理應被他捨去的自我意志如泡沫般浮現於腦海。

（我……為什麼會做這出這種行為呢？）

輪軸的齊雅紫娜握有魔劍，還目擊了駭人的托洛亞的樣貌。如果比照駭人的托洛亞的傳說，她就應該是必須殺死的對象，根本沒有實現約定的義務。為什麼托洛亞還會繼續戰鬥呢？

（因為我很弱，我很清楚這點。）

因為他無法成為無敵的托洛亞。住在懷特山的那段時間，他就無法割捨弱小的自己。他有所自覺，自己不是能順著魔劍的引導，當個無情死神的料。

就算明知這點，就算自己的相貌與傳說不同，他還是挺身而出。

（如果是爸爸，他應該也會這麼做。）

就算駭人的托洛亞不這麼做，他所認識的父親也一定不是會毀約的人。爸爸不可能看到信任孩子的母親，仰慕母親的孩子之後，還執意對那兩人拔劍相向。

即使現實中父親的行為並非如此，他也相信著父親。

「真可憐……你真可憐。什麼也不懂……」

蛇龍的頭蓋發出震動響聲，再次將沙子化為風暴。沙子挖掘大地，再將化為微塵的大地當成新的沙子圍繞在自己身邊。無限的氣候現象，具有惡意的災厄。

「——你不知道吧。這個世界全都是微塵。全都是區區微塵組成形體，走路移動，發出有如言語的聲音。讓老夫看看你為這個事實感到恐懼的模樣吧。」

「『渡』！」

風魔劍產生爆發性的氣流。揮出劍後仍不止息的風為他開拓出前進的道路。哪怕敵人是微塵暴，連龐大沙塵中的一粒沙也能操縱，具有地表上最強的力術，他也不會退卻。

（但在這個空間裡，要貼近到魔劍的攻擊距離之內並不容易。）

「老夫的權能會將這項事實賜予所有人。你還是跪地哀求憐憫吧！」

「你的那點權能——」

肌肉發出哀號。他以莫大的力氣強行驅動肉體，不停地發動奧義。

「對於駭人的托洛亞，還差得遠了——！」

前進。巨大的岩石夾雜在沙塵之中飛了過來。深深壓低身體，翻滾躲過。再次揮出風魔劍。

透過來自地面的震動，他察覺蛇龍本體正在移動。凶劍賽耳費司克——由無數釘子構成的魔劍，朝前方呈扇形射出。
其中一根釘子刺入敵人的身體。手中劍柄傳來磁力般的力量，告訴他這把所有釘子皆為一體的魔劍擊中了對手。
「別以為你能逃走，『微塵暴』！別想逃離我這個死神！！別想逃離駭人的托洛亞！」
「你說老夫會逃？」
蛇龍大為震怒，將下顎轉向山人。
「老夫豈會逃走！可憐啊！唉，老夫誠心為你感到可憐！你這個毫無價值的微塵！」
托洛亞穿過猛烈吹拂的致命氣候現象，終於抵達目的地——誰也沒辦法碰觸到的亞托拉澤庫的底下，毀滅之神的底下。沒有任何氣候現象能阻擋駭人的托洛亞。
因為他是跨過地獄而來的死神。
「你也……你也……！被捲入微塵之中吧！」
他向前踏了一步，手指搭上魔劍。感受著魔劍的意志，魔劍的奧義。
一斬就能殺死且毀滅對方。他辦得到。
「查利基司亞的爆破——」
天空撕裂了空氣。
突破音速的衝擊破壞了整個現場，就連托洛亞立刻揮動風魔劍製造出的防護壁也遭到貫穿，讓他的頭殼受到強烈震盪。

衝擊餘波瞬間就把賭上性命拉近距離的托洛亞推了回去，他的身體狠狠地撞向岩壁。托洛亞吐出一口從破裂的胃袋溢出的血。

——是地平咆梅雷的狙擊。

「……該死。竟然在，這種時候……」

剛才那發梅雷的狙擊遠遠偏離了目標。從托洛亞的位置來看，彈著點在亞托拉澤庫的後方。

就算如此，那一擊仍有以人類的角度來看翻天覆地，堪稱天災級的威力。

「你這傢伙……」

同樣受到強大衝擊的亞托拉澤庫上前，將托洛亞納入其攻擊範圍。微塵暴還沒被解除。

蛇龍巨大的尾巴逼近到眼前。托洛亞掙扎著想要站起身。然而凪魔劍不可能抵擋巨大質量的物理性攻擊。托洛亞死定了。

只要有那把光魔劍，炎魔劍，音鳴絕。現在還剩下的可用手段是……

然而還沒找到應對方案，托洛亞就雙膝一跪，發出呻吟。

「……！嗚喔！」

因為他突然感受到一股襲擊全身的痛楚。

那是一種彷彿皮膚底下的血肉沸騰，言語難以形容的感覺。

「喔、喔喔喔喔喔喔……！」

正準備碾死托洛亞的亞托拉澤庫也停止了動作。

因為它也遭遇了同樣的痛楚。那是不具實體，無法抵禦的怪異攻擊。

◆

「——翼穩脫殼穿甲彈（APFSDS）、凝固汽油彈，我考慮了很多種手段。」

微塵暴的外面，魔王坐在車內自言自語。她的名字是輪軸的齊雅紫娜。

「微塵暴這東西簡單來說就是幾千層的間隔裝甲。穿甲彈應該打不穿吧。而且因為那是操縱沙子與風的力術，就算以凝固汽油彈火攻也應該沒有用。」

不用說，在她身旁的鋼鐵巨人就是她的最高傑作，窮知之箱美斯特魯艾庫西魯。現在的它打開雙肩，露出八角形的金屬板。

「所以才會選擇這傢伙——指向性能量武器（ADS）。哪怕是偉大的微塵暴，也阻擋不了微波對皮下組織的感應加熱吧……！」

「我、我什麼都，造得出來喔！微塵暴！我會……幫上，媽媽的忙！」

那種痛楚的真相，是因為表皮底下的組織被直接加熱。

微波會因為空氣中的水氣而衰減，但卻能輕易穿透乾燥的沙塵。構造上雖然酷似「彼端」的毫米波武器，但這個武器的目的不在於鎮壓暴徒，而是直接殺傷亞托拉澤庫與托洛亞。

美斯特魯艾庫西魯不只能重現「彼端」的兵器——還能根據敵人的性質，將兵器的性能強化到致命的程度。

「痛苦地死去吧！讓你嚐嚐孩子被殺的母親身懷的恨意……去死吧，『微塵暴』！」

「哈哈、哈哈哈哈！哈哈哈哈哈哈哈哈哈哈哈哈哈哈哈哈哈哈！」

「喔喔喔喔喔喔喔喔喔喔！」

在慘叫聲中，構成微塵暴的沙塵落到地上。

就像它遭到梅雷的箭矢擊中的那一刻，沙塵失去力術控制時那樣。

「哈哈哈哈哈哈哈哈哈哈哈哈哈！」

「很好！有效了……啊？」

齊雅紫娜感覺不對勁。就算是微塵暴痛苦過度失去意識，這也未免太快了。

雖然只要持續照射能量，就有可能殺死它——

「……嘖！」

當齊雅紫娜見到微塵暴消散後的那片景象，她不禁砸了砸嘴。

渾身是傷的駭人的托洛亞跪在地上，卻不見她的仇敵蹤影。

被挖得坑坑疤疤的峽谷壁面開出一個巨大的洞穴。她當然很清楚蛇龍原本的生態——因此才會選用這種迫使對方動彈不得的攻擊方式。

「為什麼牠還能動……！照理來說那是足以讓意識中斷的劇痛啊！」

一般來說，越是因自己的強大而驕傲自大的龍族，就越不可能採取那種手段。但是牠們依然有可能這麼做。

「那頭蛇龍竟然逃跑了！」

只限於處在非得使用那種手段的情況下。

擁有一擊必殺權能的微塵暴，能夠潛入地底逃脫或發動奇襲。

◆

「庫烏洛，你快點——」

從懷中傳出的丘涅聲音，聽起來就像是哭泣的小孩。她應該在哭吧。

「快點逃吧。」

「咳！」

庫烏洛咳出血。他吸入微塵暴的粒子，可能只有幾粒沙。身處戰車機魔裡的輪軸的齊雅紫娜應該還比較安全——能從山崖上俯視混亂戰場的這個位置已經如此接近微塵暴。

明明如此接近戰場，他仍無法做出準確的觀測。剛才的射擊指示的精確度實在太糟糕了。

他明明看得見，明明應該可以解決敵人。然而借用了地平咆梅雷這位英雄的力量，他卻什麼也沒辦到。

「我到底在做什麼……哈、哈哈哈。」

庫烏洛斷斷續續地吐著血，悔恨地緊抓地面。

「我什麼都看不到，看不到啊。只看到一片黑暗。」

他目睹了超乎想像的終極修羅。那是庫烏洛已經失去的真實領域之力。看見那種力量，更令他深感自身的淒慘與弱小。

「吶，庫烏洛，你沒事的。所以趕快逃吧。」

「閉嘴。」

他擦了擦嘴角。如果想活命，逃走就好了。這點他很清楚。

然而那就等於證明自己再也看不見世界。對庫烏洛而言，陷入黑暗與死亡同義。

沒有人需要他。他人對庫烏洛要求的只是天眼的才能。

「妳給我閉嘴……！該死……！」

他有時候很羨慕丘涅。

她總是過得很愉快。沒有人要求她應該具有什麼才能，也不需要掠奪他人就能活下去。明明是壽命短暫的造人，她卻不會對未來感到恐懼。

「你沒事的。」

丘涅再說了一次。

山下的沙子又開始活動。亞托拉澤庫此時正潛在地底。

一旦牠重新回到地面上，肯定會再次製造出殺戮的氣候現象。

那個風暴下次可能就直接撲向庫烏洛了。絕對不能再失手。

但是，一定會打不中。

他已經無法想像出命中目標的未來了。那是庫烏洛怎麼看也看不穿的死亡黑暗。

「丘涅。無論……無論是什麼樣的人，都會有衰弱死去的時候。誰也不是無敵的。」

庫烏洛垂頭喪氣地說道。

反正無論如何微塵暴都會遭到討伐吧。如果按照預報的路徑，它接下來就會抵達賽因水鄉。

就算不需要庫烏洛的觀測，地平咆梅雷一定能親眼看見目標，讓箭矢正中微塵暴。事情就結束了。

即使庫烏洛在這裡拚死掙扎，也只能多救幾條賽因水鄉居民的性命。

「……就算是這樣，也別叫我逃跑，不要否定我的眼睛……拜託妳……」

「我沒有否定你！庫烏洛現在還是看得見喔！對不對！」

「……咦？」

愚笨的造人少女喊出令人難以置信的話。

「就是因為你一直看得見，攻擊才沒有命中！」

如果他真的看得見，攻擊應該就命中了。如果他有打倒微塵暴的力量，就沒必要逃離現場。

丘涅的話支離破碎，自相矛盾。

他的眼睛看不見，應該看不見才對。

「庫烏洛……庫烏洛其實一直都看得見喔。我很清楚。對不對？因為你擁有能看見一切的天眼。庫烏洛之所以看不見——是因為『你認為看不見比較好』。是庫烏洛故意讓攻擊失誤的！」

「不對。我……咳，是遵照作戰——」

真是如此嗎？

他的能力「天眼」，是能夠捕捉到超出常人視覺範圍、聽覺範圍之事物的感官能力。是一種可以同時感受超越五感的直覺、熱力、磁力、聯覺的力量。

如果他真的沒有喪失那種感官能力，應該一開始就知道才對。

——知道「不能」讓狙擊命中目標。

「我，啊啊……啊啊，該死。」

庫烏洛遮住眼睛。

那是畏懼黑暗的他不可能做出的動作。

丘涅說他並沒有失去感覺能力，卻用同一張嘴要他逃走。

那些話看似矛盾，卻沒有任何矛盾之處。

「……是這樣啊，原來是這樣啊。」

唯有集中意識才能看見目標。沒錯，他是如此相信的。在觀測剛開始時，他連駭人的托洛亞的心臟跳動都能看見。

面對微塵暴，面對終極修羅的戰鬥，他沒有將注意力投向其他方向的餘裕。

所以，他就「當成沒看到」。

（從一開始，這裡就不是只有我一個人。）

此地是起伏劇烈，適合觀測的複雜地形。對他以外的人亦是如此。

——觀測手不一定就不會受到觀測。

這個峽谷裡，有其他人和庫烏洛一樣正在進行觀測。

不是舊王國主義者。如果是，負責支援狙擊的庫烏洛應該會立即遭到射殺。

那些人的任務是在確認狙擊成功後，剷除失去利用價值的他。

（或許從一開始……黃都就把我當成棄子。）

一切都說得通了。利其亞新公國、舊王國主義者、歐卡夫自由都市。為了邁向全新的時代，他們打算清除所有威脅王國的隱憂。

如果能揭露所有祕密、擁有天眼的戒心的庫烏洛也不例外。

如果他為了生存而順從本能選擇的行動，證明他失去了天眼。

（如果我不必站在掠奪他人的那邊——）

如果能感知一切的天眼有辦法觀測即將發生的未來……

他的眼睛就看到了那樣的世界。

（那該有多好呀。）

庫烏洛閉上眼睛。

那是死亡隨時都會到來，籠罩世界的黑暗。

他第一次自願做出那種常人理所當然就能接受的行為。

封閉感覺。讓所有與世界對抗的感覺沉沉睡去。

身體浸泡在死亡之中。他一直躲避的恐懼就在身旁。

然後，張開了眼。

他看見了色彩。

荒蕪的峽谷裡，有土壤的青，岩石的紫，天空的綠，水的橙。攪在一起的鮮豔色彩如水波般擴散，盪漾。某處的花朵輕輕搖曳。風兒拂過水面，濺起大小不一的水花。從某處飄來的羽毛翩翩飛舞。

遠處，有著圓形的地平線。

庫烏洛站在星星上，世界以他為中心朝四面八方無盡延伸。

天空所及之處，就是他的知覺所到之處。

他從一開始就知道自己能看見這些景色。

「——啊啊。」

庫烏洛第一次開懷地笑了。

他現在能清楚看見了。右後方八十二公尺處有一人，左後方二十六公尺處的上面有一人，右手邊三十一公尺處的底下有一人。

庫烏洛一直逃避掠奪他人的人生，如今他已無處可逃。一旦完成任務就會被奪去性命，若是逃亡則會失去黃都這個安身之地。

即使如此，雖然能清楚地看見那樣的未來——他仍然充滿了喜悅。

「原來，我根本沒有失去自己的世界啊……」

「庫烏洛！」

丘涅大喊著。為什麼自己要將她藏在風衣中，如今庫烏洛已經徹底明白這個舉動的意義。是因為不希望其他人看見她，希望她在自己死後也能活下去。

他現在終於可以提出那個願望。不求回報，不需要理由。

「丘涅。我有一個願望……一個很愚蠢的願望。」

踐踏他人、掠奪他人才能過活的人生讓庫烏洛身心俱疲。

他不想再看到別人死去，不想再聽到別人的慘叫。

他從一開始就已經知道解答。

比起為了求生而為非作歹，即使被人利用遭人掠奪也無妨，因為他不想再掠奪他人任何東西。如今的他衷心地如此期望。

庫烏洛已經和那時候不同了，他現在有辦法拯救不認識的陌生人。

「就算很蠢，我仍一直想這麼做。」

「不行！」

「梅雷！我現在傳達位置！這是最後一次……！一千三百六十／六百二十八！」

他對著通信機大喊，猶如流星的箭矢落下。當它出現在地表上的瞬間，已經貫穿了微塵暴。

風暴散去，他目睹帶來災厄的蛇龍胴體慘遭射穿的模樣。

——就在這個瞬間，從三個方向射出的箭矢刺穿了庫烏洛。

他聽到了丘涅的慘叫。

「——這樣就行了。」

庫烏洛笑了。與生俱來的天眼，就是他自己。

他贏了。他看見世界了。

「我的願望……實現了。」

此人憑藉超越生物極限的知覺，認識整個世界。

此人具有看透對象的五感，辨識出致命一點的精確觀察力。

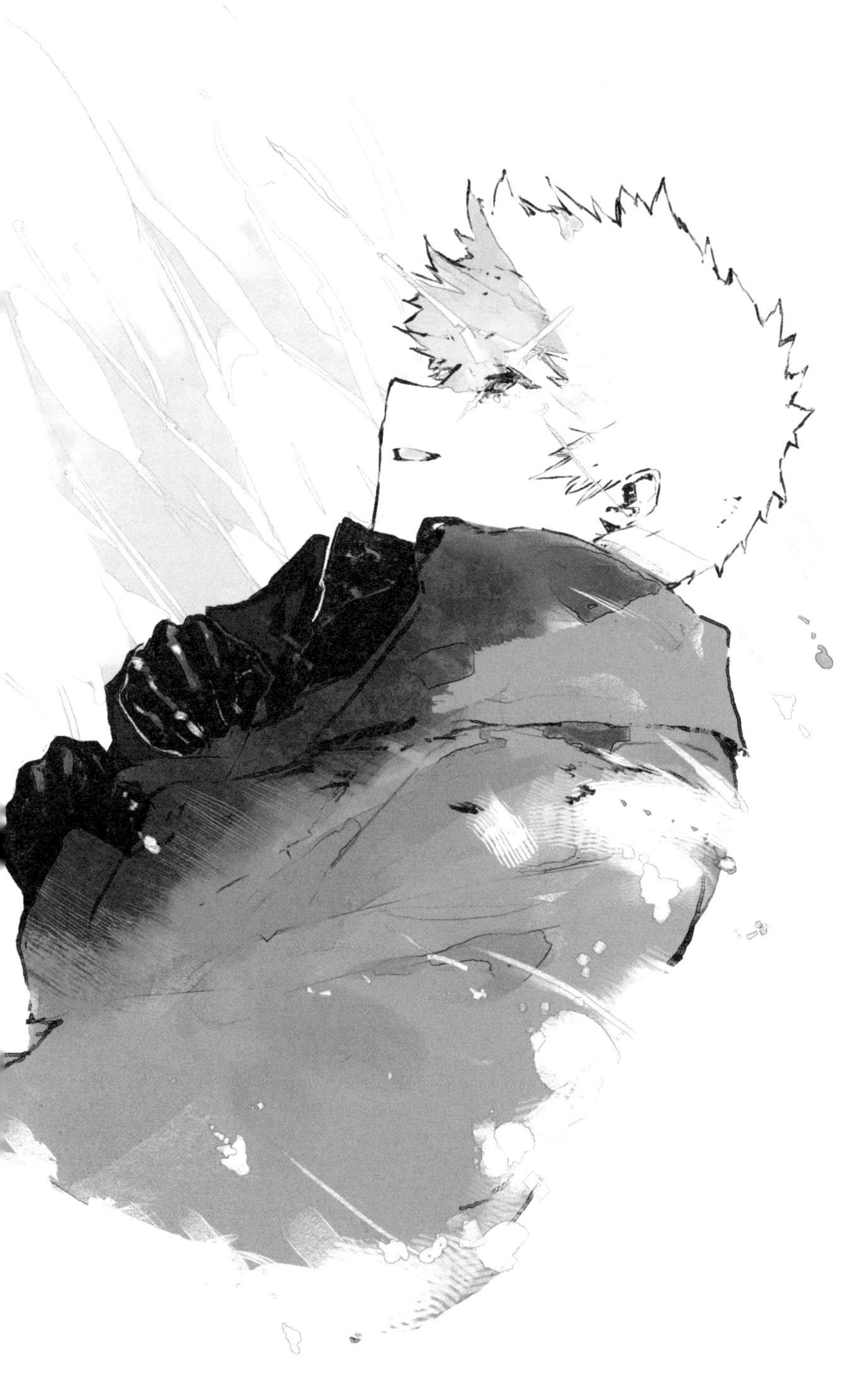

此人身懷超越成千上萬次經驗的直覺，有能力做出連自己都不知其所以然的最佳選擇。
全知的他以自身意志選擇未來，乃是天眼的持有者。
先知（seer），小人。
戒心的庫烏洛。

十九◇地獄

吹襲於古馬那峽谷裡的殺界終於消散，微塵暴亞托拉澤庫被擊敗了。

身受致命傷的災害沉入地底，或許它再也不會出現在地上了。有很多蛇龍就是這樣死去。

「該死！混帳！只差一點了啊！」

「媽、媽媽。」

就在眼見之處都被磨成微塵，到處都被打出巨大坑洞的景象的正中央。

輪軸的齊雅紫娜站在散落一地的亞托拉澤庫內臟前，氣憤地猛踩地面。

「都是那個砲擊怪物……！如果沒有他，我和美斯特魯艾庫西魯就能獲得完全的勝利！竟然搶走別人的獵物……我要找出那傢伙宰了他……！」

佇立於激戰遺跡的兩人之名為魔王自稱者，輪軸的齊雅紫娜，以及她的最高傑作機魔，窮知之箱美斯特魯艾庫西魯。

「──你也是，駭人的托洛亞。我要在這裡徹底打垮你。」

「不。」

現場還站著另一個人。

全身掛滿無數的魔劍，不死的魔劍士。其名為駭人的托洛亞。
「這裡跟我無關了。我已經收回爆破魔劍，是我贏了。」
「等一下就會死的傢伙還說什麼蠢話？還是你有辦法把魔劍帶到死後世界？」
「妳才在說蠢話——難道妳不知道嗎？」
被捲入地平咆狙擊的著彈衝擊波，受到美斯特魯艾庫西魯的ＡＤＳ劇痛攻擊的那具身體，雖然能以遍體鱗傷形容，但他仍活著。而且沒有放棄任何一把魔劍，昂然挺立於原地。
「我是不死之身。是從地獄復活的駭人的托洛亞。」
面對美斯特魯艾庫西魯和齊雅紫娜兩名對手時搶奪爆破魔劍。跳進不斷落下的地平咆之箭的衝擊餘波，以己身挑戰微塵暴。縱使現場每個人都身處這場性命交關的激戰，駭人的托洛亞面對的條件卻最為嚴苛。
不過就是魔劍罷了。他自己比誰都還清楚，其實根本沒有賭上性命的價值。
所以不能讓其他素不相識之人的性命受到那種沒價值的東西擺布。不能讓人類使用魔劍。
為了區區魔劍而戰的人，只要托洛亞一個就夠了。
「——在我宰了你之前，我先問一個問題，駭人的托洛亞。」
老婦人不悅地垮下了臉。
「為什麼你要遵守約定？」
「這個嘛，為什麼呢……」

他懷疑自己是否能為了魔劍一直戰鬥下去。這場戰鬥或許就是為了確認這點而打，確認他是不是能捨棄自我，徹底成為駭人的托洛亞。

那個懷疑一定是半錯半對。

他可以為了區區一把魔劍而堅持戰鬥。

想必往後也能繼續維持下去，不過——

「托洛亞！謝、謝謝你。」

「……為什麼你要道謝？」

「我……雖然被殺了！但是，我知道！托洛亞，沒、沒、沒有殺死，媽媽！哈哈哈哈哈哈！你是好人！托洛亞！」

「不。我是為了不被微塵暴追上，才沒辦法殺死齊雅紫娜。」

在戰車機魔的貨臺上戰鬥時，托洛亞有非常多殺害齊雅紫娜的手段。美斯特魯艾庫西魯知道這點，即使它當時無法動彈。

「……那麼，砲擊……那個砲擊的傢伙是你指使的嗎？」

「別胡說。妳也很清楚那是不可能的吧。」

「嘖。」

「……有人在戰鬥中看著我們。」

先不提開戰時的地點，來到這麼近的距離後連托洛亞都能察覺到觀測手的存在。美斯特魯艾庫西魯應該也同樣注意到了。

「我、我、我知道！是叫電波嗎？呃……電波反射回來，讓我能，看見！」

「什麼嘛，有雷達反應的話就早點說！既然來觀測那些砲擊的著彈地點……那就是黃都的人嗎？不管怎麼樣，只要逼問那個傢伙就好了！你應該知道先怎麼做了吧，美斯特魯艾庫西魯！」

「哈哈哈哈哈哈哈哈哈！我、我會……我會，贏！托洛亞！」

美斯特魯艾庫西魯笑了，它用拳頭互擊發出聲響。

托洛亞在腳上施力，拔出了魔劍。

齊雅紫娜則是維持一貫的不悅表情抬起槍口。

——接著……

「吶，來人啊！」

「……」

就在戰鬥即將再次展開的瞬間，一聲呼喊打了岔。

「來人啊、來人啊！快點過來。求求你們。庫、庫烏洛快死掉了！」

從天空落下的那個東西就像一隻小鳥，卻不是鳥。

飛進一觸即發的三人中間的是具有翅膀般雙臂的造人少女。

「是鳥耶！小鳥，飛過來了！媽媽！」

「不可以碰那個傢伙，美斯特魯艾庫西魯。空人……不對，造人嗎？是故意模仿空人的樣子吧。那個魔王的興趣還真奇特。」
「慢著。」
托洛亞收起了劍，走向少女。齊雅紫娜則是咂了咂嘴，放下手中的槍。
因為美斯特魯艾庫西魯也跑到造人的身旁。
對方失去戰鬥的興致且放下了劍，殺死這種敵人也只會令人掃興。
「妳、妳怎麼了！庫烏洛，是誰！如果，庫烏洛死掉，不好嗎！」
「前面有，黃、黃都的陣地！吶，拜託把庫烏洛搬過去……！庫烏洛為了拯救大家……救救他，請救救他啦……」
雖然造人的話支離破碎，托洛亞還是察覺了其中的意義。
「觀測手。」
「啊？」
「是不是觀看我們的觀測手受傷了？」
望向少女出現方向的山崖。戒心的庫烏洛正躺在他們目視可及的位置，可能是從更高的地方滑落到那邊。汩汩流出的鮮血恐怕來自於他的腹部。看起來很可能是致命傷。
「那又怎樣？死就死啊，跟我們有什麼關係。」
「……擊殺微塵暴的砲擊應該是那個男人的功勞。妳也想知道砲擊手的真實身分吧？我認為有讓他活下去的價值。」

托洛亞認為除了他們以外，也有別人在戰鬥。
在那場風暴之中，交織了無數的意圖。
托洛亞為了魔劍而戰。美斯特魯艾庫西魯為了母親而戰。
那麼，那個人是為了什麼而戰呢？
「他暴露於災厄之中，打了一場守護人們居住之地的戰鬥。他有受到拯救的權利。」
「哦……！真、真厲害呢！好了不起喔！」
「啥～？干我屁事啊！」
「請不要生氣！求求妳，不要生氣……那個，聽我說喔。庫烏洛，他很重要。是、是我最重要的人。所以……請救救他……」
從小造人的眼睛裡流下汨汨的淚水。
她沒辦法用那對如同翅膀的手臂搬動庫烏洛。
「我揹他走。」
托洛亞如此回答。
他們已背負了太多。所以他不會讓那些人再受到掠奪。他要讓該有的東西回到該在的地方。
如果有不會造成掠奪的戰鬥，他就會選擇那麼做。
「黃都的陣地有多遠？」
「我來帶路！我、我會……帶路。我還記得……旅店的位置。」

「會走到晚上喔。」
齊雅紫娜如此斷定。這裡離最近的旅店至少有十公里以上的距離。
「不管怎麼做他都會失血死亡吧。」
「……不，我想到辦法了。以我的想法來說算是個好辦法。」
魔劍士這麼說著，走向了庫烏洛。
「只要用妳的車就好，齊雅紫娜。」
「啊？」
竟然要她把戰車機魔用來救人。對於邪惡的魔王自稱者齊雅紫娜而言，那是令她難以置信的提議。
「你以為我會對這種屁話點頭嗎！小心我宰了你喔！」
「我明白，所以不是免費跟妳要。」
托洛亞停下腳步，將一把魔劍插入大地。
他是在戰鬥中一直背負龐大的重量，卻不曾放棄任何一把魔劍的男人。
「——我拿爆破魔劍交換。」
「……你——」
他一副理所當然的模樣。
他在這一天，為了一把魔劍千辛萬苦地踏入生死戰場。沒有任何其他報酬，只因為他是駭人的托洛亞。

「你——」

齊雅紫娜還想說些什麼，卻找不到話可說。

她對這個敵人有無法讓步的地方，她自己也明白這點。這應該是一場守護驕傲的戰鬥。齊雅紫娜的驕傲就是不屈服於任何人。

「媽、媽媽……」

「美斯特魯艾庫西魯，輪軸的齊雅紫娜絕不會折服於他人。」

輪軸的齊雅紫娜的願望，就是擁有不會被任何威脅阻撓的自由。

即使如此——齊雅紫娜之所打這種守護驕傲的戰鬥，也都是為了讓她能為自己感到驕傲。

「……戰車機魔拿去，隨便你用吧。」

◆

目送駭人的托洛亞離去後，齊雅紫娜再次回到了那裡。

在荒野上留下長長影子那把劍，名為查利基司亞的爆破魔劍。

「好了，我們走吧，美斯特魯艾庫西魯。爆破魔劍是你的了。」

「嗯。」

天真無邪的鋼鐵巨人走向爆破魔劍……然後，停下腳步。

「吶，媽媽。」

「什麼事？」

「這個！可、可不可以，就放在這裡？」

「……你不拿喔。你不是很喜歡它嗎，為什麼？」

齊雅紫娜睜大了眼睛，反問道。在她奪去的財寶中，這是美斯特魯艾庫西魯最喜愛的一件。它連在戰車機魔的貨臺上都開心地將魔劍揮來揮去。

沒想到美斯特魯艾庫西魯竟然會主動說出這種話。

「因為我沒有打贏托洛亞。」

——贏家才有掠奪的權力。

「只、只要打贏，就什麼都可以拿吧？那麼，我……打贏托洛亞之後，才要拿。我還想，再和他戰鬥！可、可以嗎？」

「這樣啊……」

齊雅紫娜愣了一下，注視著自己的孩子。

「這樣啊……這樣啊！嘻……嘻嘻嘻嘻嘻嘻嘻嘻！你終於找到願望啦！終於在這個世上找到想打贏、想狠揍的對象啦，美斯特魯艾庫西魯！」

她笑了。魔王打從心底愉快地笑了。

她對自己孩子的成長，對他擁有自我的意志與願望而感到開心。

「說得對，美斯特魯艾庫西魯！雖然我不想把這區區魔劍隨便就交給別人……但更不想隨便就收下它！你變得很像樣了呢，美斯特魯艾庫西魯！真不愧是我引以為傲的孩子！」

「哈哈、哈！哈哈哈哈哈哈哈哈哈！」

「嘻嘻嘻嘻嘻嘻嘻嘻嘻嘻嘻嘻嘻！」

在夕陽照出影子的魔劍前，母子兩人笑個不停。

他們再次展開了旅程。

目的地是黃都。下一個要打倒的敵人就在那裡。殺了迷宮機魔的柳之劍宗次朗。

美斯特魯艾庫西魯的獨眼光芒照亮了夜晚的道路，齊雅紫娜坐在它的肩膀上。

「可、可是，這樣好嗎？媽媽妳，不是也很，珍惜那把魔劍嗎？那、那是很厲害的魔劍耶！它、它、它很強喔！」

「啊？說什麼蠢話。有哪種蠢蛋會為了什麼魔劍拚命啊。我之所以不想交出那個，才不是因為它是魔劍——」

她也為了不可讓步的事物而演出一場爭奪魔劍的生死鬥。

輪軸的齊雅紫娜以她的堅持折服了殺死所有接觸魔劍之人的恐怖故事人物——那個駭人的托洛亞。光是想到這點就讓她開懷地笑了。

「——是因為那是自己的孩子喜歡的玩具！」

◆

鋼鐵戰車行駛在日落西山的峽谷中。

那輛車根據齊雅紫娜的指令，被設定成自動開往黃都的陣地。是投入魔王自稱者最新技術的戰車機魔。

貨臺上坐著背負許多魔劍，有如恐怖故事般的存在。

駭人的托洛亞。那或許是一位死神，負責照看即將死去的他。

庫烏洛躺在駕駛座上，望著身邊流下淚水的丘涅。

「……丘涅，為什麼……妳要救我……」

「我當然會救你！我很重視庫烏洛啊！都已經說過那麼多次了！很多！很多次！你都不相信我，還討厭我。我、我就是要這麼做！」

丘涅的信賴與好意沒有任何理由。

即使庫烏洛不惜給予她任何酬勞，她卻總是會因為收到便宜的玻璃珠或隨手可得的水果而感到開心。

戒心的庫烏洛從來都不相信任何沒有理由的事物。

「……為什麼……」

「嗯，唔。」

「…………為什麼……是我……」

「你問為什麼？」

小小的少女露出心頭一緊的表情。

「難道造人就不能戀愛嗎？」

難以置信。

如果能笑，他真想放聲大笑。

這實在是太過無聊，非常普遍的——沒有理由的理由。

「……妳，想要……」

「什麼也不要。你常常說的酬勞，我全都不要。」

少女將瀕死的庫烏洛所說的話接了下去。

簡直就像比他還要了解他自己。

「我不是因為你會給我什麼才喜歡上你的。」

是啊，她說的沒錯。所謂的愛情似乎就是這樣的東西。

隨時都和對方過著愉快的生活。不要求具備什麼才能，也不必從別人身上搶走什麼。

「吶。之後——我有個要求，想要你在之後幫我實現。」
他知道那是之前沒提出的酬勞的事。柔軟的羽翼輕撫著庫烏洛的臉頰。
庫烏洛太認真了，你應該——
「我希望庫烏洛你能多笑一點。」
她要求的一定和平常一樣，是沒什麼了不起的酬勞。
「我這不是笑了嗎？」
——多虧了妳，我才能笑。
他看著丘涅。
那張泫然欲泣的臉，好美。
在庫烏洛的天眼中，她的眼眸比任何人的眼都還醒目。
他想要道歉。
他想要道謝。
或者，他還想要——

◆

牠聽到了聲音。

幾個影子在黑暗中低語的聲音。

「收回爆破魔劍了，該怎麼處理？」

「──交給托吉耶市的舊王國主義者。把幹掉戒心的庫烏洛的觀測手當成是舊王國主義者。從黃都角度來看，自現場收回的魔劍就是不動的鐵證。」

「呀哈哈哈！不過話說回來，沒想到『地平咆』會出動呢！我真是嚇了一大跳，原本就很大的下巴還差點掉下來呢！」

「如果在都市區迎擊，就沒辦法燒掉留在現場的內臟了，大小姐真是慧眼獨具。」

「這、這代表……黃都就是如此難纏喔。『微塵暴』那種程度的力量對他們沒用……至、至少得引出星馳阿魯斯那樣的人才行。」

「原來如此，原來如此。應該視為單純的個體威脅無法攻陷黃都吧。光是明白這點就已經有豐富的收穫了，嗯。」

「根據這次的情報，如果想攻陷黃都，必須靠冬之露庫諾卡那種程度的角色呢。」

「別開玩笑了。光是去亞瑪加大沙漠就已經為大小姐的身體帶來很大的負擔。不要強人所難。」

「果然還是得利用王城比武大會吧。」

「是的，就是王城比武大會。」

微塵暴亞托拉澤庫從深沉的昏睡中甦醒。
剛才應該還在對話的人影如今卻消失無蹤。
這裡是足以遮蔽日光的蓊鬱翠綠森林。
「……喔喔，為什麼？這不可能。」
牠的身體幾乎要斷成兩截，被地平咆的箭矢直接命中，是致命傷。
古龍身為荒謬的災害，不斷為人類帶來毫無意義的死亡。如今牠自己卻遭遇原因不明，真面目也不明的荒謬天災，眼看著就要面對死亡。
「一切……都是微塵。明明只是微塵。事情不該變成這樣。竟、竟輸給區區的，微塵……」
牠想扭動身體也辦不到，整顆頭翻倒在地。
水花濺起，讓牠知道這裡是森林之中的湖泊。
在已經行將就木的牠眼前，清澈的露水從葉子滴落而下。
「妳是，喔、喔……」
湖泊的岸邊。從鮮豔綠樹灑下的日光中，有一名少女。
「——你沒有必要想起來喔。」
少女兩手拉起黑裙，宛如跳舞般轉動身體。
白淨美麗的赤腳，在淺淺的水面劃出反射的光輝。

「您遵照我的請託，最後來到這裡了呢——亞托拉澤庫大人。」
「為什麼，為什麼，妳知道這個名字？」
任何人都稱牠為微塵暴。把牠當成不具人格的殺戮氣候現象。
理應無人知曉的名字。
少女合攏雙手，露出微笑。
「是您告訴我的呀。」
沒錯，牠不是第一次遇到少女。
牠明明知道。她應該對牠下了某個命令，「卻不能想起來」。
「……亞托拉澤庫大人平安無事地回到這裡，真的太好了。如果您在黃都附近輸給『地平咆』——屍體就會遭到調查。」
戒心的庫烏洛的監視者準備在對亞托拉澤庫的攻擊成功之後殺死庫烏洛。
因為在地平咆梅雷開始攻擊的那一刻起，微塵暴就再也無法前進一步了。
而且……在地表上最強的修羅們交戰的那段時間裡，他們持有的手段與戰力程度都已經調查完畢了。
「黃、黃都。老夫，必須，前往黃都才行——」
「不，已經沒有那個必要了。」
「灰髮小孩」將微塵暴的預測路線以氣象預報的形式賣給兩大勢力。

舊王國主義者根據那則情報，開始進行對黃都攻擊的準備。
黃都則出動地平咆梅雷，展開大規模迎擊作戰。
窮知之箱美斯特魯艾庫西魯與駭人的托洛亞在古馬那峽谷中爆發衝突。
他們的行動都有一個最根本的前提。
「為什麼微塵暴會向黃都移動呢？」。
亞瑪加大沙漠的神明，死命地「逃離」了那個可怕的殺界。牠的神經受到美斯特魯艾庫西魯的微波兵器折磨，身體被「地平咆」的射擊打穿——卻服從某種超越本能的指令，發揮出超越極限的力量。
「『地平咆』擊殺了『微塵暴』，所有人都相信這點。不會有人尋找你，就連屍體也不會去找。」
在世上所有人都不知道的地方，有藏於暗影之中操縱一切，施展陰謀的幕後黑手存在。
「而這些事都會深藏於祕密之中——安息吧。」
少女靜靜地佇立在他的面前，伸出柔嫩的纖纖玉指輕撫亞托拉澤庫的下顎。
露出優美，宛如白色花朵的微笑。
痛苦滲入了傷口。
是沙子。
一點點沾在牠身上的亞瑪加大沙漠的沙粒，開始磨削亞托拉澤庫的血肉與鱗片。

「喔、喔喔。怎麼會，妳是什麼人。發、發生什麼——」
沒錯。即使相當微小，不斷磨削牠身體的那股力量，除了微塵暴外別無他者。
根本沒有人能對亞瑪加大沙漠的沙使用那種詞術。應該沒有才對——除了「牠自己」以外。
「喔、喔喔喔——！救、救命，救救我！老夫，要、要變成，變成微塵了！」
這是多麼可怕的事啊。
牠的血肉正遭到自己的微塵暴磨削，卻永遠無法殺死這個沒有任何力量的少女。
「亞尼小姐……被當成祭品的女孩，你把她化為微塵後吃掉了吧。」
那是被牠如塵土般殺死的小小人類女孩之名。
「那就是感染源。」
……血，臟器。
死亡從被切斷的軀幹斷面源源不絕地流出，逐漸染紅湖水。那具屍體不會留在任何地方，亞托拉澤庫曾經存在的痕跡不會被留下。
「救、救救我。饒了我吧！」
亞托拉澤庫恐懼到了極點。竟然有凌駕於身為微塵暴的牠之上的怪物。
荒誕不經的血鬼確實存在，還將身為神的牠化為無力抵抗的傀儡。
「不，讓大家多看幾眼吧。畢竟我做過約定——」
黑曜莉娜莉絲背對著即將死去的牠逐漸遠去。

她從不觀看死亡。

「要讓村裡的人們『欣賞有趣的表演』呢。」

二十◆絕對的羅斯庫雷伊

——絕對的羅斯庫雷伊。戰士的顛峰，真正的騎士。

去問問黃都的市民，這個世界上最強的英雄是誰吧。

你或許會得到各式各樣的答案。像是隻身突破無數迷宮的怪異鳥龍，星馳阿魯斯。或是誰也沒見過的傳說之龍，冬之露庫諾卡。

不過他們的腦海中，總是會浮現羅斯庫雷伊的名字。知曉其傳說與榮耀的人，都會不禁將最強這兩個字拿來和絕對的羅斯庫雷伊做比較。

堂堂正正的騎士，羅斯庫雷伊。人類之中唯一擁有獨力討伐巨龍傳說的屠龍英雄。無論遇上什麼樣的敵人，那身白銀鎧甲永遠不會沾染任何髒汙。

或許，破城的基魯聶斯也和人民一樣，在內心某處對他懷抱著憧憬。

即使自己是被銬在潮溼地牢等待處刑，憎恨國家的叛亂者也一樣。

舊王國主義者敗得一塌糊塗。微塵暴這個主力策略遭到摧毀，以集結於托吉耶市的兵力進行的欺敵作戰變得毫無意義。原本被認為與黃都處於敵對關係的歐卡夫自由都市祕密與黃都簽訂協約介入戰場，也是他們一大的敗因。

……而這就是領軍之將基魯聶斯最後的下場。

「你要我和絕對的羅斯庫雷伊決鬥？」

坐在陰影中的他反問站在柵欄另一邊的男子。

「沒錯，破城的基魯聶斯。你的所作所為不具正當名義，只不過是威脅人民安全，奪去人民性命的行為。是對和平最不可饒恕的背叛。」

黃都第三卿，速墨傑魯奇。是職掌黃都政務的最高官僚的其中一人。

他只想扯斷鎖鏈，將鏈子穿過柵欄的縫隙縱向劈開傑魯奇的臉——即使他有辦法做到，也只能在腦中想想。不是殺了這個男人就能結束這場戰爭。

基魯聶斯堅信這是為了人民的戰爭。不只是他，人民也必須起身反抗。就算光榮的中央王國所屬王國軍不知不覺間被喊作舊王國主義者，基魯聶斯仍秉持這股堅定的信念而戰。

「不過你過去曾是名將，破城的基魯聶斯。至今仍有不少人民仰慕著你。所以若是無法讓你伸張那不足為道的主張就直接處刑，將會傷害女王陛下的正義。因此給你一個機會。就是這場賭上正義的真業決鬥。」

真業。現在已經不常見了，那是依循王國古代傳統的決鬥形式。

不使用代用武器，不對詞術設限。

無論是技術還是力量，對戰的雙方賭上他們所擁有的一切。當然，其中也包含了性命。

「你們不會怕嗎？」

聽到這件事後，破城的基魯聶斯沒有因此而吃驚。

對戰敗後只能等著被處刑的他而言，舉行真業的提議反而是個好過頭的條件。

「我會殺了羅斯庫雷伊，證明自己的清白……我會在現場向人民揭發二十九官體制所做出的欺瞞行為。在決鬥之中沒有人能阻止我。」

「我講明白一點。這不是提議，而是決定。你沒有拒絕的權力，盡全力戰鬥吧。」

第三卿的表情如同他的冰冷眼鏡反射的光輝，無情而冷酷。

不用說，黃都舉行這場決鬥的意圖就是為了之後的王城比武大會。

各路英雄傾注他們擁有的一切力量，互相奪取對方性命。這是為了不讓任何一個超凡怪物存活到接下來的時代而做出的不可或缺的安排。

民眾對英雄之間的真業決鬥能接受到什麼地步，能夠挑起多少他們的狂熱——絕對的羅斯庫雷伊與破城的基魯聶斯兩位英雄的戰鬥，乃是讓黃都在事前先掌握好程度而舉行的模擬演習。

在構成黃都基礎的中央王國那個時代，破城的基魯聶斯以猛將之姿守護人民。除了他，恐怕沒有別人更適合成為羅斯庫雷伊的對手。

「你說真業是吧，還要我盡全力戰鬥。」

在幽禁期間留長的鬍子下，他露出野獸般的笑容。

與那個羅斯庫雷伊的決鬥，他求之不得。

「你們打算把我關到決鬥的那天嗎？到時候就算拿起劍，我也無法恢復全盛時期的感覺。你們大概會把這個狀況當成我盡了全力戰鬥吧。不過人民會怎麼看？你以為他們都是笨蛋嗎？」

「你當然會如此主張。」

一個微小的金屬聲響起。傑魯奇使了個眼色，命令看守打開牢房的鎖。

接著，看守甚至還解開基魯聶斯的手銬。

「我會以派人監視的附帶條件釋放你，期間到決鬥的那天。決鬥的日期已經公布了，黃都的人民也都知道你接受獲釋的條件。」

「……你有什麼企圖？」

「完全沒有。如果你畏懼黃都第二將的力量，那就找些丟臉的理由逃走吧。幸運的是，我們沒時間追捕那種難堪的輸家。也許你能拿民間的聲望當代價，換取自己活命。」

釋放破城的基魯聶斯給人民看，藉此展示女王的寬大與正當性——該處置或許隱含了這樣的意圖。

沒有必要用枷鎖限制他。對將昔日王權的正當性當成精神寄託的基魯聶斯來說，其自身的正義感與中央王國人民的期待目光就是最好的枷鎖。黃都封鎖了他的退路，逼他無法逃離兩小月後的決鬥。

「你不怕我再次襲擊議會或軍營嗎？」

「無所謂。如此一來你就成為糟蹋女王陛下慈悲的無恥之徒，反倒使我們獲得討伐你的正當名義。到時候誅殺你的人仍舊是絕對的羅斯庫雷伊。你可以先做好心理準備，無論怎麼抵抗都無法逃離與羅斯庫雷伊戰鬥的命運。」

「……好吧。既然無論如何都會變成那樣，我就應該在人民的面前彰顯正義。」

換句話說，在對決場地上利用真業決鬥擊殺羅斯庫雷伊。

基魯聶斯本來就不怕羅斯庫雷伊，他一開始就做出決定了。

他一直以來守護的中央王國，絕非西聯合王國的血親女王瑟菲多的物品，也不叫黃都這個名字。

那是面對「真正的魔王」的威脅時，不分種族呼籲團結，集合人民，打下今日黃都基礎的功臣，奧爾王的國家。瑟菲多不過是利用「正統之王」裡唯一生還者的身分，利用其血統篡奪這個國家的侵略者。

國王與基魯聶斯守護的中央王國，因為其他兩個王國的人民流入而扭曲變形。

他無法原諒女王，還有以女王部下的身分統治人民的黃都二十九官。

妄圖與「真正的魔王」對話，因為這種愚蠢至極的舉動而招來滅亡的王國之女，憑什麼當上女王？

基魯聶斯胸中充滿了無盡的憤怒之火。

他必須透過這場師出有名的復仇，讓心愛的人民覺醒。

◆

不管基魯聶斯走到路上什麼地方，總會有黃都士兵看著他。

就算如此，也一定有監視的眼睛無法觸及之處。像是浴室和寢室，或是告解室和妓院。破城的基魯聶斯懷裡藏著在那種地方使用的武器。

並不是會被士兵沒收的兵器——如果拿給市民看，大部分人應該都無法理解其用途吧。那是一根可以放在手中的空心木頭，前端延伸出正中央裂開的三角金屬板。

是名為鋼筆的道具。

這項技術是向「灰髮小孩」交易得來的。這個世界有很多人只在「教團」學習過文字，缺乏更強的識字能力。貴族或王族也只會使用各家族或王國傳承的獨有文字語言。而基魯聶斯的精銳部隊則是制定了他們自己的文字。整個部隊都經過徹底的教育，連一兵一卒都學會那些文字。

散布於城市各地的布片上的墨水漬意味著什麼樣的文章，以監視士兵的教育程度是不可能理解的。

（你要我出盡全力。）

他全心全力地進行鍛鍊，過著每天的生活。以笑臉面對期待決鬥的市民，或是忽視不支持他的人投來的白眼。

基魯聶斯就是要讓監視他的士兵如此報告。

透過黃都議會無法掌握的情報網，破城的基魯聶斯逐步召集舊部。他們彼此沒有碰面，不過仍藉由留在各地的訊息分享作戰的進度。

他可動用的人力為一百人。所有人都在努力推動決鬥之日的計畫。

（現在後悔也太晚嘍，第三卿傑魯奇。）

◆

「基魯聶斯大人，決鬥的時間就在兩大月之後呢！」

「……是啊，或許我再也沒辦法嚐到這家店的紅果了。」

「哎呀哎呀，基魯聶斯大人也真是了不起，竟能和那位羅斯庫雷伊大人面對面決勝負！其他人都做不到那種事呢。我家的兒子也很期待喔。」

準備與鍛鍊的時間過去了。兩小月的預備時間已經只剩下兩大月。

大月運行一周所需要的時間是六天，也就是十二天之後。在這十二天裡，分散於各地的部下也將會集合到黃都這裡。決鬥當天，在觀眾們為基魯聶斯的勝利而情緒激動時揭發黃都……到時候全軍將帶著人民揭竿起義。

「這是為了真相的戰鬥，我當然會堂堂正正地接受。中央王國是已過世的奧爾王所建立的國家，既不是瑟菲多女王，更不是議會的東西。」

「唔，我沒讀過什麼書，不是很清楚。但經您這麼一說，現在的議會確實讓人感覺有點奇怪。我家的兒子支持羅斯庫雷伊大人，不過我當然是挺基魯聶斯大人您喔！」

這家水果店的店主似乎沒有清楚地認知到，兩大月之後舉行的決鬥是一場真正的互相廝殺。他如此悠哉地支持雙方就是最好的證明。當他們的天真觀念受到現實的教育時，內心會有什麼樣的變化呢？不過考慮到「真正的魔王」時代的邊境地區，以奴隸鬥士進行真業對決的競技場繁榮的盛況，人民的本質或許直到現在仍沒有改變。

「謝謝。請你務必與令郎一同來見證正義受到伸張的那一刻。」

就在基魯聶斯與店主聊天時，於攤子旁挑選水果的客人拿走了基魯聶斯靠在一邊的劍。以監視兵的位置來看，那裡是被觀葉樹擋住的死角。

那位客人在劍原本的位置放了一把劍鞘與劍柄完全一樣的劍。

基魯聶斯摸了摸鬍鬚，表示他知道了。

「……如此一來，才能讓在戰爭中犧牲的人們得以安息。」

「就是啊，多虧軍官們才能維持著現今的和平呢。」

基魯聶斯佯裝不知情，拿起被替換的劍。

劍身的重量與至今他所使用的粗製濫造雙手劍相比完全不同。

（——原來查利基司亞的爆破魔劍還在嗎？）

過去他在鍛鍊時，使用實劍的次數寥寥可數。

接下來的兩個大月裡，他將會讓監視者看習慣這把劍，讓他們以為自己所使用的劍原本就長這樣。決鬥當天就不會有人發現劍被替換過。

一旦絕對的羅斯庫雷伊被這把魔劍碰到，他就死定了。

◆

四天後，破城的基魯聶斯造訪了一處位於郊外的住宅。

名義上是為獲得釋放後對自己很好的酒店老闆辦事。或許是因為這裡沒什麼人，監視的士兵連藏都不藏，直接倚著基魯聶斯身後的樹。

基魯聶斯按了門鈴。若部下們蒐集的情報正確，現在目標人物應該就這棟屋子裡。

當他按響門鈴時，後方傳來一個沉悶的聲音。

回頭一看，剛才還站著的監視者已經趴在地上。而一位瘦高的初老男子則是心不在焉地佇立於該處。

「……羅穆索老師。」

「哦，這不是基魯聶斯將軍嗎？好久不見了。這裡有個稍嫌礙事的傢伙呢。嗯，所以我就像這樣讓他睡著了。」

男子透過有如學者的圓形眼鏡，彷彿事不關己地低頭看著倒地的士兵。

他驚人的搏擊術與過去奧爾王仍然健在的時代相比，沒有任何改變。

「讓他靠著樹幹吧，嘿咻。他本人應該連自己睡著了都沒發現吧，但不會睡太久。」

「我明白。那就趕快把事情處理掉吧。」

——釋放的交涉、聚集黃都的一百名部下、查利基司亞的爆破魔劍。而他的最後王牌是……星圖羅穆索。以身為「最初的隊伍」其中一人聞名的男子。

他們是這世上第一組討伐「真正的魔王」的七位傳說人物。每一位都是位居那個時代頂點的英雄。堪稱無敵的他們敗給了「真正的魔王」，只有包含羅穆索在內的兩人得以生還。

「應該說生還者多達兩人」。

無以計數的英雄挑戰「真正的魔王」，生還的例子卻等於零。

其中一位少數的生還者就是星圖羅穆索。

他是對黃都現況感到憂心忡忡的同胞，也是與基魯聶斯自己並列的最強戰力之一。

「正如您知道的……我們打算在四天後的決鬥之中起事。地點是城中劇場庭園。周圍有觀眾席環繞，以『鳥枝』的射程應該很足夠。而我打算請羅穆索老師保護負責支援的士兵們。」

「嗯，那是輕而易舉。太簡單了……不過，看來不只如此呢。」

「——在決鬥開始前，希望您對我使用『宿威』。」

「嗯。」

羅穆索茫然地望向樹林。現在是樹葉轉變成褐色，即將掉落的時期。

在這段時間裡，基魯聶斯保持沉默，注視著他。

「那倒是輕而易舉。不過你應該有心理準備吧。」

「那當然。只要打贏那一戰，就能實現我們的夙願。」

讓剛才的士兵昏倒的點穴技巧並非只有攻擊的用途。

這種技巧的真本事反而是在自己或友方戰鬥時，用來解除肉體的限制。

「宿威」更是其中的終極之技。羅穆索將必須背負死亡代價的技巧取了這個名字。

「……絕對的羅斯庫雷伊很強喔。畢竟，他有著絕對之名。」

「這點我非常清楚，剛才的承諾就是建立在這個認知之上。」

「嗯，既然如此，那就好。」

年老的老師悠哉地走著，將手擺在住宅的門上。

接著回過了頭。

「對了，那邊……就是一開始的位置。請站在距離我三步前的位置。那邊的男子醒來後只會感到有點暈眩。」

「是，非常感謝您。」

他深深地行了個禮，轉身離去。此刻，所有的準備都完成了。
觀眾席的百名援軍，爆破魔劍，以及超越生命極限的運動能力。
全部都是基魯聶斯竭盡全力做出的準備。
真業。要怎麼看待這個決鬥約定，答案因人而異。
若是高風亮節的騎士羅斯庫雷伊，或許會認為必須以自身磨練的技術全力與對手戰鬥。基魯聶斯則不然。
他並非羅斯庫雷伊那種偶像，而是為達成目的戰鬥的軍人。

——決戰之日到來了。

◆

「羅斯庫雷伊！」
「羅斯庫雷伊！羅斯庫雷伊！」
「羅斯庫雷伊！」
「羅斯庫雷伊！」
塞滿觀眾席的群眾加油聲震耳欲聾。

這裡是白天的城中劇場庭園。激動的黃都民眾熙熙攘攘，擠在圍繞寬闊草皮廣場的觀眾席上。那位水果店的店主是不是也在其中呢——基魯聶斯不禁這麼想著。

走到基魯聶斯對面的那位騎士還很年輕。

他有著一頭金髮與紅眼，那張臉五官分明，長相俊美。

但那不是血鬼的毛骨悚然之美，而是能夠給予他人安心感的清爽容貌。

再加上他的肌肉分布更是吸引人。或許他天生體質就不同。比起渾身充滿肌肉、威武雄壯的基魯聶斯，羅斯庫雷伊的體格纖細緊致，給人有如雕像的印象。

——沒有人不認識那張臉，他就是絕對的羅斯庫雷伊。

（……原來如此，難怪他會被捧成偶像。）

當雙方面對面對陣，一看就知道誰才是「正義」的一方。

就連身為守護人民的將軍，手握上萬士兵的破城的基魯聶斯，站在他身邊時，看起來就像山賊般猥瑣。

「基魯聶斯將軍，人民對您的英勇事蹟仍記憶猶新。我對這次的決鬥感到無比光榮。就讓大家見識一場毫無遺憾的戰鬥吧。」

「應該感到光榮的是我。感謝你們給我這種申辯的機會……議會應該也認為不該就這麼忽視我的正義。現在，就讓我以一位戰士的身分與您交手吧。」

基魯聶斯感覺著自己的手臂順著劍的重量往下甩的動作。

那隻手往下移動一根頭髮寬度的距離時，停頓，再移動，再停頓。
身體沒有因為這一連串的動作出現任何晃動。
在旁人的眼裡，他只是動作流暢地垂下了劍。

在這短短的時間裡，基魯聶斯就已經確認了自己的肉體性能。
他能夠以預期的速度將肉體瞬間「停在」預期的位置。
這就是羅穆索的「宿威」。若再加上基魯聶斯全力施展的劍技，其威力會有多強大呢？
「羅斯庫雷伊！」
「羅斯庫雷伊！」
「羅斯庫雷伊！」
在歡呼聲中，宣告決鬥開始的號砲鳴響。雙方瞬間拉近了距離。
羅斯庫雷伊將劍高高舉起，擺出縱砍的姿勢。以教範般的標準軌道高速劈下。
然而……
（打不中我的。你打不中現在的我。）
基魯聶斯「停住」了前進動作。
即使他全身的重量都被全力的高速衝刺帶著走，此刻的基魯聶斯也辦得到這種事。
因此羅斯庫雷伊誤判了第一擊的距離。這是非常嚴重的失誤。

「馬上就結束了。抱歉——」

——抱歉，根本用不到百人的兵力。

基魯聶斯壓低劍身，接住對方的攻擊。劍尖擦過羅斯庫雷伊的劍身，造成灼熱的爆炸。羅斯庫雷伊的劍斷了。

查利基司亞的爆破魔劍。

在觀眾的眼中，會不會認為那是再強的臂力也無法防禦的一擊呢？

劍身沿著揮斬軌道，即將砍中胸口。

「『——號令於寇烏托之風。螢光的湖面。土之源。從單眼中迸射。閃耀吧。』」

他在此時才知道對方於戰鬥中詠唱了詞術。

基魯聶斯手中之劍的揮斬軌道前方突然出現熱術的電荷，電擊逆流回劍身上，肌肉產生無法阻止的生物反應因而瞬間僵硬。

若是一般人，他會直接失去意識吧。不過他忍住，撐下去了。

（……剛才那是怎麼回事？）

他甩了甩頭。再怎麼說，基魯聶斯也不可能看漏眼前對手使用詞術時露出的徵兆。

即使失去了自己的武器，羅斯庫雷伊臉上的溫和表情卻不見動搖。

雖然看不見使用詞術的預兆令人費解，不過至少羅斯庫雷伊方才展現的具有實戰級速度與威力的電流熱術仍是可能辦到的。

而他既然能根據自己揮劍的速度做出反應，想必也經過相當程度的鑽研磨練。

（我還以為他是騎士，原來是詞術騎士。不過這樣也好。）

如果他這麼年輕就在學習戰鬥詞術，反而更好對付。

——因為他鑽研詞術的時間越多，花在修煉劍術的時間就越少。

基魯聶斯絕不是第一次與詞術騎士對戰。更別說在用劍技巧上，資歷與經驗的純度都占上風的基魯聶斯也能超越了對方。他手上握的可是一碰到目標就會產生致死爆炸的魔劍，查利基司亞的爆破魔劍。

基魯聶斯不給對方拔出另一把劍的機會。當肌肉的僵硬恢復正常的瞬間就揮劍展開突擊。

「……那把劍。」

羅斯庫雷伊突然輕聲說道。

「你想提出中斷決鬥的要求嗎？太晚了，我這一劍會比你的嘴還快。」

「不，我只是剛好想換一把新劍。」

基魯聶斯不想聽他的回答，衝上前去。劇場庭園的泥土飛揚於空中。

「『——寶石的龜裂（vapmarsia wanwao）。停止的流水（sarpmore bonda）。噴射（ozno）——』」

基魯聶斯的橫斬被一把劍擋下。那把——不是羅斯庫雷伊的劍。

被魔劍之力炸碎的那把劍，是從地面冒出來後擋住了基魯聶斯的揮斬。

羅斯庫雷伊將土壤的鐵質轉換成四把劍，圍繞在他的身邊。

「這怎麼可能……！」

基魯聶斯抽回劍。他是在實戰中以這種速度使用工術嗎？

難道這個男人不是騎士，而是純粹的詞術士嗎？這沒有道理。

「喝……啊！」

對方沒有放過這瞬間的動搖，大喝一聲踏過地面。

羅斯庫雷伊的新劍畫出如教範般正確無比的軌道。

他沿著基魯聶斯的劍身逆向而上，劈裂了手甲。基魯聶斯的手之所以沒有被順勢砍下，只是因為「宿威」的效果讓他在千鈞一髮之際抽回了手。

「……！」

如果是平時的基魯聶斯，應該就會因為剛才那一輪的錯身交手而敗北。

逐漸滲入手甲襯布的鮮血使他有了這種可怕的預感。

「不可能。」

「『──號令於寇烏托之土(io kouto)。倒映於替身(yurowastera)。寶石的龜裂(vapmarsia wanwao)。停止的流水(sarpmore bonda)──』」

「『──螢光的湖面(namfat qumziz)。土之源(ninhortas)。從單眼中迸射(wi zio guraeua)──』」

「『──歪曲的圓盤(tortew bijand)。彩虹的迴廊(ringmoru seipar)。轉動隱匿的天地(wrbandea ziograf)──』」

「『──號令於賈威朵之鋼(io jadwedo)。軸心為第四左指(laeus 4 motbode)。直刺其音(temo yamvista)──』」

他造出了更多劍，劍身散發著電光，漂浮於空中。

——竟然在同時使用了這麼多詞術。不對，包含劍術在內，他已經使用了五種以上的高級技術。

不可能，不可能。

說到底，「根本不可能同時發動」不同的詞術。

（到底發生什麼事。絕對的羅斯庫雷伊……究竟做了什麼？）

「……這樣就能重新來過了，基魯聶斯將軍。來吧，堂堂正正地戰鬥。」

或許，破城的基魯聶斯也和人民一樣，在內心某處對他懷抱著憧憬。

認為他以正統劍術打倒敵人，是走在正道上的真正騎士。

「讓我們以正統的劍招一決勝負吧。」

（不對，非常不對勁。）

「羅斯庫雷伊！」

「你要贏啊，羅斯庫雷伊！」

「羅斯庫雷伊～！」

「羅斯庫雷伊！」

這名男子的強大之處……來自讓人摸不透的某種祕密。

◆

穿戴白銀膝甲的腿踩踏大地。

他的起始攻擊動作犀利、迅速，充滿瞬間爆發力，將教範般的標準動作發揮到極致。

基魯聶斯配合對方的前進往後退。只要他身處「宿威」的狀態，看準對方的行動再即時切換自己目前的動作是輕而易舉的事。

不過基魯聶斯被對方突如其來使出的多道詞術分散了注意力，即使躲開了劍，也沒辦法意識到手中魔劍的前端位置。

羅斯庫雷伊逮到了這個機會。

他以劍尖對準敵人眼睛的持劍姿勢，將騎士之劍靠著前端，勾起魔劍。

他不是用力打落敵劍，而是輕輕地抵著側面後滑開。那是正確無比的王城騎士劍術。

（……爆破魔劍的特性——）

——被看穿了。此刻，魔劍所碰到的羅斯庫雷伊的劍沒有被炸碎。

按照教範，接下來的動作是固定的。羅斯庫雷伊沿著劍身如行雲流水般拉近雙方的距離。他的手壓住基魯聶斯的鐵手套，形成劍鍔互抵的狀態。

基魯聶斯的力氣與體格都占上風。然而因為他是在後退時被對方貼近，無法將重心往前擺。

因此雙方形成僵持不下的局面。
基魯聶斯放聲大吼，試圖重新提振鬥志。
「羅斯庫雷伊！不管你是什麼人，我都會贏……！」
「——是速度。必須以高速揮斬接觸固體，才能在那種條件下爆破目標。」
基魯聶斯的背後流下一絲冷汗。
面前的羅斯庫雷伊的俊美臉龐上的表情……迥異於剛才向觀眾們展現的面貌，是一張冷靜沉思的臉。
他毫不在意眼前基魯聶斯的存在，口中喃喃自語。
「你能把劍收在劍鞘裡。如果爆破的條件只有碰觸目標就不可能那麼做。」
在敵我兩劍相抵的狀況下，羅斯庫雷伊單手壓住雙手劍的劍身，施加力道。
而基魯聶斯必然地得做出同樣的動作以抵抗對方。
「……若無法將手靠在劍身上，能用的劍術招式就會變少。你不可能在這種場合使用那種武器。很好。」
羅斯庫雷伊將全身的重量往前推，利用反作用力順勢後退，再次拉開雙方距離。
這時，基魯聶斯明白了。剛才的劍鍔相抵，目的不是為了壓制體格占優勢的破城的基魯聶斯。或許就連羅斯庫雷伊的劍一開始擦過基魯聶斯的魔劍，也不是偶發事件。
——查利基司亞的爆破魔劍的特性已經被徹底看穿了。

在羅斯庫雷伊退後的位置上，從地面製造出的複製劍仍飄浮在空中。

（我們剛才一直在交戰。他不可能在這段期間持續使用那麼多種詞術——）

不對，現在不該思考那個問題。情緒不能被打亂。否則會給對手趁虛而入的機會。就算只看本人的劍術，絕對的羅斯庫雷伊仍具有與基魯聶斯同等或更強的實力。

（……事到如今，只能用那招了。）

基魯聶斯改變握手的姿勢，丟下右手的手甲。

這是他事前準備好，發動最後手段的暗號。

他們稱那東西為「鳥枝」。

是經過改良，可以摺疊成細長形狀的單發式弩弓之名。

雖然其獨特的發射聲不算小，但那種聲音的頻率已調整成會被人的音域抵消，只要在人群的怒吼或慘叫裡——或是像現場這樣的激動歡呼之中，就無法被人找出發射地點。

（放箭！）

——當然，他下令攻擊的目標不是絕對的羅斯庫雷伊。

混入觀眾席的士兵將會射中基魯聶斯自己的背。

箭矢很顯眼，不會造成致命傷。這是為了讓他之後可以抗議不公。

以第三卿傑魯奇的言行判斷，比起勝負，黃都更重視人民對這場決鬥的感想。而且沙場老將基魯聶斯不可能完全沒考慮過用盡一切手段之後，仍然打不過羅斯庫雷伊的狀況。

使用從後方觀眾席以弩箭偷襲騎士這種「卑劣手段」的人不會是基魯聶斯，而是羅斯庫雷伊。

基魯聶斯打從一開始就準備好了與實力差距無關卻能中止比賽的方法。

接著混在觀眾席裡的一百位暗樁就會煽動人民暴動。人數的力量在需要製造場面氣氛的狀況中能發揮最大的效果。

「……」

必須仔細觀察敵人的行動。這個策略成功的大前提是在實行之前基魯聶斯必須活著。

「喝！」

羅斯庫雷伊如流水般揮出飄浮在空中的一把劍。那是一記基本功扎實的斜向縱砍。

基魯聶斯以爆破魔劍接下攻擊。敵人的劍被炸斷了，接著基魯聶斯的動作再次停頓。

基魯聶斯知道剛才讓自己渾身僵硬的電流熱術是來自於羅斯庫雷伊的劍。揮劍的同時劍上會通電。

（為什麼？）

他已經打出暗號，卻不見觀眾席上射出支援射擊的跡象。

「了不起的反應！基魯聶斯將軍！」

羅斯庫雷伊此時已在周圍製造出六把劍，正在以騎士為中心旋轉。

在觀眾席傳來的響亮喝采聲中，羅斯庫雷伊再拿起一把劍。基魯聶斯的手臂因電流詞術而無法動彈。他身上還有「宿威」的效力。只要肌肉能活動，應該就能發揮出無人可擋的技術才對。

劍光一閃。

他做出了反應。就算必須犧牲一隻手臂，也要避免身體被砍中。

基魯聶斯藉由「宿威」的效果，強行將左臂擋在劍的前面。

然而銀色的軌道卻如同蛇的纏繞動作，以不自然的曲線避開基魯聶斯的左臂。

「『——軸心為第四左指（laeus 4 motbode）。直刺其音（temo yamvista）。自雲端落下（iusemno hain）。迴轉吧（xaonyaii）——』」

力術。如果能讓劍飄起來，也就能改變其軌道——

「嗚！」

帶著全身體重的一擊，同時劈開了基魯聶斯的胸甲與胸口。

他感覺到自己的肋骨斷裂，傷勢深達內臟。

儘管羅斯庫雷伊在戰鬥中的所作所為全部都很詭異，但唯獨他的劍術是完全正確標準的王城騎士之劍。

「羅斯庫雷伊！」

「你行的，羅斯庫雷伊！」

「戰鬥結束了。基魯聶斯將軍，這場決鬥很精采。」

「羅斯庫雷伊！」

「你到底……是何方神聖……」

「羅斯庫雷伊～！」

「羅斯庫雷伊！」

絕對的羅斯庫雷伊以能夠安撫人心的溫和眼神俯視基魯聶斯。

他真的是英雄嗎？

難道誰也沒注意到嗎？這場決鬥之中發生的所有事情都太異常了。

「基魯聶斯將軍。我不打算奪去你的性命。如果你願意投降，我也接受。」

「……」

「將軍。」

羅斯庫雷伊沒有對垂下頭的基魯聶斯揮出無情的最後一劍。

他只是低聲細語：

「鐵皮劍柄的滋味如何呀？」

「……！」

在人生即將走向終點的思考中，破城的基魯聶斯察覺了那句話的意思。

查利基司亞的爆破魔劍。只有替換劍身，劍鞘與劍柄還是原本的。

為了不讓別人發現劍被換掉，所以保持原本黃都提供的劍體。

因此電擊熱術才會逆流回基魯聶斯持劍的手。

至於羅斯庫雷伊的劍，由於是以石頭製成，劍柄是絕緣的。

「你——」

「……再讓你見識另一個東西。」

羅斯庫雷伊以觀眾席看不見的角度，讓基魯聶斯目睹了斗篷的內側。

（……怎麼可能，竟然是這樣……！）

裡頭有許多正在發光的礦石。

每顆礦石上都延伸出金屬線——那是通信兵使用的同型通信機。

「『歐諾佩拉路號令於寇烏托之土。倒映於替身。寶石的龜裂——』」
（ownopellal io kou yurowastera vapmarsia wanwao）

「『維迦號令於寇烏托之風。螢光的湖面。土之源——』」
（viger io kouto namfat qumziz ninhortas）

「『埃奇列吉號令於羅斯庫雷伊。歪曲的圓盤——』」
（egirwezi io rosxle tortew bijand）

使用詞術的人不是羅斯庫雷伊。

人類的經驗有總量的限制。

除了星馳阿魯斯那種例外，「不可能有人擅長所有領域的技術」。

「羅斯庫雷伊～！」

「羅斯庫雷伊！」

「羅斯庫雷伊，幹得好！」

「羅斯庫雷伊！」

或許，破城的基魯聶斯也和人民一樣，在內心某處對他懷抱著憧憬。

認為他以正統劍術打倒敵人，是走在正道上的真正騎士。

大錯特錯。這個男人的強大之處，根本不是什麼神祕的特殊才能。
在這兩個小月的期間裡，他也和基魯聶斯做了同樣的事。
無法從羅斯庫雷伊本人身上看出使用詞術的徵兆也是理所當然的事。

他一直都是用這種伎倆吧。人類根本不可能獨力屠龍。
有誰能保證他真的是隻身出戰嗎？當時的他真的是只靠自己的劍技戰鬥嗎？難道這種卑劣做法就是黃都二十九官的實際樣貌，是民眾信奉的英雄的真面目嗎？
「喔喔、喔喔喔——！」
此時，基魯聶斯體內燃燒的無限怒火爆發了。
那是憤怒，是悔恨，也是最沉痛的失望。
他那應該已經無法再行動的肉體，在激昂的精神驅使之下揮出了劍——
「——喝！」
然後被一招標準正確的斜砍劈中，就此倒下。
銀色的劍光穿過剛才裂開的胸甲縫隙，終止其生命。從旁人眼中，看起來應該是羅斯庫雷伊面對不肯認輸的基魯聶斯將軍的最後掙扎，堂堂正正地回擊殺了他吧。

羅斯庫雷伊深深吸了口氣。露出真誠的表情向觀眾傳達心聲。

那是趁著人民的激情尚未冷卻，經過計算的表演。

「……諸位，你們現在都看到了。基魯聶斯將軍拒絕我的勸降，反而拿起了劍。而在此刻，他已被我的劍擊斃！」

「羅斯庫雷伊！」

「羅斯庫雷伊～！」

「羅斯庫雷伊！」

「他選擇走上帶著自己的理想殉死的道路！為了終結舊時代，奉獻出寶貴的生命！請各位為將軍的勇氣大聲喝采！他的犧牲……是讓舊王國主義者與我們攜手走向新時代的第一步！」

「說的沒錯，羅斯庫雷伊！」

「基魯聶斯！基魯聶斯！」

「羅斯庫雷伊！」

「基魯聶斯！」

「如今真業決鬥之戰已經結束，我對基魯聶斯將軍沒有任何怨恨！請諸位也不要對他抱持恨意！他們每一個人都是為了建立和平而戰！現在正是背負他們的犧牲，邁步向前的時刻！」

高舉長劍，讓白銀的光芒照耀四周，黃都第二將如此說道。

絕對的羅斯庫雷伊，堂堂正正的英雄。

無論遇上什麼樣的敵人，那身白銀鎧甲永遠不會沾染任何髒汙。

「各位目睹的這場戰鬥，就是我的真業。我在此發誓，在接下來的盛大比賽之中，我將會用自身所學的絕技擊殺所有敵人！」

「羅斯庫雷伊！」

「羅斯庫雷伊！」

「羅斯庫雷伊！」

◆

演說結束後，羅斯庫雷伊獨自走入會場的進出口。

他預定將在王城比武大會中出場。當天未必會一樣在庭園戰鬥。就像這次的決鬥，雙方不一定具有對等的條件。

打從一開始，就沒有什麼對等條件。

在磚瓦砌成的迴廊之中，一個影子等著羅斯庫雷伊的到來。

那是一位又瘦又高，帶著沉默寡言氣質的男子。

「羅穆索大人，非常感謝您。」

「——輕而易舉。如果只是讓一百人當場陷入沉睡，實在是輕而易舉。畢竟我也認識那些人。」

「最初的隊伍」其中一人，星圖羅穆索。他一如往常帶著毫無緊張感的笑容回答。

「基魯聶斯死了嗎？」

「……是的，很遺憾。請您節哀。」

「唔，嗯。這也沒辦法。雖然我挺中意他，不過就算我背叛也沒什麼關係吧。只要有人肯出高價收買我，那就無所謂了。」

圓形眼鏡底下的那害羞的笑容，在暗影中看起來反而令人感到邪惡。

「畢竟我是個早就輸給魔王的膽小鬼。要做到這種程度的事是輕而易舉。」

即使是動用大量兵力的戰略，也會因為一個螞蟻挖開的小洞而崩潰。

羅斯庫雷伊也是一軍之將，有辦法猜到基魯聶斯使用的策略。他在戰鬥之中最早受到器重的不是劍術，而是他的智略。

「非常感謝您的『宿威』。威力遠勝於傳聞，讓我捏了把冷汗呢。」

「關於那件事呢，嗯。我還是搞不懂。為什麼你要我特地強化對手？如果是我……會把基魯聶斯……這個嘛，弱化到五歲小孩的程度。」

「——這樣不夠。之後的大型比武大會，絕對不會出現比基魯聶斯將軍或我更弱的對手。我必須親身體驗一次那種戰鬥，才能知道自己的劍對那種強者會造成什麼程度的效果。多虧了您的幫忙，我發現不少有待解決的課題。」
「……真是認真呢，你的生活方式很不容易喔。」
「不敢當。」
他握緊自己的手，再鬆開。反芻著剛才決鬥的記憶。這是難能可貴的經驗。
未來他將會碰上同樣的強者，同樣的圍觀群眾，同樣的殊死實戰。
是否能消化這些經驗用於往後的勝負之中，或許會關係到未來的生死。只要有一點點的可能性，他都得去做。
「那麼，嗯，我就先告辭。叛軍遊戲已經結束了。」
「……有緣再見，星圖羅穆索。」
就在這天，聚集於會場的一百多名舊王國主義者全數遭到逮捕。
由於同時失去領導者破城的基魯聶斯與顧問星圖羅穆索，他們的勢力急速衰退。

◆

——庭園之戰的那天晚上。
黃都邊境的河岸，有一間髒兮兮的小屋。

這間房子只住著一位母親與身體羸弱的女兒，支撐家計的爸爸很早就過世了。
在周圍住宅也毫無燈光的黑暗之中，一盞橘色的油燈照亮門口，告知客人的來訪。
打開門扉的母親看到許久未見的面孔，綻放出笑容。
「……啊，久等了！伊絲卡！伊絲卡！快起床！」
「既然她已經睡了，就不用那麼麻煩……請不要勉強伊絲卡小姐。」
男子全身罩著斗篷，謹慎地遮住臉孔和外表。不過她們依舊能一眼認出這個人。
從寢室走出來迎接男子的少女抬眼仰望他的臉，露出笑容。
「你好慢喔，第二將大人。我已經醒了。」
「……伊絲卡小姐。」
她是一位芳齡十六的女孩，有著紅褐色的頭髮與相同顏色的眼眸。看起來比以前還削瘦。
絕對的羅斯庫雷伊望向地面，低下了頭。
來到這個家的羅斯庫雷伊與在外面的樣子簡直判若兩人。
「我想先道歉，讓人民看到那種難堪的戰鬥。」
「哎呀哎呀，是這樣嗎？真是傷腦筋呢。究竟是什麼地方難堪呢？」
平民女孩在人類的英雄面前彎下腰，調皮地問著。
「……一開始接近對手的那個時候。若我在劍被折斷後被魔劍砍中，那就死定了。如果沒有用雷擊熱術阻止他……只差一點點而已。」

「您又投入危險的戰鬥了呢。真是……真是拿你沒辦法。」
伊絲卡輕撫羅斯庫雷伊的金髮，傷腦筋似的笑了。
他的戰鬥總是如此。看似以壓倒性的力量掌握上風，其實他比任何人都還接近生死關頭。他之所以制定萬全的計畫，時時鍛鍊絕不懈怠，都是因為他衷心地愛惜自己的生命。
絕對的羅斯庫雷伊，人類的英雄。無論她如何期盼他不要拿自己的生命開玩笑，羅斯庫雷伊應該都會是最後一個離開戰場舞臺的人吧。
「……所以，那個……我覺得早點交給妳會比較好，所以就過來了。」
羅斯庫雷伊的眼神游移不定，露出與他那個年紀的青年相符的靦腆態度，接著拿出一個小盒子。
「這是什麼？」
「是我在市場買的珊瑚戒指。感覺很適合伊絲卡小姐。畢竟我到現在都還沒有送給妳什麼東西。」
「呵。」
少女打開盒子一看，裡頭裝著小小的銀色戒指。
上頭有顆充滿柔和光澤的紅色珊瑚。那也是羅斯庫雷伊的眼睛顏色。
女孩維持著笑容退回了戒指。
「我不需要。」

「咦？」

「第二將大人，您以為我只是個沒有知識的平民女孩吧。在『彼端』的世界，贈送戒指就是締結婚約的儀式吧？」

羅斯庫雷伊像是要躲避伊絲卡追問的眼神，露骨地移開視線。

「有……有什麼關係嘛。這種禮物只是我的自我滿足啦。」

「我不需要這麼沉重的禮物。不對，您永遠都不能送給我有形的禮物。若是被其他人問到，您要我怎麼解釋呢？」

羅斯庫雷伊垂下了眉毛。他不知道伊絲卡接下來還能活多久時間。

他只知道，當她有一天死去後，將會什麼也不剩。

「我什麼都不需要，絕對的羅斯庫雷伊先生。您不覺得自己成為英雄，對一介平民女孩而言就已經是過於貴重的禮物了嗎？」

「不……我算是英雄嗎？」

「……哎呀哎呀，今天的第二將大人還真是缺乏自信呢。」

母親已經離開現場。部分原因是為了準備餐點，但她更明白當羅斯庫雷伊造訪時，應該留給兩人這種獨處聊天的時間。

這是青年卸下人民英雄的身分，讓他暫時逃離沉重的責任與義務的時光。

「我殺了基魯聶斯將軍。用卑劣無比的手段，殺了英勇又充滿智慧……值得尊敬的人。」

「……真過分呢。」

羅斯庫雷伊跪在地上，就如同他在許多戰鬥中迫使敵人做出的姿勢。

……在整個世界裡，只有她一個人能看到羅斯庫雷伊的這副模樣。

伊絲卡就像在傾聽著對方的告解，雙手捧住他的頭。

「我只有劍這種手段。」

「……嗯，是啊。你只有鍛鍊這方面嘛。」

「若是被人知道妳的存在，我就無法獲勝了。」

「是啊，因為你其實很弱。」

「其實……我很想堂堂正正地戰鬥——」

「……我知道喔。」

如果沒有他，她和母親都會在那天被賣去當奴隸。

她絕對不會洩漏這些事。然而唯有她知道，絕對的羅斯庫雷伊從一開始就擁有英雄的資格。

所以在這天，她只是靜靜地傾聽他訴說的話語。

只要能拯救他的心，伊絲卡就心滿意足了。

——就在夜已深，羅斯庫雷伊回到王城後。

「……他真笨。」

在漆黑的屋子裡，伊絲卡拿起擺在桌上的小盒子，如此低語。
明明已經再三拒絕，結果他仍然忘了帶回去。
她獨自回到了寢室，點亮床鋪旁邊的油燈。
伊絲卡以手指拿起小小的戒指，戒指的輪廓泛著溫暖的黃色光芒。
竟然送這種有形的禮物。
「……呵。」
她躺上陰影中的床鋪。
伸進油燈光芒裡的左手無名指上，正戴著反射紅色光輝的珊瑚戒指。
羅斯庫雷伊。比任何人更強大，卻又比任何人更弱小，專屬於她的英雄。
她感覺自己現在甚至忘掉了疾病帶來的呼吸困難之苦。
如果有那樣的未來，那會多麼美好啊。
伊絲卡眼中滿是淚水，但也充滿同等的喜悅。她開心地笑著。
「……呵呵呵呵。」
此人在單一個人的層級，已達正統純粹劍術的顛峰。
此人具有以政治工作與暗中破壞，在開戰之前決定勝負的智謀之力。

此人以國家為後盾，接受將勝利化為必然的各式支援。

他是受到地表上最強的社會性動物託付全種族之力的人工英雄。

騎士(knight)，人類。

絕對的羅斯庫雷伊。

二十一 信實

將時間從破城的基魯聶斯在決鬥中被殺的那一天往回倒轉。

兩個人在黃都中樞議事堂的一個小房間裡交談。民望深厚的第二將，絕對的羅斯庫雷伊，以及召集微塵暴對策會議，領導迎擊作戰成功的最大功臣，第三卿，速墨傑魯奇。

「以上就是迎擊作戰中經過確認的戰力詳細資料。戒心的庫烏洛不負期待，做出詳盡的狀況報告。雖然發生了不在預定之中的混戰，不過這反而可以視為一種幸運。」

傑魯奇將掌握到的戰況全數報告給羅斯庫雷伊。

——戒心的庫烏洛的觀測，是透過以單一個人的通信手而言相當罕見的遠距離中繼傳輸所進行的通信。

然而這段通信並不只傳達至空雷卡庸手下的賽因水鄉部隊。在黃都本國，有人從一開始就在監聽這段通信。

第三卿傑魯奇掌握了這次迎擊作戰之中的所有狀況。魔王自稱者齊雅紫娜及駭人的托洛亞的出現。連兩方使用了什麼樣的戰術，進行什麼樣的戰鬥，他都比負責指揮作戰的卡庸更清楚。

「駭人的托洛亞，以及美斯特魯艾庫西魯。兩人的實力毫無疑問達到威脅國家的領域。遲早有必要討伐他們……或是讓他們在王城比武大會之中交戰。」
「……如果他們想在王城比武大會中出場，能夠允許他們參賽嗎？」
而最終得到情報者，是絕對的羅斯庫雷伊這位沒有出席對策會議的人。
「會以比武大會的名義，用規則限制解決他們，不給他們發揮全力的機會。」
「這是當然的，我從一開始就如此打算……用來解決怪物的王城比武大會。」
民望深厚的黃都英雄，羅斯庫雷伊。內政最重要的商業部門之首長，傑魯奇。他們從一開始就私下聯手。就連整個微塵暴討伐作戰也被拿來利用，當成掌握羅斯庫雷伊未來對手的情報的手段。
「不管怎麼說，微塵暴在這場作戰中被消滅了。死亡的可能性很高。應該沒有人會深入探究這件事……包含微塵暴會通過賽因水鄉也是我們額外『加上去』的情報。」
對策會議是以「灰髮小孩」的預報正確為前提進行討論。「灰髮小孩」以氣象觀測技術獲得的微塵暴行經路線為基礎，再參考它的真面目是具有意志的生物，以及它曾經摧毀國家的前例，預測其突然移動的目的是襲擊黃都。
——考量到微塵暴的實際移動路徑，可能性相當高。儘管如此，亞托拉澤庫按照預報行動的未來頂多只是一種可能，而非確切會發生的事實。
不過那場會議的焦點在於氣象預報的確切性。當這則情報被認定可信之後，附帶的「微塵暴將通過賽因水鄉」的事也被當成「正確消息」。

「……可是呢，羅斯庫雷伊。為什麼不直接對卡庸下指示，要求他出動『地平咆』？若是以防衛黃都為名義，卡庸應該就不得不接受要求。」

「不，這次的作戰必須由地平咆梅雷的擁立者卡庸主動提出才行。別說是我，連你也不能提出來。一旦有人下了這種指示，像卡庸那種精明的男人……就會察覺擁立其他競爭對手的人企圖打探梅雷的情報。他甚至還會察覺你我私下聯手。」

得知微塵暴將會經過賽因水鄉後，卡庸就不得不出動「地平咆」。因為一旦梅雷的故鄉賽因水鄉被摧毀，梅雷就會失去出戰王城比武大會的理由。

他沒有提出任何交換條件，只不過添加了一句情報，就迅速策動了對手的勇者候補。

「多虧『地平咆』出動，我們就沒有派出『星馳』或『擦身之禍』的必要了。若是派出他們，負責人也會有危險。最好能排除所有不確定因素。」

——這一切都是為了守護黃都。絕對的羅斯庫雷伊之所以如此保護自己的名聲，不擇手段死守黃都，除了為了人民著想以外沒有第二個原因。

傑魯奇也有同樣的理想。如今「真正的魔王」已死，他們必須將無法控制的英雄從這個世上剷除，建立讓人民安居樂業，不受戰亂之苦的國家。

（雖然決定勇者的王城比武大會連參加者都還沒湊齊，不過——）

對於「他們」而言就不同了。

對會蒐集情報、施展謀略，在比賽開始之前就獲得勝利，具有智慧的怪物們而言——

（比賽早就開始了。無論是多麼厲害的強者，從頭到尾都不會有能認真對決的機會。我們的工作就是讓那些人「以為」戰鬥要等到雙方面對面，聽見開戰信號後才算開始。）

傑魯奇開口說道。至少還有另外一位具有智慧的怪物存在。就是之前擱置處理的威脅。

「……羅斯庫雷伊。關於這點，我還有件事得向你報告。」

「『灰髮小孩』的事嗎？」

「沒錯。駭人的托洛亞、輪軸的齊雅紫娜和微塵暴。那天，除了我們以外，還有一個將理應不會齊聚一堂的戰力集合至一處，企圖獲得王城比武準參賽者相關情報的人物。往後我們必須想辦法對付『灰髮小孩』。」

在這次事件中，輪軸的齊雅紫娜的情報來源毫無疑問就是「灰髮小孩」提供的預報。若是同一個人利用齊雅紫娜持有爆破魔劍的情報，策動駭人的托洛亞——

「駭人的托洛亞與『灰髮小孩』之間有什麼關聯嗎？」

「——就是托洛亞趕到峽谷追上微塵暴的手段。一直到托吉耶市都有他的目擊情報，之後的行蹤卻消失了……然後在那天突然現身於峽谷之中。換句話說……」

「有人準備馬車之類的移動手段載他過去。」

「而且他還故意讓托洛亞和齊雅紫娜交戰。為什麼不屬於黃都的人士會特地打算取得準參賽者的情報呢？」

「原來如此。」

也就是說——和絕對的羅斯庫雷伊具有同樣想法的人，不只一個。

「那個人不是已經取得參賽權，就是已經有取得參賽權的十成把握。」

羅斯庫雷伊陷入沉思。雖然「灰髮小孩」與舊王國之間有生意往來，但實際上他並非舊王國主義者的同夥。他的行動應該有著明確的目的。

「這次『灰髮小孩』向各勢力販售的微塵暴行動預測情報，在結果上導致了舊王國的迅速倒臺……他們掌握到虛假的勝算，急著準備發動攻擊而吃下慘痛的敗北。如果我猜的沒錯，『灰髮小孩』目前的所屬勢力應該是——」

羅斯庫雷伊指著桌上地圖的一點。

「——歐卡夫自由都市。你能調查一下嗎？」

「歐卡夫……『灰髮小孩』在我們與舊王國主義者的戰爭中撤到這裡，這個行動確實看起來有點不自然。應該可以視為他在檯面下有什麼動作。」

「他的行動反而推動了我方計畫的進行。『灰髮小孩』的行動最後讓妨礙王城比武的兩個勢力『被收拾掉』。而且他甚至能在目前這個階段調查、挑選參賽者……」

「換言之，『灰髮小孩』也在幫助我們舉行王城比武。」

「是的。」

有個人不表現敵對態度，也不直接介入，在黃都的外圍進行政治操作，促成王城比武大會的舉辦。

他的目的到底是什麼？那些具有智慧的怪物們究竟打算在這場戰鬥中看到什麼樣的結局呢？

「速墨傑魯奇。我相信你的能力，所以在這裡提出請求。請你根據『灰髮小孩』這一連串的行動，對其往後動向保持最大程度的關注。」

「……你認為他會成為黃都的敵人嗎？」

「就是因為無法確定，才要你這麼做。」

用來決定勇者的史上最盛大王城比武大會。

若那將是一場動搖歷史局勢的戰鬥，就不可能只是強者之間的單純決鬥。

黃都，歐卡夫自由都市，「黑曜之瞳」。

有能力撼動世界、深謀遠慮的修羅們正在靜靜地逐步擴張其根基——

◆

「——呼叫支援！發現輪軸的齊雅紫娜！重複一次，遭遇魔王自稱者齊雅紫娜！我方部隊只能監視動向，無法進行更進一步的應對！請求黃都本隊的支援！」

部下士兵慌張地出動，從一定距離外的掩體後方包圍那個矮小的老婦人。他們舉著弓箭，確保無論對方有什麼舉動都能立刻發射，內心祈禱支援部隊即時抵達。

對於在黃都邊境附近巡邏的小隊長來說，那是一場可怕的遭遇。

就像是在自家庭院裡散步的小孩子突然遭遇一頭心懷惡意的龍那樣的惡夢。

「該死，為什麼她會這麼從容地來到黃都……！我們只是普通的巡邏部隊耶！」

「真是的，你們這群人有夠吵。」

「哈哈哈哈哈哈哈！他、他們礙事嗎？媽媽！我……我知道！如果有人礙事，把他們收拾掉會比較好！內、內臟，會變成什麼樣呢？」

跟隨魔王自稱者齊雅紫娜的那具機魔乍看之下像沒有怪異形體或特殊機能的人型機魔。只是乍看如此罷了。

只要是她製作的兵器，都應該預設是無法以尋常手段對付的異常存在。輪軸的齊雅紫娜可是讓一整個都市化為迷宮機魔的魔王。

「唔，你就安分點吧，至少現在別動手。」

在場士兵全都大感意外，以性情暴躁聞名的魔王自稱者竟然連先出手攻擊的跡象也沒有。他們原本還擔心對方若是一出手就使出猛烈的攻擊，部隊可能會損失三成以上。

「……好難吃！這個麵包真是又硬又難吃。喂，美斯特魯艾庫西魯，能不能造個烤吐司機？不要用熱術烘烤，應該有什麼方便的替代原理可用。」

「我知道了！包、包、包在我身上！哈哈哈哈哈哈哈！」

「哎呀～都焦掉啦。我又不是要你直接用火烤。雖然這只是難吃的麵包，沒什麼關係就是了。」

對黃都而言可說是最窮凶惡極的這兩個罪犯，竟然就在士兵與無數箭頭的包圍下，坐在路邊開始休息吃飯。齊雅紫娜又怒吼一聲：

「喂，你們幾個！我跟你們的上頭談過了！要是不讓我通過，小心會加不了薪喔！」

「少胡說八道，魔王自稱者！」

不知從哪個方向傳來年輕的部下回罵的聲音，部隊長心中一涼。

那位士兵血氣方剛，正義感強烈。然而在目前的情況下，這種做法絕非明智之舉。

「我們絕不會讓妳這種無賴之徒踏進黃都一步！今天就是讓妳嚐到報應，為被妳踐踏殺害的人民復仇的日子！」

「哦～這樣啊……噢，美斯特魯艾庫西魯，你是從什麼地方學到教團文字？用那種東西只會變笨，還是『彼端』的文字比較好喔。」

「我、我在地上，練習寫字！人家說，最好，每天練字！我也想，變聰明！像媽媽一樣，成為博學的人！」

「嘻嘻嘻！你真可愛！」

雖說對他們而言，這是一副悠閒的日常景象。然而在包圍兩人的士兵心中，卻感覺像是面對一顆不定時炸彈。

不知他們哪個動作會成為開始攻擊的信號，也不曉得哪個方向的士兵會成為第一批犧牲者。

「……他們到了，隊長！援軍到了！」

「就是那些部隊吧。不對……只有一支部隊？對方可是輪軸的齊雅紫娜耶？」

他的確可以看到支援部隊從黃都過來，援軍卻只有一支部隊。

「你們在搞什麼鬼啊？」

率領部隊的男人乃是以暴躁的武鬥派聞名的文官——第四卿，圓桌的凱特。

他的精悍五官上浮現殘酷的眼神，開頭第一句話就是責罵進行包圍的黃都兵。

「是誰負責報告的。我不是已經下達命令，要你們立刻解除沒有意義的包圍嗎！」

「可、可是……！我們不能那樣做，太不夠現實了！」

「剛才是誰回嘴？有誰想被砍頭，我就成全他。放她過去。」

圓桌的凱特的聲音清晰明瞭，確實地將指示傳達到每個士兵的耳裡。

這讓士兵們不明白第四卿的意思，感到相當困惑。

「呃……」

「你們腦袋生鏽了嗎？我叫你們放她過去。」

他的意思是要士兵們停止包圍長久以來威脅世界的可怕魔王自稱者，讓她自由通行。

輪軸的齊雅紫娜緩緩站起身，發出別有深意的笑聲。

「事情就是這樣。我的美斯特魯艾庫西魯可是『勇者候補』呢。」

「沒、沒錯！我會，成為勇者！哈哈哈哈哈哈哈！很帥氣吧！」

「別……別開玩笑了！魔王自稱者的士兵當上勇者？胡說八道也該有個限度！」

「剛才在鬧的就是你吧，拉出去砍頭。」

第四卿瞪一眼就讓士兵閉上了嘴。散發壓迫感的凱特所說的那句話裡，蘊藏了讓人以為他真的打算下令斬首的威嚇力。

「討伐潛伏於各地的魔王自稱者，破壞舊王國主義者的後方陣地，捕捉與擊敗巨大災害的微塵暴——這些全部都是『我指示的』作戰行動。我倒要反問，你們之中有哪個人，做出超越這位齊雅紫娜及美斯特魯艾庫西魯對黃都的貢獻？回答看看啊？」

凱特掃視了一遍縮起身體的士兵們。

「怎麼？我叫你們回答啊。」

「嘿嘿嘿嘿嘿！」

齊雅紫娜愉快地笑了。這位身為和平大敵的魔王自稱者。當她笑出聲的時候，不是正在幹壞事，就是遇到與自己的孩子有關的事。

「你們放心吧！我輪軸的齊雅紫娜往後會站在黃都這邊！」

凱特帶著邪惡之徒轉身離去。窮知之箱美斯特魯艾庫西魯，那是足以顛覆這個世界常識的無敵王牌。

（羅斯庫雷伊，我絕對不會讓你一個人主導這場王城比武大會。）

唯一一位的勇者。有人企圖利用其存在，當成鞏固權力的基石。

當然也有人打算用來顛覆權力的結構。

◆

「——你醒了嗎？太好了。」

從死亡的黑暗之中甦醒後，他看到死神就在床邊。

既然如此，這裡或許就是地獄吧。反正只要他眼中看到的世界仍存在，就都無所謂了。

——不，只有這樣還不夠。戒心的庫烏洛忍著痛楚呼了一口氣。

「…………丘涅……在嗎？」

「她一直很擔心你，看起來用情頗深呢。」

「……我什麼也沒做。不如說……我反而對她做了很過分的事。從遇到她的那一刻起……我根本就沒有任何值得她愛慕的理由……太好笑了……」

兩人之間並沒有什麼戲劇性的邂逅。不過是在他勉勉強強做著偵探的工作時，偶然遇到她，而她又對庫烏洛的眼睛感到驚奇。而且……雙方都是孤獨一人。」

「吶……駭人的托洛亞。你是從地獄復活的吧……」

「是啊。」

「……造人總有一天也會死嗎？」

托洛亞點了頭。他自己也知道這是個愚蠢的問題。庫烏洛頭一次真的對這件事感到害怕。
「我該怎麼回報丘涅才好。那傢伙……一直都在幫助我啊……」
「只是簡單的答案也行嗎？」
死神盯著地板，淡然地回答：
「你只要和她待在一起就好了。隨便聊聊，交換對風景的心得或是過去的回憶……只要一個人心中的聖域仍存在，日子就能一直過下去。」
「……」
「就算身處地獄的盡頭也一樣。」
「……我一直想利用丘涅，一直想要有個能說服自己和她在一起的理由。」
他希望以酬勞為代價，換取丘涅的的幫助。他以為丘涅會信任庫烏洛是因為她很笨。
「沒有理由是很可怕的事。」
「我不清楚你的人生……但我認為不是所有你遇到的人都想利用你。」
「……當你利用一個人，就是信任對方喔。」
至少在庫烏洛的世界是如此，他至今仍抱持著這種想法。
「射殺我的人，應該也是相信我有辦法阻止微塵暴。所以才會等到那個時候。若非真正信任一個人，否則就不會利用對方……」
——或許正因為如此，丘涅那種不考慮利害關係的信任才會讓他感到害怕。

「若那是你的想法……丘涅對你可能就不再有利用價值了。我從她那邊聽說了天眼的事。現在的你最信任的是自己的眼睛吧？」

「……就算如此……」

庫烏洛虛弱地低語。

「就算如此，我還是想和她在一起。這是為什麼呢？」

「你的那份心情，就是丘涅的理由。」

他總算理解死神的話。理解她一直以來的想法。

只要能和丘涅在一起，要去哪裡都可以。

他想要見識更多、更廣的世界。

「看起來你已經不再需要別人的照顧。我走了。你我應該不會再見面了。」

「……謝謝，駭人的托洛亞。你可別被人利用了。」

「你以為我是誰啊？」

不祥的魔劍士將手放上門板，正準備離開診療所。

在椅子上休息的那個東西睜開了眼睛，抬起頭看著他。

那是小到能放在手掌上的有翼造人。

「……托洛亞？」

「庫烏洛的能力叫天眼嗎？真是了不起的力量。」
托洛亞一手擺在門上，低聲說著。
「那傢伙將妳帶上那個慘烈的戰場，保護妳到最後。妳有想過為什麼嗎？」
流浪的丘涅的力量不可能對觀測微塵暴有任何幫助。況且庫烏洛一直把丘涅藏在風衣裡，根本沒讓她出來。
「那是因為我硬要跟他在一起……」
「……不對。我認為……那傢伙是在毫無意識的情況下選擇了最好的未來。當時如果妳不在場，那傢伙就沒有向我們求救的手段——妳出色地拯救了庫烏洛的性命。」
「咦……救了他的性命……庫烏洛的性命……」
「沒有錯。庫烏洛已經醒了喔。」
隔了一秒，淚水從少女的眼中汩汩流出。
她拍動翅膀，呼喚那個名字。
「庫烏洛……庫烏洛！」
駭人的托洛亞在兜帽底下露出了淺淺的笑意。
該是死神離開的時候了。

◆

那一天，賽因水鄉的「針林」一反往常地相當熱鬧。
「梅雷！吶，聽說你會射箭？」
「那把弓原來不是裝飾啊！」
「隱瞞也沒用喔！有很多孩子看到流星了！」
「啊啊，真是夠了，你們好吵啊～」
地平咆梅雷趴在地上緩慢地揮著手，趕走湧到丘陵上的孩子們。
雖然在進行狙擊時，黃都軍清空了閒雜人等。但傳言仍一下子就在認識賽因水鄉與梅雷的村民間傳了開來——梅雷早上起床射箭，而且還射了好幾次。
「不管我要射箭還是放屁，都不關你們的事。我想睡覺啦。」
「時間已經過中午了啦，看招！」
一位少年踢了踢梅雷的腳趾。儘管被這麼對待，村子的守護神也只是打了個呵欠。
「喂喂，梅雷射了什麼呢？」
好奇心強烈的少女望著「針林」這麼說道。
「梅雷，你射了好幾支箭對吧？有那麼厲害的獵物嗎？」
「應該是鳥龍吧？梅雷偶爾會吃那種東西。」
「一定是黃都軍準備了一個很大的箭靶給他射啦！如果要和羅斯庫雷伊打，不先經過這種程度測試是不行的！」

逼近賽因水鄉的微塵暴，藉由戒心的庫烏洛賭上性命的觀測，在抵達此地之前就被擊落了。村子裡的所有人都不知道這件事。

「吶吶，梅雷射了什麼？」

巨人翻了個身。正在搔他腳的孩子們笑哈哈地躲開動起來的腳底板。英雄望著天空笑了。

「……沒什麼。不是什麼了不起的東西啦。」

巨人一如往常開朗地笑了。

他不靠掠奪他人就能過活。

「梅雷。」

一位少年走到他的面前，是個年紀很小的孩子。應該是其他孩子揹他過來吧。

「給你，送給你。」

那是一把做工拙劣，比梅雷的眉毛還小的紙折劍。

別說拿在手上，他連用兩根指頭也捏不起來。

「喂喂，這什麼東西啊。根本沒辦法拿來填飽肚子嘛！」

「哈哈哈哈！梅雷你別真的吃掉喔！」

「畢竟他什麼都吃嘛！」

「哇哈哈哈哈哈哈！你們實在很囉嗦耶！」

他一邊與孩子們說笑，一邊珍惜地將那個寶物捧在兩手之中。

對於以絕技保護了賽因水鄉的神明而言，那支劍就是非常充足的報酬了。

◆

「啊！你不是駭人的托洛亞嗎！」

黃都是個和平的都市。所以當他揹著無數的劍走在路上時，大多數市民都對他敬而遠之。

因此像這位有膽子直接靠過來，一點也不害怕的小孩子便相當稀奇。

「是本尊耶！哎呀，在古馬那聽到報告時，我就一直對你很感興趣呢！」

「找我有什麼事？」

「咦？」

少年年約十六。服裝看起來很高級，不過身高有點矮。

「既然你知道我是駭人的托洛亞，應該不會沒有目的就隨便接近吧？」

「咦……目的呀。我也不知道耶，只是感覺你很帥氣。」

「很帥氣？」

少年毫不客氣地撫摸他背上的魔劍。

「別亂碰。有些劍摸到就會死喔。」

「這些全部都是魔劍？好厲害啊。應該還是沒有光魔劍吧？聽說被星馳阿魯斯搶走了。」

「……在提這些事之前。你到底是什麼人，報上名來。」

「鐵貫羽影的米吉亞魯。」

少年露出自信滿滿的笑容。

「黃都第二十二將。很厲害吧？這麼年輕就當上二十九官喔。」

「黃都的……這樣啊。原來你就是在古馬那交易站的小孩。沒想到竟然是二十九官之一。」

「——想不想參加比武大會？」

米吉亞魯突如其來地提出這個建議。他只是一時興起便邀請了托洛亞。

「我想要擁立托洛亞。大家肯定會大吃一驚喔。」

「……決定勇者的御覽比武嗎？」

——你和星馳阿魯斯交戰的機會一定會出現。

不會受到他人干涉，不必擔心波及無辜的一對一戰鬥舞臺。正如「灰髮小孩」之前所言，那個機會確實就在黃都。

若想參加那場戰鬥，必要前提是獲得黃都二十九官的推舉。認為魔劍不可被任何人利用的托洛亞，卻必須參加被人利用的戰鬥。

他已經決定不參加那場戰鬥了。

「我是魔劍士殺手駭人的托洛亞。你為什麼選擇我參加那種賭上名譽與驕傲的戰鬥？」

「咦？……我也不知道耶。雖然其他的二十九官可能有各種說法。」
黃都最年輕的將領稍微考慮了一下，像是在自由自語般低聲說著。
「『我』只是覺得有趣。」
「……」
「從地獄復活的恐怖傳說人物，想想就覺得很帥氣呢。」
不要被任何人利用——戒心的庫烏洛的忠告言猶在耳。
在王城比武大會的檯面底下，充斥著許多陰謀詭計，不斷製造出利用他人者與被利用者。
——就算如此，世界各地仍然充滿著各種毫無理由的荒謬狀況。
「……你覺得我會因為那種無聊的理由而點頭嗎？」
「這樣啊，你覺得這種理由很無聊嗎？不想參加就算了。」
米吉亞魯將兩手揹在身後，乾脆地轉身離去。
「不過你要是改變心意，一定要跟我說喔！我已經決定只會擁立托洛亞了！」
在托洛亞的目送下，少年的背影很快地遠去。
魔劍士說著不是給任何人聽的低語。
「……我絕對不會按照他人的想法行動。」
這個世界永遠存在著利用他人者與被利用者。
或許……還有無論如何都無法利用的人。

二十二◇冬之露庫諾卡

沒有人不知道伊加尼亞冰湖這個名字。但若要列舉實際踏入冰湖的人，即使翻遍了歷史恐怕也是寥寥可數。

……不過至少現在就有兩位。兩排釘鞋的腳印歪歪曲曲地延伸至看不見盡頭的大冰海邊。

「呼哈哈哈哈哈！好冷！這裡好冷喔！比想像得還要冷！」

走在前頭的是赤裸著上半身，虎背熊腰的壯漢。

他揹著跟自己身高差不多的巨劍，懷中還抱著兩人份的行李。那充足過頭的活力卻看不出衰退的跡象。

「……但我不會輸！羅斯庫雷伊在這種程度的寒冷天氣裡行軍時也沒有抗議過！既然如此，我就要超越他！你說是吧，武官大人！」

「啊……？」

另一個人則是氣喘吁吁，走路搖搖晃晃。

他帶著重量不到領頭男子手中行李四分之一的物品，全身裹在好幾層禦寒衣物中，卻還是那副德性。

「我……才不管那麼多！而且你注意一下，竟然拿我和第二將做比較，那個……不會有失厚道嗎！你該不會其實很看不起我吧！」
「嗯，厚道！不過武官大人比羅斯庫雷伊差勁是事實吧！這種程度的事實大家都知道喔！」
「呼、呼……那種話……就叫有失厚道啦！」
壯漢之名為屠山崩流拉古雷克斯。
正如同其誇張的別名，他是一位野心勃勃且充滿行動力的年輕劍士。
——而另一位跟在後面的人，也毫無疑問是受到巨大的野心所驅使。
他是黃都第六將，靜寂的哈魯甘特。
「不過就算在這種寒冷之地，也到處都是野獸！真虧牠們活得下去呢。而且體型比沙漠的野獸還大！你看到剛才那隻白銀熊嗎？」
「……嗯，是因為啊，拉古雷克斯。這跟體表面積有關係。也就是說，小老鼠之類的生物在低溫環境下很快就會凍僵——」
「哦，不用再說下去！反正我也聽不懂！重要的是，這代表牠們的食物也很豐富！」
沒有人不知道伊加尼亞冰湖的名字。但這個地名的正確意義與大眾的認知多少有些不同。
只不過，沒有人不知道存在於伊加尼亞冰湖的那頭龍的名字。
「你真的要挑戰冬之露庫諾卡嗎？」
「這是當然！如果要舉出這個地表上唯一能與羅斯庫雷伊相提並論的對手……除了冬之露庫

諾卡，別無他者！而且，如果我是真正的羅斯庫雷伊——」

——如果我是羅斯庫雷伊。拉古雷克斯用了好幾次這種表達方式。

「就不可能無法獲勝。因為他是成功地獨力屠龍的人類。」

「……這……」

在熟知內情者的眼中，可以斷定那是非常可笑的目標。

但無論那是想法多麼稀奇古怪……甚至性格與哈魯甘特非常合不來的對象，能在這種嚴酷的雪地環境與他同行，為他嚮導的人，除了這位拉古雷克斯以外也沒有別人了。

如果哈魯甘特沒有失去自己的部隊，應該就能在萬全的狀態下進行這場雪地行軍吧。

然而他現在做不到這件事。如果不仰賴拉古雷克斯的猛劍，哈魯甘特這種程度的角色不知道會被這座冰湖的巨獸殺死多少次。

更進一步地說，在這塊土地上夢想著挑戰冬之露庫諾卡的冒險者中，像拉古雷克斯這種實力與行動力兼具的夥伴是少之又少。

「不曉得羅斯庫雷伊是怎樣的將軍！你有和他拿劍交手過嗎？」

「唔，嗯？算是吧。」

「他的攻擊想必很強勁吧！至少能夠將對手的胸甲連同手中的劍一刀兩斷。還有速度應該疾如閃電！」

「呃……我搞不懂啊，為何你能將從未見過的羅斯庫雷伊劍術說得如此天花亂墜……？」

哈魯甘特聽說他出身於距離黃都遙遠的南方邊境，一個叫哈奇那的小州。
這個男人以自我的方式進行鍛鍊，自認能對打贏冬之露庫諾卡。若再加上這座伊加尼亞冰湖的嚴酷環境，他的魯莽挑戰更是困難重重。
在行軍的路上，必須以鉤子和繩子攀登突出於冰面的岩石。
拉古雷克斯帶著意氣風發的氣勢，竟然空手就抓住岩石的凸起處，像猴子一樣爬上去。哈魯甘特只能目瞪口呆地仰望著他。
他拉著拉古雷克斯丟下來的繩子往上爬，祈禱自己凍僵的手指能夠抓穩。
「……嗚……等等……這點程度……！咕……和我無數的戰功……第六次掃蕩鳥龍……第八次掃蕩鳥龍……還有那第二十二次掃蕩鳥龍比起來……！」
「都是狩獵鳥龍呢。」
「不要說出來！」
「還要再說的話，武官大人的體能實在太弱了！」
是我老了——他想這樣喊，不過一想到這只會讓自己顯得更悲慘，哈魯甘特只好把話吞回去——再加上，如今他還失去了部下。大多數精銳士兵都在討伐燻灼維凱翁的遠征中陣亡。
經歷淒慘敗北的他之所以還沒被換下黃都二十九官，是因為要處理接下來的王城比武大會，沒時間召開新任第六將的選出會議，除此以外沒有其他理由。
靜寂的哈魯甘特是個無能之徒。

他是個汲汲營營於維持權力的小人物，只會不斷狩獵鳥龍以主張自己的功績，甚至使他被人戲稱為「拔羽者」。即使在表面上被當成是火災的利其亞新公國之戰裡，他的魯莽突擊作戰理所當然地不被讚揚。

因此，這是最後的機會。

（讓有十成勝算的棋子——冬之露庫諾卡成為候補勇者。）

這個地表上最強的種族。在這些一頭就形同災害的龍族中，更加強大的個體。聽到黃都即將舉辦競爭最強之位的王城比武大會時，尋找候補人選的二十九官一定都想過那個名字。

——只要擁立冬之露庫諾卡，不就贏定了嗎？

然而現實是如何呢？

沒有人從黃都千里迢迢來到伊加尼亞冰湖。

沒有人放棄原有的政務，做出將一切賭在王城比武大會的愚蠢行為。

沒有人想過，如果和沒人看過的龍進行交涉時……必須支付其代價。

而且，他們之中誰也沒找到像拉古雷克斯那樣魯莽無謀的男子。

哈魯甘特一邊走著，一邊輕聲哼唱：

「……啊啊，啊啊，雨從天降。高聳的歐努馬山上。白翼輕拂掃過。隨後落下，棘刺，棘刺，棘刺，棘刺——」

「哦，武官大人。您在唱童謠嗎？」

「……嗯。這是艾諾茲．希姆歌章千篇。《野寒田凍》。棘刺，就是指雪。當時伊加尼亞是熱帶地區……誰也沒接觸過雪。」

「……」

「這是三百年前的歌曲。」

拉古雷克斯的推測應該是正確的。

冬之露庫諾卡沒有襲擊人類村莊，只是一直徘徊在這座寬廣的冰湖，以捕食大型野獸維生。因此不管是哪個國家都沒制定討伐牠的作戰。牠也沒像一般的龍蒐集金銀財寶。所以雖然牠是人人都認同的地表上最強存在，打倒牠也得不到任何寶物。

至少在這一百年的時間裡，大家都是這麼想的。

「……拉古雷克斯。就算能和露庫諾卡對決，你要怎麼擋下牠的爪子？」

「別擔心。我已經練好面對威力遠遠強過我手中猛劍的招式。這是為了應付龍這種對手——啊，當然不是用蠻力，而是像這樣將來襲的攻擊力道卸向一旁的招式。重點在於將攻擊往旁邊推開。」

「那麼，如果牠逃到空中的話該怎麼辦？你的劍就碰不到牠了。」

「哇哈哈哈哈！您說的沒錯！可是龍不會永遠飛在空中！牠遲早會累，我就趁牠讓翅膀休息時擊殺牠就好！我對基礎的體力鍛鍊可是沒有懈怠喔！」

「別忘了龍息的存在。你應該想到應對的辦法了吧。」

「……這……」

踏冰前進的拉古雷克斯的步伐稍微停了一下。

當然，那只是哈魯甘特追不上的短暫片刻。

「靠氣勢。」

「……氣勢……？」

「正是。沒有什麼事無法靠氣勢解決！羅斯庫雷伊就會這麼做吧，武官大人！人能勝龍！既然已有如此確切的例子，那就毫無疑問有勝算！這點是可以確定的！」

實在是讓人無法理解的思考模式。再說，相信能以凡人之軀戰勝龍的故事，就是一種愚蠢。

拉古雷克斯的確很強。哈魯甘特曾見過他將必須仰頭觀察的巨獸一劍劈成兩半。他有自信，一定也充滿了勇氣。

（不過，他應該會死吧。）

哈魯甘特以受到刺骨寒意影響而變得模糊的腦袋如此思考著。

他需要拉古雷克斯的地方，只有讓他成功完成交涉之前的去程。

這位魯莽無謀的男子應該會在挑戰最強古龍之後，一無所為地死去吧。

接著，哈魯甘特之後就會……之後，之後會怎麼樣呢？

（……我是不是也在做和這個男人一樣魯莽的嘗試呢？）

與從未見過的傳說存在成功交涉，讓對方允諾參加王城比武大會……甚至還護送自己回家。他真的認為能辦到這種事嗎？

其他二十九官不會做這種愚蠢的嘗試。

慘敗給燻灼維凱翁，目睹晴天的卡黛死去，哈魯甘特該不會在不知不覺間變得自暴自棄了吧？

寒冷削弱了思考能力。地面反射著太陽的光芒，看起來十分刺眼。

雙腿累積了大量疲勞，走在前頭的拉古雷克斯不時必須停下來等他。

——眼前是寬廣的冰湖，是一望無際的死亡地帶。

沒有人見過其身影。任何人都知道伊加尼亞冰湖的名字，卻沒有人踏進過這裡。

冬之露庫諾卡。很久沒有與人接觸的傳說存在。

那個生物真的實際存在嗎——

「……官大人！武官大人！」

「……唔！怎麼了，拉古雷克斯？」

「這句話應該是我要說的才對喔！你千萬不能倒下。武官大人必須活下去當我那場戰鬥的見證人。」

「這、這樣……啊。我……暈倒了啊。」

太難堪了。眼前又是一座斷崖。

他頓時覺得心情沉重。雖然自己還有登山的體力，刺骨的寒氣卻逐漸滲入一件又一件的衣服裡。即使爬上斷崖，回程時他仍得走過同樣的道路……

「……拉古雷克斯。那個，這話有點難啟齒……」

「什麼話？」

「冬之露庫諾卡，那個……嗯。」

「嗯。」

「我覺得應該不存在吧。」

這句話讓壯漢歪了歪頭，接著笑出來。

「哇哈哈哈哈哈哈！如果不存在，那也沒關係！這樣就只是證明比起不存在的龍，實際存在的我更強。就算只是為了確定這點，我也要找遍這裡所有地方！太陽還高掛在天空中喔！」

「慢著……等一下……不要拉繩子。我、我撐不下去！」

兩人在斷崖前持續了一陣子這種沒完沒了的對話。

哈魯甘特完全無法理解為何身處如此恐怖殘酷的世界，拉古雷克斯還能如此地充滿活力與自信。

「放棄抵抗吧，武官大人！你這個樣子還算是與羅斯庫雷伊並列的二十九官嗎！」

「別再說那種話！你聽好……！我叫你不要……再拿我和第二將做比較！」

不過哈魯甘特的力氣一定輸給對方。接下來他將會被繩子捆住身體，拉上斷崖吧。一想到拉古雷克斯的強硬態度，這種程度的惡夢是有可能成為現實的。

當他腦中想像的那樣的未來，抬頭仰望斷崖時……

卻看不見太陽。

他注意到一個陰暗的影子落在四周。

「……拉、拉古雷克斯。」

「哇哈哈哈哈哈！喪氣話等之後再說！先動腳吧，第六將大人！」

「不是，你看上面……」

哈魯甘特沒辦法再說下去了。

那裡有著讓他忘記如何呼吸的存在。

斷崖上。

那東西不具絲毫凶惡氣勢或殺氣，只是以冰冷的眼神俯視著他們。

與燻灼維凱翁類型不同的——潔白光滑的耀眼龍鱗。

左右對稱的寬大翅膀，勾勒出流暢曲線的脖子。

那是比精緻的神像更加優美的最強古龍。

牠是真實存在的。冬之露庫諾卡。

「——你就是……」

面對這種令人吃驚的狀況，拉古雷克斯沒被嚇到，而是立刻舉起了劍。

站在旁邊的哈魯甘特第一次看到，他將注意力完全集中於敵人身上時露出的殺氣騰騰表情。

「冬之露庫諾卡吧。我的名字叫屠山崩流．拉古雷克斯。今天來到這裡，就是為了討伐妳成為英雄。」

冬之露庫諾卡沉默不語。

一想到對方可能隨時噴出吐息，哈魯甘特就顧不得面子，死命地趴下躲進斷崖的遮蔽處。投射在地面的影子改變了大小，那隻龍似乎展翅飛行後降落在此地。

他近距離目睹了誰也沒見過的傳說之龍。

成天想著如何維持權力的小人物哈魯甘特，如今直接面對了最強的龍族。

「回應我的挑戰吧！」

拉古雷克斯不敢大意地舉著劍。

那有什麼意義呢？一旦那隻爪子朝他拍下，他手上那種人類規格的劍，有辦法做到什麼抵抗嗎？

最強之龍說話了：

「——哎呀哎呀，真是辛苦你不遠千里而來。」

「……」

清澈的水藍眼睛之中，已經不見剛才雙方相遇時哈魯甘特窺見的那股冰冷。

白色的古龍帶著與現場氣氛不符的溫和態度，抬起了頭。

「正如你們所知，我就是冬之露庫諾卡喔。歡迎兩位的到來……只可惜在這種不毛之地沒什麼東西能好好招待你們。呵呵呵！」

「妳……妳在戲弄我嗎！」

「沒有喔。歡迎遠道而來的客人有什麼不對嗎？父母沒教過你嗎？」

「……」

「真的很久沒見到人類了呢。方便聊聊外頭的事嗎？雖然我不太清楚時下的用語。呵呵呵呵！」

對拉古雷克斯而言，自己被一爪打死的結局或許還比較能讓他能接受。哈魯甘特也有同感。

這隻龍根本不把兩位人類當成敵人。

「等……等一下！」

哈魯甘特不禁衝了出來，腳尖卻被冰塊絆倒，難堪地滾了兩圈。

「冬……冬之露庫諾卡！是否可以請妳與這個男人交手！不過……妳該不會——」

要說出下半句話，得需要莫大的勇氣。

為何他要為了這種個性與他完全不合，又蠻橫魯莽的愚蠢男人，鼓起不必要的勇氣？

「——害怕區區的人類吧！妳這百年來的無敵就是靠這種方式守住嗎，露庫諾卡！如今雙方是無關種族，詞術相通的戰士！既然如此，逃避勝敗的一方將永遠被譏笑為輸家，妳覺得無所謂嗎！」

白龍瞥了可憐的闖入者一眼。

然後似笑非笑地哼了口氣。

「嗯，我無所謂喔。」

「妳說什麼……」

最強之龍確實存在於此。

牠選擇避開人類，誰也沒見過冬之露庫諾卡。

「如果想拿我這種糊塗老太婆的名字炫耀，就隨便你用吧。」

「冬、冬之露庫諾卡……妳……！」

地表上最強的種族。在那之中最強大的存在。

若是擁立牠為勇者，獲勝者想必就已經確定了。

「沒問題，沒問題。我認輸，是你贏了。屠山崩流·拉古雷克斯。」

……然而……

「恭喜你。」

◆

「小時候我學過文字。去我不想去的教會……學的也只是簡單的教團文字。」

踩著冰之大地上碩果僅存的草地，那位男子如此說道。

是人類的槍兵。牠還記得名字，天穹的由悉多。

「那是為了寫下我打倒的敵人最後的話語。每個人都會嘲笑這種想法，但我是正確的。」

他將掛在腰間的羊皮紙卷丟掉。那是在之後的戰鬥派不上用場的多餘重量。

看到他站在自己面前，不見任何膽怯模樣的身影，露庫諾卡開心地笑了。

「呵呵呵！你覺得那支細槍能刺穿我的龍鱗嗎？因為虛假勝利而驕傲自滿的可憐人類。就連稚兒都知道你我之間的差距遠如天地呢。」

「別耍嘴皮子了，龍。反正妳最後將無法那麼說了。」

長槍一閃，宛如凶暴的雷電。畫面模糊遠去，只留下那道光芒——

景色的樣子變了，猶如倒映於水面的月亮。

「……在某種意義上，妳和我是朋友呢，冬之露庫諾卡。」

在高聳的斷崖上，年邁的森人張開了雙臂。

牠知道這位森人是經過無數的苦心鑽研才到達這個境界。

慘夢之境艾斯維魯達，這個名字牠不可能忘記。

「我也曾經想過，如果和妳一樣是龍該有多好。或是……如果當個短命的人類，就能因為有限的生命，更努力投身於詞術之道。但如今的我不曉得自己會不會那麼想。」

「……艾斯維魯達。你的能力遠不及我。我可以饒過你那無藥可救的不遜態度。若你不想知道自己的生命是多麼徒勞無功，就放下你的法杖吧。」

「不，露庫諾卡。妳就是我的夢想。是我這個只認識死亡與戰場的可悲森人生命裡，唯一的一盞明星。或許——在我的心中，只有那盞星光不是淒慘的夢。開始吧。」

艾斯維魯達的聲音詠唱起詞術，點亮了數盞宛如星辰的眩目熱術之光。

啊啊，多麼美妙呀。這就是人類鍛鍊出的能力巔峰。

一想到那是他至今生命的一切，又有誰能嘲笑人類的努力是沒有用的呢？

露庫諾卡應該回應他的覺悟，於是牠深吸了一口氣——

「……有些人認為妳只存在於故事裡。」

景象又變了。在鏡子般的白銀世界中，揹著巨大鋼鐵機關的小人笑了。他是名為左之枷亞姆谷撒的武器商人。

露庫諾卡就是在那時第一次看到使用燃料在雪原上行駛的機械。

「很過分對吧？所以我要讓他們知道，妳確實存在於現實之中。而且，還變成了那些傢伙也能明白的現實價值——也就是變成我的現實金錢財產。」

「……左之枷亞姆谷撒。別做出那種愚蠢的嘗試。這一個大月中，你花了多大的力氣找我？你敢說自己還有與我交戰的餘力嗎？」

「咯咯咯咯，真是有趣的老太婆呢。別裝高尚了。龍這種生物應該殘酷一點。妳那種程度的殘酷，和我的兵器比起來簡直就像小孩子。」

世界進步了，他們甚至能造出這樣的機械。

若是牠從未見過的那股力量，或許存在些許的可能性吧。

牠看到了亞姆谷撒的兵器。火藥的機關開啟，無數的火之箭矢——

「找到妳了，冬之露庫諾卡。媽媽……爺爺……都沒……騙人。我……我終於找到了……」

「哎呀，你傷得真重。趕快急救一下吧。我送你回冰湖的入口。」

少年穿過野獸群居地來到這裡，右手剛才被扯斷了。

少年的名字是不到之塚拉拉其。他彷彿連擦掉傷口滴出的血的時間也沒有，激情地大吼。

「……不對！我……不是逃過來……我是來打倒妳……！不管爺爺還是曾祖父也沒成功……妳的，銀龍頭！就由我拿下了！」

「你為什麼不懂呢？那只是魯莽無謀的嘗試。以那種傷勢，你連白銀熊都打不倒喔。你還有璀璨的生命……聽我這把老骨頭的勸告，能不能別因為一時的狂熱而捨棄掉它呢？」

「妳……妳對我的生命又懂什麼！從父母那邊繼承了這個身體，這份願望，沒有任何不足之處！不准妳……汙辱地表最強的驕傲，冬之露庫諾卡！」

露庫諾卡大可對那個弱小的戰士置之不理。

事實上牠也打算這麼做。

少年沒有猶豫，他鼓起最後的勇氣，以剩下的那隻手揮劍砍向白龍——

◆

「喔、喔喔喔喔——！」

在咆哮聲中，拉古雷克斯縱身一躍，然而他的劍又揮空了。

給予他巨大自負的各種劍技，完全沒辦法對那個傳說造成傷害。

「——哎呀哎呀。你玩得太累了。要不要稍微休息一下？」

「我，不是在玩！」

釘鞋踩在冰上，將身體迴轉一百八十度全力使出橫斬。露庫諾卡只是稍微縮起前肢，就讓對方撲了個空。

「勝利和名譽都送給你了，你還有什麼不滿？難道是老糊塗了嗎——呵呵呵！真是難以理解呢。」

拉古雷克斯已出盡全力了。在一旁觀看得哈魯甘特非常清楚這點。

是全力沒錯。一邊警戒路庫諾卡突如其來的爪擊，眼睛也絲毫沒從頭部移開以提防對方的吐息，同時進攻其腳與翅膀，期望停止龍的動作。

他也很清楚，那些嘗試看起來有多麼可笑。

「唔唔唔唔唔……嗚喔喔喔！」

「……算了吧！快住手，拉古雷克斯！你哪有什麼勝算！牠說的沒錯！」

他很清楚，自己正在做的是多麼魯莽的行為。

牠如果真的有意戰鬥，雙方一見面就會噴出吐息立即殺死他們兩人。面對真正的龍，根本不可能進行對話或交涉。

冬之露庫諾卡總是那麼做，如今也是。

要怎麼讓那種存在參加弱小人類的戰鬥呢？

無論是冰湖外的三王國興衰史，甚至是「真正的魔王」帶來的恐懼，之於牠而言都是無關緊要的事。

對於與他人比較不具意義的頂點存在來說，連位居頂點的名譽……也不過是像這樣能隨意拋棄的敝屣。

「我、我會幫你宣傳……！你只要獲勝就好！不需要感到羞恥，也不必內疚，你就是屠龍的英雄！拉古雷克斯！」
「……武官，大人——」
他深吸了一口氣，擦掉汗水。
那是一位將生命奉獻給愚蠢的嘗試，懷抱愚蠢的夢想，最後愚蠢地死去的男人。
哈魯甘特完全無法理解這個男人的想法。
「武官大人能認同嗎？我說的話不是沒經過腦子的大話嗎！」
「……這、這個……」
「——我相信能用這把劍打倒龍。從小時候開始，腦中假想的敵人都是真正的龍。就在四年前，我聽說了羅斯庫雷伊的英勇事蹟……終於知道自己一直以來的想法並不是沒有意義的。」
不，那種人物根本不存在。
哈魯甘特很想這樣大喊。然而那是不能讓黃都二十九官以外的人知道的真相。
「我終於知道，無論受到多少嘲笑，就算被罵是魯莽無謀。人類……我確實可以打倒龍。」
——如果我是羅斯庫雷伊。
那句話是認真的嗎？他真的相信能成為那樣的人嗎？
他知道在這個地表上，還潛藏著多少其他強者嗎？
（……這個男人死定了。）
至少只要牠認真起來，只要揮出一爪就能殺死他。

到時候，拉古雷克斯將會發現，耗費自己一生的夢想全是徒勞無功。他的生命想必會以沒有意義的死收場吧。

「呵哈哈哈哈哈！——武官大人，我很開心！除了武官大人以外，根本沒有人相信我說的話！武官大人確實是個貧弱、難搞，老是說喪氣話的傢伙！不過您在這場戰鬥中的陪伴，是最讓我開心的事！」

這是理所當然的因果。愚蠢的行徑就該得到與那種行徑相稱的回報。

「……啊，原來如此。沒錯，若沒有讓你實際體認到自己有辦法殺了我，就無法讓你服氣。沒辦法了，只好這麼做——」

冬之露庫諾卡移動爪子。牠手下留情的程度已經到了極限，人類對牠仍舊形同小蟲子。

屠山崩流拉古雷克斯舉著劍，他相信自己的力量。

哈魯甘特的腦中快速地思考著。這明明不是他的性命危機，只不過是一位愚者自找死路，他還是這麼做。

參謀長皮凱已經死了。他和自己不同，是一位很有能的參謀，卻被龍輕易地殺死。

無須名譽也不在乎勝負，真正的最強種族。

牠像是避開他人般躲了起來，沒有任何人成功殺死牠。

這位最強存在是從什麼時候開始被稱為最強呢？

只有哈魯甘特目擊到雙方相遇的第一個畫面。那雙從山崖上俯視底下的冰冷眼神——

——他只來得及想到這裡。

思考的速度趕不上現實，凌駕於任何強大劍士的爪子擦過拉古雷克斯。

殘暴的碎裂聲響起。

「拉古雷……！」

「……哎呀哎呀？」

鮮血滴了下來。堅固的大劍被從中間打斷，閃亮的碎片散落於冰原上。

「……我擋住，那隻爪子，了。冬之……露庫諾卡……！」

拉古雷克斯仍然站著。

他持劍手臂的關節被一擊打碎，軟弱無力地垂著。

其中一塊被打飛的碎片深深地割破其上臂，鮮血直流。

就算如此，他仍擋住了最強的一擊。

——他有這種將來襲的攻擊力道卸向一旁的招式。

「……冬之露庫諾卡！」

哈魯甘特衝上前，擋在他與露庫諾卡之間。

他既脆弱又衰老，連一個士兵都沒帶。他就是一個只給人如此印象的無能男子。

「我知道了……我現在終於知道了……妳在害怕什麼。」

「……你說害怕？我會害怕什麼？」

他面對著最強的龍。

在漫長的人生中，他可曾夢想過此刻的景象？

哈魯甘特想制止冷到發紫的嘴唇顫抖，卻辦不到。這名男子不斷追求與自己不相稱的微小力量，最後終於與遠遠超越其夢想、超越其能力範圍的巨大存在面對面。

「妳——很失望吧？」

「……」

白龍仍舊靜靜地佇在那邊，聽著他的發言。

「……沒錯，只有這種可能。在百年之前，妳應該戰鬥過很多次。應該有許多英雄為了求取功名，向妳挑戰而死去吧。」

為何早已不出現在人們眼前的存在，至今仍被稱為最強？

若要被稱為最強，就必須戰鬥。

牠一定有過與強者較勁的過去，和其他龍類一樣享受鬥爭的過去。

「然而，妳的最強已經『強過頭』了。身懷覺悟之人……有望擊敗妳的人，全都如同泡沫在妳眼前消失。我說的沒錯吧？」

究竟需要多麼耀眼的鍛鍊成果，或是具有多麼高尚的精神，才能挑戰高高在天的最強種族？這是身為弱者的他無法想像的事。

更淒慘的是……如果只能看到那樣的人們發出挑戰，卻傷不到自己就被擊潰的樣子。牠的失望究竟會有多深？
……哈魯甘特第一眼望見的那雙冰冷眼神。
那一定就是冬之露庫諾卡真正的想法。
「妳的內心世界和這片景象一樣，吹襲著永無止境的風雪……！」
「呵呵呵呵呵！……這個嘛，誰知道呢。」
白色的巨龍微微傾著頭，就像當初遇到牠的時候那般。
說到底，哈魯甘特自己也無法確定這個推測是否正確。
他若是因為那些不敬之言而被立刻打死也不奇怪。
儘管如此，也沒有其他的賭注可用了。
其他二十九官才不會做出這種愚蠢的嘗試。
「——在黃都，有那種人。」
「……？」
「妳所尋求的真正英雄……如今正匯聚於黃都。妳知道嗎？從妳的時代就存在的迷宮，有十二座已經被一隻鳥龍突破了。」
沒錯。哈魯甘特知道牠的所有傳說。
知道絕不會讓冬之露庫諾卡失望的真正英雄之名。
「殺死了所有人民都懼怕的魔劍士，駭人的托洛亞……！妳知道是誰從他手中奪去席蓮金玄的光魔劍嗎！那個人利用那把魔劍……在我哈魯甘特的面前，親手殺了燻灼維凱翁……！那樣的人物在現在這個時代，確實存在！冬之露庫諾卡！」

最強的白龍停下動作，注視著弱小的老將。

「——愚蠢的人類。」

看起來就像聽故事聽得入迷的少女。

「我從未看過像你這樣的人。」

「嗚……我是……我、我是……我是！黃都第六將！靜寂的哈魯甘特！」

「嗯，哈魯甘特。我牢牢記住你的名字了……就像勇敢的英雄，拉古雷克斯一樣。」

英雄。他這時才望向獲得最強之龍授與此稱號的拉古雷克斯。

原來他早就倒在地上，失去了意識。

經過那麼久的行軍也不喊苦的強壯男子，只是承受龍爪最輕的一擊就耗去了所有體力。精神處於極限狀態的哈魯甘特，連關心原本要拯救的拉古雷克斯的餘裕都沒有。

「拉古雷克斯……」

冬之露庫諾卡說出了令人難以置信的話。

「看在那份勇氣上，我可以送你們回去，然後前往黃都。你剛才的話……就和拉古雷克斯一樣，我相信確實不假。」

「……」

哈魯甘特渾身發軟，跪在地上。

若是擁立牠為勇者，獲勝者就已經確定了。牠是真正的最強存在。

他為了讓自己接受達成如此優異成果的現實，光是讓維持這種恍惚狀態就已經用盡了所有的力氣。

不過，他還是能回答下一個問題。

「那個人叫什麼名字？」

「…………星馳阿魯斯。」

那是他盼望超越的敵人，是他遠在彼端的夢想。

他希望和與他擁有共同遙遠夢想的唯一摯友戰鬥。

「這樣啊。阿魯斯很強嗎？」

地表上的最強種族。在那之中最強大的個體。

面對冬之露庫諾卡，有誰能回答那個簡短的答案呢？

哈魯甘特就辦得到。

「——牠是最強的。」

◆

在淺眠之中，牠總是作著那個夢。

溶解流逝的過往殘影之中，他們總是讓牠抱持淡淡的期待。

他們擁有不敗之強，擁有長時間的鑽研。

也許，時代的進步能超越過牠。若是不屬於以上任何一者的精神光輝引發了奇蹟，那或許就一定——

牠相信，一定，或許，就能展開一場戰鬥。

人類槍兵擲出了神速之槍。

森人的巨大火球以燒盡一切之勢逼近。

小人的無限箭矢宛如一道牆壁遮蔽了視線。

還有年幼的勇士賭上所有生命舉劍揮來。

而牠呼出了吐息。

龍息本身就是對世界使用的詞術。

火焰，雷電，光。熱術是製造出能量的詞術。
不過唯有牠……唯有牠的吐息，在生活於這個世界上的所有生命中，唯一能引發完全相反的不同現象。
挑戰牠的所有人都知道那種吐息，都企圖克服那種凶暴的威力。
還殘留綠意的平原，不知何時的斷崖，閃爍著冰晶光芒的湖泊——牠的眼前有好幾個景象。
不過當牠的吐息過去後，景色全都變得一模一樣。
首先是白色。連空氣都為之凍結的白色，覆蓋了視野所及之處。
很快地，色彩轉變為黑。連岩石或冰塊都因為世界的劇變而被碾碎，化為被擠成一團的黑色結晶。牠看著所有物質構造都被壓縮崩潰。
萬物死滅。連風都沒有。唯獨碎片漂浮於空中——最後散落一地。
牠心愛的英雄們一點也不剩。
「客人」來自的「彼端」，據說是一個氣候變化由時間而非土地決定的世界。
而在分成四份的一年中，有一個時節被取了那樣的名字。
萬物回歸寧靜，封閉在美麗的冰裡。在下次的再生之時到來前，無論是植物或動物，整個世界都會經歷一次死亡時刻。

——其名為，冬天。

此人乃是地表上最強種族之中，數百年來皆冠上真正最強之名的人物。

此人具有可改變地形與氣候，瞬間消滅所有生命的屠殺吐息。

此人是翻遍歷史未曾見過其敗績，冰之詞術的使用者。

牠甚至不讓對手與之交戰，徒留一片荒涼景象。

凍術士（silencer），龍。

冬之露庫諾卡。

二十三◇真業著手

在黃都中樞議事堂裡，除了用來進行一般政治決議的主議場之外，二十九官還保有一處不為市民所知的「臨時議場」。那是一個簡單的房間，裡頭僅設有壁爐，以及二十九張圍繞長桌的椅子。

「所有人到齊了吧？你們應該都知道了，今天要討論的是王城比武的事，麻煩大家了。」

宣布會議開始之人與平時的會議相同，是黃都第一卿，基圖古拉斯。此人是一位健朗的初老男子，也是之前主持微塵暴應對會議的議長。

「——我們前幾天受理了最後一位候選者的報名，總算可以召開一連串的賽事。然而目前仍有許多具體規定尚未明確訂立。本會的首項議程就是將已經制定的規定以事後報告的方式轉達給前一次未出席的第八卿、第十四將、第二十卿。各位沒有問題吧？」

「不用再說一次也沒關係喔。畢竟當時已經委託代理人出席了。」

「我也沒差，反正就算出席也幫不上忙。」

「啊……雖然我已經聽過概要了，但現在還是讓大家都再確認一下比較好吧？古拉斯，麻煩你了。」

第二十卿，鍋釘西多勿。二十九官之中的年輕一輩，同時也是在進攻新公國時立下莫大功勞的優秀男子。在名義上，黃都二十九官之間並不會以資歷或席次排出上下關係。無論武官或文官都能共處一席，擁有相同的地位。

「那就依照預定進行議程吧。當天的王城比武大會是一對一形式的真業決鬥。獲勝者之間再進行一對一的對決。簡單來說就是淘汰賽。」

「這和我很久之前聽到的一樣呢。就是要創造一位未曾戰敗的冠軍。我沒意見。對戰的配對表呢？」

「保留到日後公布。」

「……話說回來，應該先看過找來的勇者候補再決定吧？萬一羅斯庫雷伊在初戰輸掉，麻煩就大啦。」

將話題帶到第二將身上的男子是一位身材修長的劍士，第十六將，憂風諾非魯特。他已經推舉不言的烏哈庫為勇者候補。

被點名的第二將羅斯庫雷伊謹慎地思考著。在比賽開始之前，同時身兼主辦人之一與勇者候補的羅斯庫雷伊就注定握有壓倒性的優勢。

然而推舉其他勇者候補的二十九官是否能像之前一樣，為了幫助黃都的偶像獲勝而樂於出力相挺呢？若是那樣想就未免太樂觀了。

他必定需要一段時間調查其餘推舉人的動向，以及制定對抗那些人與勇者候補的策略。

「……對戰的配對表還是留待最後再決定吧。當然我也希望在有利的條件下戰鬥，然而距離比賽開始還有四個小月，很難說會不會發生什麼意外，或是替換勇者候補的狀況。若是如此就不得不重新制定新的配對表了。」

「既然如此，配對的事就繼續擱置吧。有沒有異議？」

確認過無人舉手後，第一卿微微頷首。

其他推舉人也需要準備的時間，羅斯庫雷伊就是知道這點才會如此提議。

「……好，接下來繼續討論前一次的決議。關於這一連串的賽事，正式名稱就定為『六合御覽』。天地四方合稱六合。雖然現在才決定名稱會很麻煩，不過為了方便市民的商業活動，最好定出一個名稱。以後請大家使用這個稱呼。」

「第一卿，關於這件事我可以提出補充報告嗎？」

「請說，第三卿。」

這位戴著眼鏡，給人犀利印象的男子是第三卿，速墨傑魯奇。

他帶著平時的冷靜態度，平淡地提出報告。

「在這三個大月中，有九十八家商店提出用於六合御覽的商標申請。主要的申請者如下：哈普魯羽毛業公會、亞沃克甜點店、因薩．摩澤歐商會、艾魯普寇沙旅行商人公會。當然都會進行最低限度的審查，不過為了進一步提昇知名度，我們會採用積極給予許可的方針。同時特別把重點放在活動範圍遍及邊境的商人同業公會和主要知名旅行商人，並且活用間諜網進行宣傳，目標是讓決定勇者之戰的消息無人不知無人不曉。」
「如果進行順利，這件事應該就沒什麼問題了。」
「不過人們之前一直稱呼『那場比賽』或『王城比武大會』，得讓他們習慣一下呢。」
第三卿傑魯奇原本就是一位優秀的男人，這次更是花費了超過以往的精力在宣傳這場比賽。
雖然他本人並沒有推舉勇者候補，但私下應該有某種企圖。在微塵暴事件之中，首先掌握情報並召開應對會議的也是這個男人。
「報告結束後就進入今天的正題吧。得討論比賽場地的事。勇者候補名單今天已經大致底定。跟預想差不多，人類的數量並不多。要是每一場比賽都在人類規格的劇場庭園打會有點問題。」
「既然是以王城比武大會的名義舉辦，在城市裡進行也是理所當然吧。考慮到容易聚集人民的程度與交通的便利性，劇場庭園是最適合的。」
「等一下、等一下，我反對喔。參賽者有巨人和龍吧？讓他們在那種小地方對戰，萬一造成市民犧牲或建築物損毀該怎麼辦？」
提出反對的獨臂男子是第二十五將，空雷卡庸。
由於對戰雙方的攻擊距離不同，開戰時雙方的距離可能直接關係到戰鬥的勝敗。既然他的推薦對象是地平咆梅雷，提出反對可說是理所當然。
「不過到這個時候才建造新的比賽場地，會不會太困難了？」

「若是影響範圍在一定程度之內，也可以在城區外戰鬥吧。」
「如果要場地配合勇者候補的身材，應該以羅斯庫雷伊為準吧。那還是劇場庭園最恰當。」
「實際上的問題不是公平與否，而是觀戰市民的看法。人類對十公尺距離的感覺與巨人對十公尺距離的感覺，兩者比較起來……」
「說起來，既然是真業決鬥，不也應該把造出戰鬥場地的能力納入考量嗎？」
「……提醒一件——」
第一卿的低聲細語瞬間讓眼看著陷入混亂的場面平息下來。
黃都二十九官在表面上不分上下關係。但就算如此，此人能坐上第一席仍有其道理。
「——重要的事。那就是……這場六合御覽，無論制定多麼嚴格的規定，我們有什麼迫使勇者候補遵守的手段嗎？就是這麼一回事，所以之前從未提及具體的比賽規定。因為那不具有任何意義。」
「一旦破壞規定就得退賽。喪失勇者的資格，沒收獎金。這樣還不夠嗎？」
發言者是第十七卿。其名為紅紙籤的愛蕾雅。
「口說很簡單，問題在於有沒有實際效力。像是如果要處罰那位星馳阿魯斯，有誰能沒收那傢伙的財寶？第十七卿，妳辦得到嗎？」
「……辦不到，那種事太超出現實了。」
「古拉斯想說的就是這麼回事吧？對比賽條件不滿意的傢伙如果無視時間地點擅自開戰，那將是最糟糕的狀況。」

抬頭靠著椅背的第二十卿西多勿如此說道。他一如往常地擺出吊兒郎當的態度。

當然，這場六合御覽在計畫中原本就設想到某種程度的損害。只要處於控制範圍之內，建築與人命的損失都是可以接受的。在場所有人都很清楚擁立勇者一事具有如此龐大的價值。

而基於此前提之下，要如何將超出規格的強者們所造成的影響限制在一定範圍內——

「只能隨便他們啦。」

「……那不就是放棄身為主辦者的責任嗎？」

「不對不對，並不是真的放任他們恣意妄行。重點是讓那些傢伙『自以為』能不受拘束地行動……沒錯吧，古拉斯？」

「好，那就願聞其詳。第二十卿。」

「……包含比賽地點與期間在內的條件由每場比賽的雙方共同決定，市民的運輸與觀戰地點的準備再由我們負責即可。剛才不是有人說打造戰場也是真業決鬥的一部分嗎？形式上說得過去吧。」

「……有異議嗎？」

「有～第二十二將米吉亞魯有話要說。這沒有從根本上解決問題吧？萬一他們不顧協議在城市裡大搞破壞，造成市民傷亡該怎麼辦～？」

「不，米吉亞魯。關於那個例子呢，我方沒有強迫他們遵守不恰當的規定吧？若是在這種場合下還有人搞破壞，殺害市民……也就代表那種傢伙已經不是勇者，而是魔王自稱者。簡單來說就是要他們維持正當性啦。」

「哦～你的意思是會被其他的勇者候補殺掉嗎？」

「勇者的責任就是殺掉魔王吧。一旦出現惡意違反規定者，就讓全體勇者候補討伐那個人。將這點定為基本方針，更詳細的例外狀況日後再做補充。還有其他異議嗎？」

一位女子小心翼翼地舉起手，她是推薦無盡無流賽阿諾瀑的第十將，蠟花的庫薇兒。被長長的瀏海蓋住的大眼睛不停地眨著。

「那……那個。即使能先定下戰場協議，但在之後的市民運輸……無、無論如何都得花費很多時間。大概要一整天吧。那樣不會出問題嗎？」

「唔，什麼問題？」

「那段時間可以拿來設陷阱……或是偷襲之類的。如果事先指定比賽場地，應該就不會有那種作弊機會了。」

「哎呀～庫薇兒妹妹，妳真遲鈍！那樣才好呀。如果沒辦法作弊，我們才會傷腦筋呢……我說得對吧？對我們而言，非得讓絕對的羅斯庫雷伊獲勝不可啊。」

「…………」

第二將沉默不語。每一位黃都二十九官皆熟知他真正的戰鬥方式。而且表面上所有人也都採取支援絕對的羅斯庫雷伊，讓他獲勝的方針。

「啊，羅斯庫雷伊先生……說、說得也是呢。那我就不再多說了……」

「還有其他異議嗎，沒有了吧？」

古拉斯環顧室內，確認沒有其他人舉手。

比賽條件與罰則的相關內容，原則上將會遵照第二十卿的提議。

（不過啊，這下子事情有點棘手了呢。）

基圖古拉斯露出左右不對稱的微笑，撫摸著下顎。

制定雙方都同意的條件。換句話說，從這個階段就在進行雙方實力的比試了。

要比的並不是勇者候補的實力。

而是——推舉那些人的黃都二十九官各自的實力。

（這代表得想辦法讓對方吞下對己方勇者候補有利的戰場條件，費心規劃策略、施展計謀以獲得戰鬥的勝利。這群傢伙各個都心懷鬼胎呢……）

這不是只憑戰鬥技術與傑出才能就打得贏的戰鬥。

而是必須傾注自身陣營的所有力量的真業決鬥，是為了獲取一絲榮耀而想辦法踢開他人的戰爭。

應該已經有幾位二十九官明白了這點，甚至開始展開行動了吧。

讓三王國的人民攜手並進新時代，發展和平。這些好聽話不過是障眼法。依照人類的本能天性，國家注定會陷入紛亂。

無論消滅多少舊王國主義者，無論再怎麼努力破壞「教團」這種信仰象徵。無論勇者的存在改變了什麼。人類的扭曲本性也絕不可能消失。

（——但是我一點也不在意。）

光是想像那個畫面，就讓他感覺到自己的嘴角翹了起來。雖然他負責統整會議的意見，卻從不洩漏內心的想法。

基圖古拉斯的本性就是無論遇到美麗高貴之物或醜陋不堪之事，都能開心地享受各種人間百態。因此，他在坐上第一卿位子的仕途中從未感受到絲毫痛苦。

更別說這次的狀況尤其特殊。

在場所有人多少都有這種想法吧。

——最強與最強之間的激戰。這個世界上不可能有人對此不感到激動興奮。

「……話說回來，雖然勇者候補名單似乎大致底定。我還是想先確認一下。總共招到多少人呢？」

「對了對了。我忘了宣布。」

雙手交握擺在長桌上的古拉斯笑了。

那是一張宛如興奮期待的孩童所露出的……左右不相稱，卻又和藹可親的笑容。

六合御覽，即將成為這片大地上誰也沒見過的驚天動地之戰。

「十六人。」

令地表一切生命感到恐懼的世界之敵，「真正的魔王」被某人擊敗了。

那位勇者的名號與是否實際存在，至今仍無人知曉。

在恐懼的時代落幕的此刻，必須選出一位那樣的人物。

——目前，擁有修羅之名的存在共有十一名。

柳之劍宗次朗。

星馳阿魯斯。

世界詞祈雅。

靜歌娜斯緹庫。

地平咆・梅雷。

黑曜・莉娜莉絲。

駭人的托洛亞。

窮知之箱美斯特魯艾庫西魯。

戒心的庫烏洛。
絕對的羅斯庫雷伊。
冬之露庫諾卡。

後記

「珪素先生，我想討論一下異修羅第二集後記的事。書本通常是以十六頁為單位印製的。」
「是是，我聽過這件事。」
「能分配給後記的頁數會根據扣除本篇故事後剩下的尾數而變動。」
「喔，原來如此。之前的第一集的後記就分到了四頁，也就是說可能有三頁或五頁。那這次我能拿到幾頁？」
「一頁。」
「一頁？」
「因為尾數只有一頁，不是用這頁做下集預告，就是拿來寫後記。」
「請……請等一下啊，責編長堀先生。我實在非常感謝長堀先生，您在我構思故事時提供了許多建議……但我得在後記對再次畫出絕佳角色設計與插畫的クレタ老師寫下感謝之意，也得對各位讀者道謝啊！再說我必須告訴大家這部小說是有許多奇幻種族當最強主角又充滿殺伐氣氛的群戲，而且接下來的第三集終於讓這十六個傢伙全體到齊展開捉對廝殺的淘汰賽喔？然後你要我用幾頁來做這些事？」

「一頁。」

「可惡啊——！我就做給你看！『感謝各位的照顧，我是珪素。這次要來聊明太子通心……

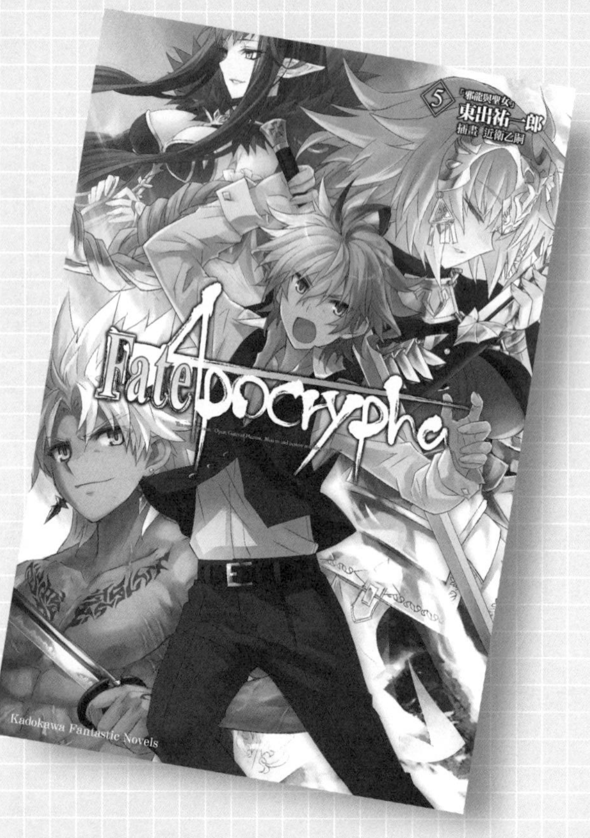

Fate/Apocrypha 1~5 （完）

Kadokawa Fantastic Novels

作者：東出祐一郎　插畫：近衛乙嗣

當彼此的想法交錯，烈火再次包圍了聖女。
而齊格帶著最後的武器投入最終決戰——！

「黑」使役者與「紅」使役者終於在「虛榮的空中花園」劇烈衝突。以一擋百的英雄儘管伸手想抓住夢想，仍一一逝去。「紅」陣營主人天草四郎時貞終於著手拯救人類的夢想。裁決者貞德．達魯克猶豫著此一願望的正確性，仍手握旗幟挑戰——

各 **NT$250~320/HK$75~107**

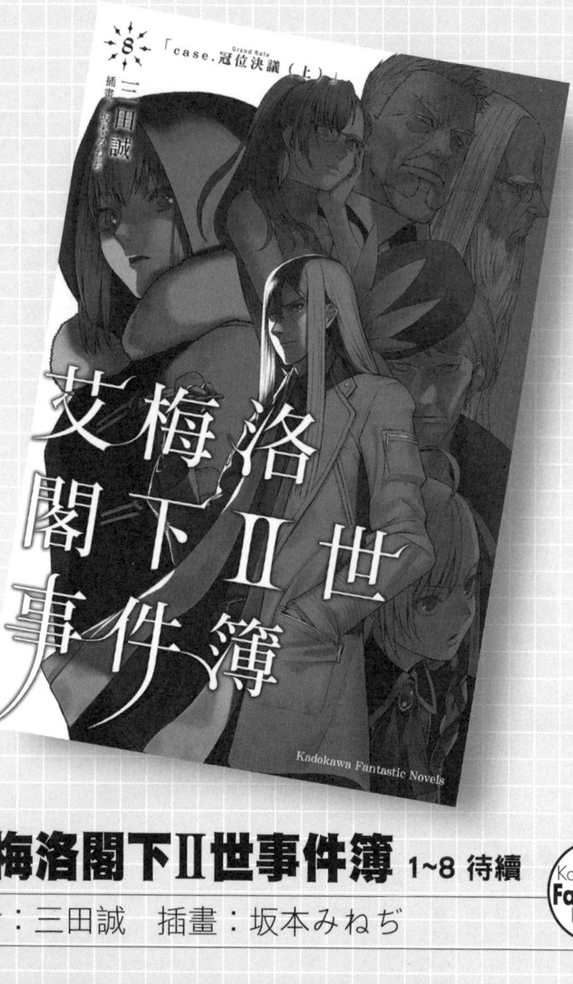

艾梅洛閣下II世事件簿 1~8 待續

Kadokawa Fantastic Novels

作者：三田誠　插畫：坂本みねぢ

《艾梅洛閣下II世事件簿》的最終舞臺，
在此刻揭開帷幕——

為追蹤哈特雷斯蠢動的足跡而進行調查的艾梅洛II世與格蕾，收到了即將舉行「冠位決議」的通知，要參加會議。可是，這次會議上提出的問題是使得貴族主義派、民主主義派雙方大受衝擊，導致魔術協會整體陷入混亂的陰謀漩渦。

各 **NT$200~270/HK$65~87**

86—不存在的戰區— 1~9 待續

Kadokawa Fantastic Novels

作者：安里アサト　插畫：しらび

機動打擊群，派遣作戰的最終階段！
「無法對敵人開槍，即失去士兵之資格。」

犧牲——太過慘重。與「電磁砲艦型」的戰鬥，不只導致賽歐負傷，也讓多名同袍成了海中亡魂。西汀與可蕾娜也因此雙雙失去了平常心。即使如此，作戰仍需繼續。為了追擊「電磁砲艦型」，辛等人前往神祕國度，諾伊勒納爾莎聖教國，然而——

各 NT$220~260/HK$73~87

關於我轉生變成史萊姆這檔事 1~15 待續

Kadokawa Fantastic Novels

作者：伏瀬　插畫：みっつばー

魔國聯邦與東方帝國的最終決戰即將開戰！
超人氣魔物轉生記，揭穿真相的第十五集！

與「灼熱龍」維爾格琳激戰的最後，盟友維爾德拉落入敵人手中！這項事實令利姆路震怒。於是，他下達命令——將敵人消滅殆盡。為此，他甚至讓惡魔們大量進化！魔國聯邦與東方帝國的最終決戰即將揭幕。並且，為了拯救維爾德拉，利姆路也將進化——

各 **NT$250~340/HK$75~113**

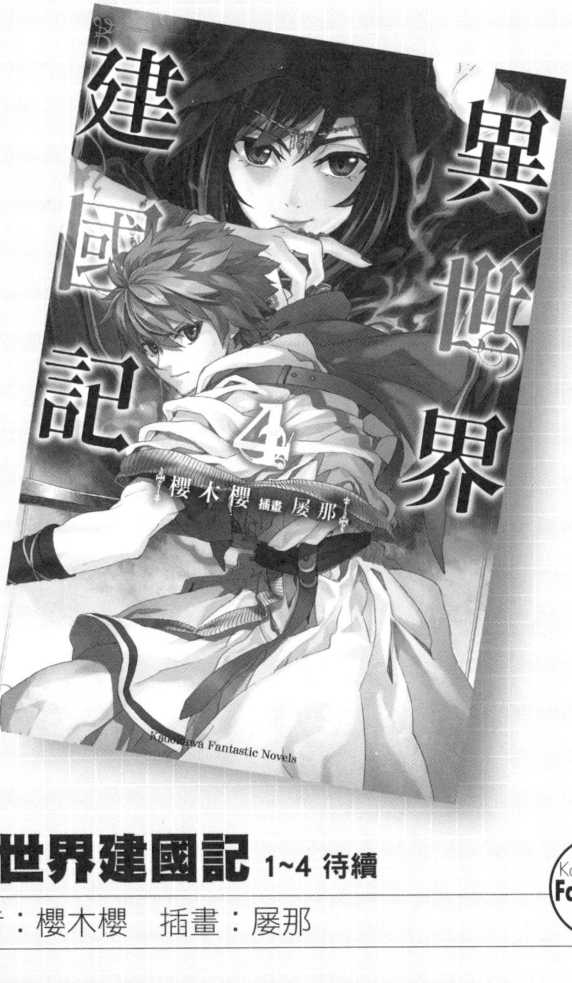

異世界建國記 1~4 待續

Kadokawa Fantastic Novels

作者：櫻木櫻　插畫：屡那

與世界最古老的咒術師梅林展開最終決戰！
超人氣異世界內政奇幻作品第四集!!

多摩爾卡魯王之國與艾克烏斯族內部爆發內戰，艾比魯王之國與貝爾貝迪魯王之國也開始侵略羅賽斯王之國，為了打破僵局，亞爾姆斯打算借助周遭國家的力量……與世界最古老咒術師梅林率領的大國之間的戰鬥，就此開始！

各 **NT$200~240/HK$65~80**

國家圖書館出版品預行編目資料

異修羅. 2, 殺界微塵暴/珪素作 ; Shaunten譯. -- 初版
. -- 臺北市 : 臺灣角川股份有限公司, 2021.12
面 ;　公分. -- (Kadokawa fantastic novels)

譯自 : 異修羅. II, 殺界微塵嵐
ISBN 978-626-321-052-3(平裝)

861.57　　110017754

Kadokawa
Fantastic
Novels

異修羅 II
殺界微塵暴

（原著名：異修羅 II 殺界微塵嵐）

2021年12月6日　初版第1刷發行

作　者：珪素
插　畫：クレタ
譯　者：Shaunten

發行人：岩崎剛人
總編輯：蔡佩芬
編　輯：高韻涵
美術設計：吳佳昀
印　務：李明修（主任）、張加恩（主任）、張凱棋

發行所：台灣角川股份有限公司
地　址：104台北市中山區松江路223號3樓
電　話：（02）2515-3000
傳　真：（02）2515-0033
網　址：www.kadokawa.com.tw
劃撥帳戶：台灣角川股份有限公司
劃撥帳號：19487412
法律顧問：有澤法律事務所
製　版：巨茂科技印刷有限公司
ISBN：978-626-321-052-3